O DIA EM QUE SELMA SONHOU COM UM OCAPI

MARIANA LEKY

O DIA EM QUE SELMA SONHOU COM UM OCAPI

2ª EDIÇÃO

TRADUÇÃO
Claudia Abeling

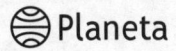

🌐 Planeta

Copyright © DuMont Buchverlag, Colônia (Alemanha), 2017
Copyright © Editora Planeta do Brasil, 2019, 2021
Copyright © Claudia Abeling
Todos os direitos reservados.
Título original: *Was man von hier aus sehen kann*

PREPARAÇÃO: Maitê Zickuhr
REVISÃO: Luiza Del Monaco, Fernanda Cosenza e Andréa Bruno
CAPA E PROJETO GRÁFICO: Eduardo Foresti e Helena Hennemann - Foresti Design
DIAGRAMAÇÃO: Anna Yue

DADOS INTERNACIONAIS DE CATALOGAÇÃO NA PUBLICAÇÃO (CIP)
ANGÉLICA ILACQUA CRB-8/7057

Leky, Mariana
  O dia em que Selma sonhou com um ocapi / Mariana Leky; tradução de Claudia Abeling. – 2. ed. - São Paulo: Planeta, 2021.
  320 p.

ISBN: 978-65-5535-487-4
Título original: Was man von hier aus sehen kann

1. Ficção alemã I. Título II. Abeling, Claudia

21-3388   CDD 833

Índice para catálogo sistemático:
1. Ficção alemã

Ao escolher este livro, você está apoiando o manejo responsável das florestas do mundo

A tradução desta obra recebeu o apoio do Goethe-Institut

2021
Todos os direitos desta edição reservados à
EDITORA PLANETA DO BRASIL LTDA.
Rua Bela Cintra, 986 – 4º andar – Consolação
01415-002 – São Paulo-SP
www.planetadelivros.com.br
faleconosco@editoraplaneta.com.br

Para Martina

"Não se trata do peso da pedra.
Mas de por que você a levanta."

Hugo Girard,
o homem mais forte do mundo, 2004

PRÓLOGO

Quando fixamos o olhar por um bom tempo em alguma coisa bem iluminada e depois fechamos os olhos, essa imagem persiste, estática, em nossa mente. O que na realidade era claro fica escuro e o que na realidade era escuro fica claro. Quando, por exemplo, observamos um homem descer a rua e se virar, de tempos em tempos, para acenar uma última vez, uma última vez mesmo, uma derradeira última vez e depois fechamos os olhos, enxergamos na mente a imagem congelada da derradeira última vez. O sorriso fica congelado e os cabelos escuros ficam claros, e os olhos claros, muito escuros.

 Quando aquilo que ficamos olhando durante muito tempo era importante, algo, segundo Selma, capaz de virar de ponta-cabeça todos os aspectos da vida num único movimento, então essa imagem sempre retornará à nossa mente. Ela retorna de repente até décadas mais tarde, não importando o que tínhamos acabado de mirar antes de fecharmos os olhos. A imagem de um homem que acena uma derradeira última vez aparece de repente quando, por exemplo, um bichinho cai nos nossos olhos enquanto estamos limpando a calha de chuva. Aparece quando queremos descansar os olhos por um instante porque ficamos estudando por muito tempo a incompreensível planilha dos gastos extras do condomínio. Quando estamos sentados na cama de um filho, à noite, contando uma história de ninar e nos esquecemos do nome da princesa ou do seu final feliz porque já estamos muito cansados. Quando fechamos os olhos ao beijar alguém. Quando estamos deitados no chão de terra, numa mesa de exames clínicos, numa cama alheia ou mesmo na nossa cama. Quando fechamos os olhos porque estamos carregando algo muito pesado. Quando passamos o dia inteiro caminhando e paramos apenas para amarrar os cadarços e só então, com a cabeça para baixo, percebemos que não descansamos um minuto sequer naquele dia. Aparece quando alguém diz "feche os olhos" para nos preparar para uma surpresa. Quando nos encostamos na parede de um provador porque nenhuma das calças escolhidas serviu. Quando fechamos os olhos um pouco antes de finalmente revelarmos algo importante, antes de dizermos, por exemplo, "eu te amo" ou "mas eu não". Quando, à noite, fritamos na manteiga rodelas de batatas cozidas. Quando fechamos os olhos porque diante da porta está alguém que não queremos de modo nenhum convidar para entrar. Quando fechamos os olhos porque uma preocupação muito grande foi tirada de nossas costas. Quando reencontramos alguém ou alguma coisa, uma carta, um sentimento de segurança, um brinco, um cachorro perdido, uma voz ou uma criança que estava escondida. Essa imagem sempre retorna de repente, retorna como se fosse um descanso de tela da vida – muitas vezes, quando menos esperamos.

PRIMEIRA PARTE

PASTO, PASTO

Quando Selma disse que tinha sonhado com um ocapi durante a noite, estávamos certos de que um de nós haveria de morrer, provavelmente nas vinte e quatro horas seguintes. Bem, estávamos quase certos. Foram vinte e nove horas. A morte chegou com um pequeno atraso e de maneira literal: ela entrou pela porta. Talvez tenha se atrasado porque hesitou demais, para além do último instante.

Selma tinha sonhado três vezes com um ocapi durante sua vida, e em todas as vezes em que isso aconteceu alguém morreu, por isso estávamos convencidos da inegável associação entre sonhar com um ocapi e a morte. É assim que funciona nossa razão. Ela consegue, em pouquíssimo tempo, fazer com que coisas das mais disparatadas criem um vínculo muito forte. Bules de café e cadarços, por exemplo, ou garrafas de vidro retornáveis e árvores de Natal.

A lógica do oculista era especialmente boa nisso. Bastava alguém lhe dizer duas coisas que não tinham nenhuma relação entre si para ele criar uma analogia. E foi justo o oculista que afirmou de maneira categórica que o recente sonho com o ocapi não traria a morte de ninguém, que a morte e o sonho de Selma estavam absolutamente dissociados entre si. Mas sabíamos que, no fundo, o oculista também acreditava nesse vínculo. Principalmente o oculista.

Papai também dizia que essa história de morte era uma bobagem execrável e que nosso disparate se devia basicamente a não permitirmos que o mundo entrasse suficientemente em nossas vidas. Ele dizia sempre: "Vocês têm de se abrir mais para o mundo".

Ele falava isso com convicção, no passado, em especial para Selma.

Depois, falava apenas de vez em quando.

O ocapi é um animal bizarro, muito mais bizarro do que a morte, e parece totalmente incongruente com suas pernas de zebra, ancas de tapir, torso vermelho-ferrugem de girafa, olhos de cervo e orelhas de rato. Um ocapi é implausível ao extremo, tanto na realidade quanto nos sonhos nefastos de uma mulher das montanhas Westerwald.

O ocapi foi descoberto na África há apenas oitenta e dois anos. Trata-se do último grande mamífero descoberto pelo ser humano; ao menos, é o que se acredita. Supõe-se que seja verdade, pois nada é capaz de superar um ocapi. Provavelmente alguém já tinha divisado extraoficialmente um ocapi muito antes, mas talvez essa pessoa, ao se deparar com o ocapi, tivesse achado estar sonhando ou ter perdido o juízo, porque um ocapi, principalmente quando aparece de súbito e inesperadamente, passa a impressão de ser um devaneio dos grandes.

O ocapi, porém, está longe de passar uma impressão sinistra. Ele não pareceria sinistro mesmo se fizesse muito esforço para isso, algo que – até onde sabemos – é raro. Mesmo que o sonho de Selma colocasse gralhas e corujas (que prenunciam toda a gama de desgraças) batendo as asas ao redor da sua cabeça, o ocapi ainda assim passaria uma impressão muito dócil.

No sonho de Selma, o ocapi estava numa planície, perto da floresta, em meio a um conjunto de plantações e prados chamado Uhlheck. Uhlheck significa Bosque das Corujas. Os habitantes das montanhas Westerwald falam muitas coisas de um jeito diferente e mais abreviado do que o habitual porque gostam de terminar logo as conversas. A aparência do ocapi era exatamente como na realidade, e a aparência de Selma também era exatamente como na realidade, aliás, praticamente igual à do cantor e apresentador e ator Rudi Carrell.

Por incrível que pareça, não percebíamos a semelhança absoluta entre Selma e Rudi Carrell; foi preciso que, apenas anos mais tarde, alguém de fora viesse nos chamar a atenção para esse fato. Foi então que a semelhança nos impactou com o ímpeto que lhe competia. O corpo alto e magro de Selma, a postura, os olhos, o nariz, a boca, os cabelos: de cima a baixo, Selma era igualzinha a Rudi Carrell, de modo que a partir de então ele passou a ser, para nós, apenas uma cópia malfeita dela.

No sonho, Selma e o ocapi estavam absolutamente parados no Bosque das Corujas. O ocapi tinha virado a cabeça para a direita, na direção da floresta. Selma encontrava-se a alguns passos de distância. Vestia a camisola que estava usando na vida real; ora verde, ora azul ou branca, sempre até os tornozelos, sempre florida. Ela tinha abaixado a cabeça, olhava para os velhos dedos na grama, tortos e compridos como realmente eram. Ela mirava o ocapi só de vez em quando, de soslaio, de cima para baixo, do jeito que olhamos para alguém que amamos um tantinho a mais do que gostaríamos de alardear por aí.

Ninguém se mexia, ninguém dizia nada, não ventava, embora sempre ventasse no Bosque das Corujas. Daí, no fim do sonho, Selma ergueu a cabeça, o ocapi virou a sua na direção de Selma, e eles se encararam. O olhar do ocapi era muito suave, muito escuro, muito úmido e muito grande. Parecia amistoso e como se quisesse lhe formular uma pergunta, como se lamentasse que ocapis não pudessem fazer perguntas também nos sonhos. A imagem ficou congelada durante muito tempo: a imagem de Selma e do ocapi, olhando-se nos olhos um do outro.

Em seguida, a imagem se dissipou, Selma acordou e ele, o sonho, acabou – e logo a vida de alguém próximo se acabaria também.

Na manhã seguinte, 18 de abril de 1983, Selma quis apagar o sonho do ocapi e resolveu fingir estar muito alegre. Na imitação da alegria, ela era tão astuta quanto um ocapi e acreditava que a maneira mais crível de transmitir descontração era ficar saltitando por aí. Portanto, depois do sonho, Selma apareceu na cozinha como quem não queria nada, sorrindo torto, e não percebi o quanto ela estava parecida com Rudi Carrell quando ele saía daquele globo gigante, um globo com oceanos azul-claros, países dourados e portas de correr, a abertura do programa *Rudis Tagesshow*.

Mamãe ainda dormia no cômodo acima do de Selma, papai já estava no consultório. Eu me sentia cansada. Eu tinha demorado a pegar no sono no dia anterior, pois Selma ficou sentada na minha cama por muito tempo. Talvez alguma coisa dentro de mim tivesse pressentido o sonho e, por essa razão, quis mantê-la acordada durante muito tempo.

Quando eu dormia no andar de Selma, ela me contava à beira da cama histórias com finais felizes. Quando eu era menor, sempre apertava seu pulso depois das histórias, colocava o polegar sobre as veias imaginando que o mundo pulsava no ritmo do seu coração. Imaginava o oculista lapidando lentes, Martin erguendo um peso, Elsbeth cortando a cerca viva, o dono do mercadinho arrumando os sucos, mamãe empilhando galhos de pinheiros, papai carimbando receitas – e todos agiam seguindo exatamente o ritmo do coração de Selma. Era certo que eu adormeceria em seguida. Porém, naquela época, eu contava dez anos e Selma disse que eu estava velha demais para isso.

No momento em que Selma entrou, eu estava na mesa da cozinha repassando minha lição de casa de geografia, já pronta, para o caderno de Martin. Fiquei espantada por Selma dizer "oiê" e, animada, me dar um beliscão na cintura, em vez de brigar por eu estar fazendo de novo a lição por Martin. Selma nunca tinha dito "oiê" e também nunca tinha beliscado alguém para ser divertida.

— O que foi? — perguntei.

— Nada — Selma respondeu, sorrindo. Ela abriu a geladeira, tirou um pacote de queijo fatiado e uma linguiça, balançando os dois no ar. — O que vai querer de lanche hoje? — ela continuou, só sorrisos. — Minha gatinha — ela acrescentou, sorrindo. E sorrir e me chamar de "minha gatinha" eram sinais de alerta.

— Queijo, por favor — eu disse. — O que aconteceu?

— Nada — Selma continuou sorrindo —, já disse. — Ela passou manteiga numa fatia de pão e acabou derrubando o queijo no chão porque não parava de saltitar.

Selma parou e olhou para baixo, na direção da embalagem do queijo, como se algo muito valioso tivesse se espatifado em milhares de caquinhos.

Fui até ela e apanhei o queijo. Agachada, ergui o olhar para encará-la. Selma era ainda mais alta do que a maioria dos outros adultos e naquela época devia estar por volta dos sessenta; ou seja, da minha perspectiva, era alta feito um varapau e jurássica. Ela me parecia tão grande que eu achava que, do alto de sua cabeça, era possível enxergar a cidade vizinha e mais além, e tão jurássica que eu achava que ela tinha ajudado na criação do mundo.

Mas, mesmo lá de baixo, a metros de distância de seus olhos, eu podia ver por trás de suas pálpebras que algo terrível tinha se passado à noite.

Selma pigarreou.

— Não conte para ninguém — ela disse baixinho —, mas acho que sonhei com um ocapi.

Naquele instante, eu estava acordadíssima.

— Você tem certeza de que era um ocapi?

— O que mais poderia ter sido? — disse Selma, completando que não dava para confundir um ocapi com outro animal.

— Dá, sim — retruquei, dizendo que poderia ter sido um boi com uma deformação, uma girafa montada do jeito errado, um gracejo da natureza, e que as listras e a cor vermelho-ferrugem eram difíceis de serem reconhecidas à noite, quando tudo fica meio difícil de enxergar.

— Bobagem — Selma retrucou, esfregando a testa —, infelizmente isso é uma bobagem, Luise.

Ela colocou uma fatia de queijo sobre o pão, dobrou-o em sanduíche e guardou-o na minha lancheira.

— Você sabe a que horas exatamente foi o sonho?

— Por volta das três — Selma respondeu. Ela disse que tinha se levantado num salto depois que a imagem do ocapi desaparecera, que tinha ficado sentada na cama, empertigada, encarando a camisola que havia pouco, no sonho, estava usando no Bosque das Corujas, e depois encarou o despertador. Três horas da manhã.

— Provavelmente é melhor não levarmos a coisa tão a sério — disse Selma, mas ela falou como um policial de seriado de TV que não leva muito a sério um bilhete anônimo.

Selma guardou a lancheira na minha mochila e, nessa hora, pensei em perguntar a ela se eu podia ficar em casa por causa do ocorrido.

— Mas é claro que apesar desse sonho você vai para a escola — disse Selma, que sempre sabia o que eu estava pensando, como se meus pensamentos formassem guirlandas de palavras decorando minha cabeça. — Você não vai se incomodar com um sonho tão estapafúrdio.

— Posso contar para o Martin? — perguntei.

Selma pensou.

— Pode — ela disse, afinal. — Mas só para o Martin.

Nossa cidade era muito pequena para uma estação de trem e pequena demais também para uma escola. Portanto, todas as manhãs, Martin e eu tomávamos o ônibus até a pequena estação na cidade vizinha e depois o trem regional para a capital do nosso estado.

Enquanto esperávamos pelo trem, Martin me levantou. Martin treinava levantar pesos desde o jardim de infância, e eu era o único peso que estava sempre disponível e que podia ser erguido a qualquer momento. Os gêmeos da cidade vizinha só permitiam serem levantados mediante pagamento, vinte centavos por gêmeo levantado, e Martin ainda não conseguia erguer os adultos ou novilhos, e todo o resto que poderia ser um desafio, árvores delicadas, porcos não muito gordos, ou estava bem preso ao chão, ou fugia correndo.

Martin e eu tínhamos a mesma altura. Ele se agachava, me pegava pelos quadris e me levantava. Nessa época, ele já conseguia me segurar por quase um minuto no ar; eu tocava o chão apenas quando esticava os dedos dos pés bem para baixo. Quando Martin me ergueu pela segunda vez naquela manhã, eu disse:

— Essa noite minha avó sonhou com um ocapi.

Encarei a risca no cabelo de Martin, seu pai tinha penteado os cabelos loiros com um pente molhado, algumas mechas ainda estavam escuras.

A boca de Martin se encontrava na altura do meu umbigo.
— Então alguém vai morrer? — ele perguntou para o meu pulôver.

Talvez seu pai morra, pensei, mas claro que não disse isso, pois pais não devem morrer, tanto faz o quão péssimos sejam. Martin me colocou no chão e expirou o ar.
— Você acredita nisso? — ele perguntou.
— Não — respondi.

A placa vermelha e branca de sinalização da plataforma, de repente, soltou-se e caiu.
— Está ventando bastante hoje — disse Martin, mas não era verdade.

Enquanto Martin e eu estávamos no trem, Selma ligou para a cunhada Elsbeth contando que tinha sonhado com um ocapi. Ela fez Elsbeth prometer que não diria nada para ninguém. Em seguida, Elsbeth telefonou para a mulher do prefeito, na verdade, apenas por causa do planejamento da festa da primavera que estava para acontecer, mas, quando a mulher do prefeito perguntou "E tem mais alguma novidade?", rapidamente se soltaram as amarras com as quais Selma havia atado o sonho do ocapi à alma de Elsbeth, e num piscar de olhos toda a cidade já estava sabendo. Foi tão rápido que Martin e eu ainda estávamos no trem rumo à escola quando a cidade inteira já sabia.

A viagem de trem durava quinze minutos, não havia paradas intermediárias. Desde nossa primeira viagem, sempre brincávamos da mesma coisa: frente a frente no vagão, ficávamos de costas para as janelas, encostados nas portas. Martin fechava os olhos, eu olhava através do vidro da porta à qual Martin dava as costas. No primeiro ano, tinha listado para Martin o que eu via durante o percurso, e Martin tentava aprender tudo de cor. Deu tão certo que no segundo ano eu não precisei dizer mais nada. Martin, de costas para a janela e de olhos fechados, podia dizer, a cada instante, praticamente tudo o que eu estava vendo pela janela.

— Fábrica de arame — ele disse bem no momento em que passamos pela fábrica de arame. — Agora a plantação. O pasto. A granja do maluco Hassel. Campina. Floresta. Floresta. Observatório um. Plantação. Floresta. Campina. Pasto, pasto. Fábrica de pneus. Cidade. Pasto. Campina. Observatório dois. Pedaço de floresta. Casa. Plantação. Floresta. Observatório três. Cidade.

No início, Martin ainda cometia alguns erros devido à desatenção, dizia campina quando na verdade era plantação ou não enumerava a paisagem rápido o suficiente quando o trem acelerava no meio do trajeto. Mas logo ele passou a acertar tudo na mosca, dizia plantação quando eu via uma plantação, dizia granja quando a granja passava chispando.

Agora, no quarto ano da escola, Martin sabia tudo, sem qualquer dificuldade, com as distâncias exatas, de frente para trás e de trás para a frente. No inverno, quando a neve tornava plantações e campinas indistinguíveis, Martin recitava o que a superfície irregular branca, que eu via correr diante de meus olhos, era na verdade: plantação, floresta, campina, pasto, pasto.

À exceção de Elsbeth, cunhada de Selma, em geral as pessoas na cidade não eram supersticiosas. Elas faziam despreocupadamente tudo aquilo que de acordo com as crendices não se pode fazer. Ficavam sentadas debaixo de relógios de parede, embora os supersticiosos achem que se possa morrer por causa disso; dormiam com a cabeça voltada para a porta, embora entre os supersticiosos isso signifique que a pessoa logo será carregada porta afora, sendo puxada pelos pés. Elas também penduravam roupas para secar entre o Natal e o Ano-Novo, algo que os supersticiosos consideravam equivalente a um suicídio ou morte assistida, alertava Elsbeth. Elas não se assustavam quando, de noite, uma corujinha piava, quando um cavalo suava muito no estábulo, quando um cachorro uivava à noite de cabeça baixa.

O sonho de Selma, entretanto, era factual. Se um ocapi aparecia no seu sonho, a morte aparecia na vida; e todos agiam como se ela realmente fosse aparecer apenas e tão somente naquele momento, como se viesse sorrateira, surpreendente, como se não fosse algo pressuposto desde o início, sempre numa proximidade distante, como uma madrinha de batismo que passa a vida inteira enviando pequenas e grandes lembrancinhas.

Era possível notar que as pessoas na cidade estavam inquietas, mesmo quando grande parte tentava não deixar transparecer nada. Pela manhã, poucas horas depois do sonho de Selma, as pessoas se movimentavam na cidade como se gelo escorregadio cobrisse todos os caminhos, não apenas fora, mas também dentro das casas, em suas cozinhas e salas. Elas se movimentavam como se seus corpos lhes fossem estranhos, como se todos os seus membros estivessem inflamados, e também como se os objetos com os quais lidavam fossem altamente inflamáveis. Passaram o dia inteiro desconfiando da própria vida e, na medida do possível, também da de todos os outros. Olhavam o tempo todo para trás, a fim de checar se alguém apareceria num salto, cheio de vontade de matar, alguém que tivesse perdido a razão e, portanto, sem mais nada a perder. Depois, rapidamente olhavam de novo para a frente, porque, afinal, alguém sem razão também poderia atacar frontalmente.

Olhavam para cima, para evitar telhas, galhos ou lustres pesados caindo. Evitavam todos os animais, imaginando que eles pudessem trazer a morte mais facilmente do que as pessoas. Desviavam das vacas bonachonas, que naquele dia possivelmente iriam escapar, evitavam os cachorros, até os bem velhos, que mal conseguiam ficar em pé, mas que ainda assim poderiam abocanhar seus pescoços. Em dias como aquele tudo era possível, até mesmo um salsichinha ancião esgoelar alguém, algo que, na realidade, não era tão mais esquisito do que um ocapi.

Todos estavam inquietos, no entanto, exceto Friedhelm, irmão do dono do mercadinho, ninguém estava horrorizado, porque o horror, via de regra, necessita da certeza. Friedhelm estava tão horrorizado como se o ocapi tivesse sussurrado seu nome no sonho de Selma. Ele saiu correndo, atravessou a floresta tropeçando, gritando e tremendo, até que o oculista o alcançou e o levou até papai. Papai era médico e aplicou em Friedhelm uma injeção que dava tanta alegria que o homem passou o resto do dia saltitando pela cidade, cantando "Oh, meu lindo Westerwald", irritando todo mundo.

As pessoas da cidade inspecionaram seus corações, que, sem estarem acostumados com tanta atenção, dispararam causando preocupação. Elas lembraram que, antes do infarto, um braço formiga, mas não lembraram qual deles, de modo que ambos os braços das pessoas da cidade começaram a formigar. Elas inspecionaram seus estados de espírito, que, também sem estarem acostumados com tanta atenção, igualmente se agitaram, causando preocupação. Quando entravam no carro, quando pegavam um forcado nas mãos ou tiravam uma panela com água fervente do fogo, elas se perguntavam se a razão não sumiria de repente, se não surgiria um desespero incontrolável e com ele o rompante de bater com o carro em alta velocidade contra uma árvore, de cair sobre o forcado ou despejar a água fervente sobre a própria cabeça. Ou o rompante não se manifestaria contra si mesmas, mas sim destinado a alguém próximo. Poderiam despejar água fervente, atropelar ou empurrar para cima do forcado o vizinho, o cunhado, a esposa.

Algumas pessoas da cidade evitaram qualquer movimentação durante todo o dia; outras, por ainda mais tempo. Elsbeth tinha contado ao Martin e a mim que há anos, no dia do sonho de Selma, o carteiro aposentado simplesmente parara de se mexer. Ele estava certo de que qualquer movimento poderia significar sua morte, mesmo dias e meses depois do sonho de Selma, quando alguém já tinha morrido fazia muito tempo devido ao sonho – no caso, a mãe do sapateiro. O carteiro simplesmente ficou sentado para sempre. Seus membros imóveis tinham infeccionado, o sangue empelotou e, por fim, coagulou no meio do caminho de seu corpo, ao mesmo tempo que o coração desconfiado parou; o carteiro acabou perdendo a vida pelo medo de perder a vida.

Algumas pessoas da cidade achavam que estava então mais do que na hora de revelar uma verdade secreta. Elas escreviam cartas, excepcionalmente repletas de palavras, muitos "sempre" e "nunca". Antes de morrer, achavam que era preciso encarar a vida de maneira sincera, ao menos no instante final. E as pessoas achavam que as verdades ocultas são as mais verdadeiras de todas: como nunca são confrontadas, seu nível de verdade se mantém intacto e, visto que estão condenadas ao imobilismo devido ao ocultamento, ao longo dos anos essas verdades se tornam cada vez mais vultosas. Não apenas as pessoas que carregavam a verdade oculta e corpulenta consigo acreditavam ter de encarar a vida de maneira sincera em seu último instante como também esse era o credo da verdade em si.

A verdade também fazia questão de vir à luz no instante derradeiro, fazendo ameaças, dizendo que a morte era especialmente torturante se houvesse uma verdade escondida no corpo, que haveria um demorado cabo de guerra entre a morte, puxando de um lado, e a verdade corpulenta, puxando do outro, porque a verdade não quer morrer calada, visto que passou a vida toda enterrada. Ela, então, quer vir à luz pelo menos uma vez – ou para disseminar um fedor animalesco e assustar a todos, ou para comprovar que ela, à vista de todos, não era tão terrível e atemorizante assim. Pouco antes do suposto fim, a verdade escondida quer procurar urgentemente uma segunda opinião.

O único que se alegrou com o sonho de Selma foi o velho camponês Häubel. Ele tinha vivido por tanto tempo que era quase transparente. Quando seu bisneto lhe contou do sonho de Selma, o camponês Häubel levantou-se da mesa do café da manhã, acenou com a cabeça para o bisneto e subiu a escada até seu quarto, debaixo do telhado. Ele se deitou na cama e ficou olhando para a porta como uma criança que está fazendo aniversário e que, muito ansiosa, acordou cedo demais e fica esperando impaciente que os pais cheguem com o bolo.

O camponês Häubel tinha a firme convicção de que a morte seria educada, assim como ele o fora durante toda a sua vida. O camponês Häubel estava seguro de que a morte não lhe arrancaria a vida, mas a tiraria de suas mãos com cuidado. Ele imaginou a morte batendo de mansinho, abrindo só uma fresta na porta e perguntando "Posso?", algo que o camponês Häubel naturalmente iria confirmar. "Claro", responderia ele, "entre, por favor". E a morte entraria. Ela se postaria ao lado da cama do camponês Häubel e perguntaria: "O momento é oportuno para o senhor? Posso passar mais tarde também". O camponês Häubel iria se sentar e dizer: "Não, agora é um bom momento para mim, melhor não adiar mais uma vez, nunca se sabe se você vai conseguir passar aqui de novo", e a morte se sentaria na cadeira já a postos à cabeceira da cama. Ela se desculparia de pronto pelo frio de suas mãos, coisa que não incomodaria nem um pouco o camponês Häubel, e pousaria uma delas sobre os olhos dele.

Era assim que o camponês Häubel imaginava a cena. Ele se levantou mais uma vez, porque tinha se esquecido de abrir a janelinha do telhado, a fim de que depois a alma pudesse sair voando mais facilmente.

O AMOR DO OCULISTA

Na manhã seguinte ao sonho de Selma, a verdade que queria sair no derradeiro minuto de dentro do oculista não era uma verdade objetivamente terrível. O oculista não mantinha nenhum caso amoroso (e também não havia ninguém com quem o oculista quisesse ter um caso), não tinha roubado ninguém e nem tinha mentido de maneira contumaz a quem quer que fosse, exceto a si mesmo.

A verdade secreta do oculista era que ele amava Selma, e havia décadas. Às vezes ele tentava esconder isso não apenas dos outros mas também de si. Entretanto, o amor por Selma tinha emergido de novo fazia pouco; fazia muito pouco que o oculista sabia exatamente onde ele tinha escondido seu amor por Selma.

O oculista estava quase todo dia lá, desde o começo. Do meu ponto de vista, ele era quase tão jurássico quanto Selma, e então ele também tinha participado da criação do mundo.

Quando Martin e eu entramos no jardim de infância, Selma e o oculista nos ensinaram a amarrar os cadarços. Nós quatro ficamos sentados nos degraus diante de nossa casa, e Selma e o oculista deram um mau jeito nas costas depois da lição porque permaneceram muito tempo curvados sobre nossos sapatos de criança, repetindo em câmera lenta, inúmeras vezes, o laço no cadarço – Selma comigo, o oculista com Martin.

Selma e o oculista também nos ensinaram a nadar, entraram na piscina mais rasa, ambos com a água até o umbigo, Selma estava usando uma touca de fuxicos violeta, parecida com uma hortênsia e que ela havia pegado emprestada de Elsbeth, para que o penteado de Rudi Carrell permanecesse intacto. Eu deitei com a barriga sobre as mãos de Selma, Martin sobre as do oculista.

— Não vamos soltar — disseram inicialmente Selma e o oculista, e em algum momento: — Vamos soltar agora. — E Martin e eu nadamos, primeiro desengonçados e com os olhos arregalados de pânico e orgulho, depois cada vez mais seguros. Feliz da vida, Selma deu um abraço no oculista, e nos olhos dele brotaram lágrimas.

— É só uma reação alérgica — ele disse.

— A quê? — Selma perguntou.

— A esse material próprio das toucas de banho — afirmou o oculista.

Selma e o oculista nos ensinaram a andar de bicicleta, o oculista ficou segurando o bagageiro de Martin, Selma o meu.

— Não vamos soltar — disseram eles inicialmente, e em algum momento: — Vamos soltar agora. E Martin e eu começamos a pedalar, primeiro vacilantes, depois cada vez mais seguros. Feliz da vida, Selma deu um abraço no oculista, e nos olhos do oculista brotaram lágrimas.

— É só uma reação alérgica — ele disse.

— A quê? — Selma perguntou.

— A esse material próprio dos selins das bicicletas — afirmou o oculista.

Diante da estação da capital, o oculista e Selma também explicaram como funcionava o relógio para Martin e para mim.

***

Nós quatro olhamos para o mostrador redondo, e Selma e o oculista apontaram para os números e os ponteiros como se fossem constelações. Entendido o relógio, logo em seguida o oculista explicou os fusos horários; ele fazia questão, como se soubesse já naquela época o quanto e quantas vezes o tempo se adiantaria ou se atrasaria para mim.

O oculista me ensinou a ler numa sorveteria na capital, junto com Selma e Martin, que já sabia. O novo proprietário da sorveteria, Alberto, tinha dado nomes muito passionais às suas taças, e talvez o estabelecimento fosse não tão frequentado porque as pessoas no Westerwald preferiam pedir "três bolas mistas" do que Tentação flamejante ou Desejo incontrolável. "Taça Amor secreto" foi a primeira coisa que consegui ler. Mais tarde, passei a ler os horóscopos nos saquinhos de açúcar que acompanhavam o café de Selma, primeiro gaguejando e depois cada vez mais fluente. "Leão", eu lia, "corajoso, orgulhoso, aberto, vaidoso, egocêntrico". O indicador do oculista sublinhava as palavras na velocidade da leitura, muito lentamente em "egocêntrico", e, quando consegui ler fluentemente meu primeiro saquinho, ganhei de recompensa uma bola de Amor secreto com chantili.

O oculista sempre pedia a taça média de Amor secreto sem chantili. "Não consigo dar conta do Amor secreto grande", ele dizia, olhando Selma de soslaio, mas Selma não tinha sensibilidade para metáforas, mesmo se a metáfora estivesse sentada à sua frente na sorveteria, decorada com guarda-chuvinha de papel.

O oculista estava junto quando Martin e eu descobrimos um programa de música pop na rádio e, desde então, não quisemos mais ouvir outra coisa. Pedimos ao oculista que nos traduzisse as letras, embora mesmo assim não as entendêssemos.

Tínhamos dez anos e não sabíamos o que significavam, tanto na sorveteria como no rádio, as expressões "tentação flamejante" e "dor lancinante".

Ficávamos bem próximos do aparelho, curvados. O oculista estava totalmente concentrado, o rádio era velho e chiava, e os cantores cantavam muito rápido.

— Billie Jean não é minha amante — o oculista traduziu.

— Billie parece nome de homem — disse Selma.

— Billie Jean também não é *meu* amante — disse o oculista, indignado.

— Fale baixo — dissemos Martin e eu.

— Que sentimento! — o oculista traduziu. — Pegue sua *passion* e faça acontecer.

— Não seria "sua paixão"? — Selma perguntou.

— Isso — respondeu o oculista. Já que ele não podia ficar sentado por muito tempo por causa das costas, nos deitamos com o rádio sobre um cobertor no chão.

— Levante-nos para onde pertencemos — o oculista traduziu —, no topo de uma montanha, onde as águias choram.

— Não seria "gritam"? — Selma perguntou.

— Tanto faz — respondeu o oculista.

— Fale baixo! — alertamos, e então papai veio avisar que já era hora de irmos dormir. — Mais uma última música, por favor — pedi. Papai se encostou no batente da porta.

— As palavras não vêm fácil para mim — traduziu o oculista. — Como posso encontrar uma maneira de fazer você ver que eu te amo?

— A gente não fica com essa impressão — Selma disse —, de que as palavras não vêm fácil para ele.

E meu pai suspirou e disse:

— Vocês precisam urgentemente se abrir um pouco mais para o mundo.

O oculista tirou os óculos e se virou para papai.
— É o que estamos fazendo.

Depois que o oculista soube do sonho de Selma e que espalhou para todo mundo que não acreditava nadinha naquilo, ele vestiu seu terno bom, que ficava maior a cada ano, pegou a pilha de cartas começadas da mesa, que também ficava maior a cada ano, e colocou-a em sua grande bolsa de couro.

O oculista saiu em direção à casa de Selma, caminho que poderia ter feito às cegas ou de costas, pois há décadas o percorria quase que diariamente, mas sem o terno bom, sem a pilha de cartas começadas, sempre com o amor oculto no corpo, que queria vir à luz no talvez derradeiro instante.

Enquanto se dirigia à casa de Selma a passos largos, o coração batia forte contra o peito, batia em uníssono com a verdade oculta, e a cada passo a bolsa de couro batia contra seu quadril, a bolsa de couro cheia de:

Querida Selma, há algo que faz anos quero te

Querida Selma, depois de todos esses anos de nossa amizade, é certamente ~~errado engraçado curioso estranho inesperado surpreendente errado~~

Querida Selma, por ocasião do casamento da Inge e do Dieter, queria finalmente te

Querida Selma, você vai achar engraçado, mas

Querida Selma, sua torta de maçã estava mais uma vez insuperável. Falando de insuperável. Você é

Querida Selma, há pouco estávamos tomando uma taça de vinho, e você disse algo verdadeiro, que a Lua hoje está especialmente cheia e bela. A propósito de ~~cheia e bela~~

Querida Selma, sinto muito pela doença de Karl, mesmo
que eu não tenha conseguido expressar isso direito
antes. A gente percebe a finitude da nossa existência
de tudo, e por isso quero finalmente te dizer

Querida Selma, há pouco tempo você me perguntou
por que estou tão calado, e a verdade é que

Querida Selma, chegou o Natal, sem neve nenhuma,
do jeito que você não gosta. Falando de amanhã

Querida Selma, falando da separação da Inge e do Dieter

Querida Selma, por ocasião do enterro do Karl

Querida Selma, sem qualquer motivo

Mais que querida

Querida Selma, ao contrário de você, estou seguro
de que vamos ganhar o "Nossa cidade ficará mais
bela". Só por sua beleza o primeiro lugar está

Querida Selma, está absolutamente claro que não
vamos conseguir ganhar o "Nossa cidade ficará
mais bela". Nossa cidade não precisa ficar mais
bonita. Ela já é absolutamente bela porque você

Querida Selma, o Natal chegou mais uma vez. Estou
sentado aqui, olhando para a neve lá fora e me perguntando
quando ela vai derreter. Falando em derreter

Querida Selma, o Natal é a época dos presentes. Falando em
presentes. O que há muito tempo quero pôr diante de seus pés

Querida Selma, um assunto totalmente diferente

Querida Selma, aliás, o que eu sempre quis te

Querida Selma, já é Natal de novo

Querida Selma ~~MALDIÇÃO~~

Querida Selma, quando estávamos com Luise e Martin na piscina, o Sol refletiu o azul da água, ~~como o azul dos teus olh~~

Querida Selma, obrigado pela dica dos montinhos das toupeiras. Falando em montinhos. Ou, melhor, em montanha. Não posso mais esconder

Querida Selma, falando em amor

 O oculista caminhou rápido rua abaixo até a casa de Selma, não olhando nem para a direita nem para a esquerda, não reparando nas tantas casas que havia ali, nas quais todos deviam estar ocupados em esquadrinhar seus corações, sua razão e a de seus próximos, em revelar verdades ou em ouvi-las. E, assim que chegassem à luz, essas verdades não se provariam tão terríveis, ou talvez fossem tão terríveis como o esperado, atingindo seus destinatários como um raio, e o sonho de Selma, então, haveria cumprido seu serviço.

 O oculista repassou brevemente as verdades que poderiam fazer alguém ficar com a impressão de ter sido atingido por um raio. Em sua opinião, todas soavam como frases da série americana dos finaizinhos de tarde a que Selma sempre assistia. Ao contrário de Selma, o oculista não era aficionado pela série dos finaizinhos de tarde, mas era aficionado pelo perfil de Selma, e a série dos finaizinhos de tarde lhe dava a oportunidade de observar de soslaio, por quarenta minutos, o perfil de Selma enquanto ela estava vidrada na sua série. Verdades que podem fazer alguém ficar com a impressão de ter sido atingido por um raio soavam como frases ditas no final dos episódios, antes da entrada da música-tema e de Selma ter de esperar uma semana inteira pela continuação. Eram sempre frases como: "Eu nunca te amei" ou "Matthew não é seu filho" ou "Estamos falidos".

O oculista não deveria ter pensado a respeito, pois agora a música-tema da série dos finaizinhos de tarde não saía de sua cabeça, uma música absolutamente inadequada para uma declaração de amor, e em seu caminho o oculista foi assolado por suas vozes internas.

O oculista carregava dentro de si um coletivo de vozes. Como se seu interior fosse uma república de estudantes. E as vozes eram as piores colegas que se pode imaginar. Sempre faziam barulho demais, principalmente depois das dez da noite, bagunçavam a decoração do oculista, eram muitas, nunca pagavam por nada e não podiam ser expulsas.

As vozes internas advogavam havia anos pela ocultação do amor por Selma. Também naquela hora, no caminho até a casa de Selma, as vozes estavam evidentemente defendendo a discrição quanto à verdade do amor, visto que ele estava tão versado na discrição, que tinha passado décadas convivendo bem com ela. As vozes diziam que sem a declaração de amor nada de especialmente maravilhoso havia acontecido, mas também nada de especialmente terrível – e era isso o que importava.

O oculista, que sempre escolhia bem as palavras, parou por um instante, ergueu a cabeça e disse em voz alta:

— Calem a boca!

Ele sabia que não era prudente se meter em discussões com vozes internas, sabia que elas poderiam se tornar muito tagarelas quando não eram enfrentadas de pronto.

"E então, quando a verdade tiver sido dita", continuaram as vozes impassíveis, "talvez aconteça mesmo algo de terrível".

"Talvez", sibilaram as vozes, "Selma ache a verdade – quer dizer, esse amor corpulento há anos represado – ameaçadora ou reprovável. E se você, oculista, realmente morrer hoje, se o recado do sonho de Selma for mesmo para você, então a última lembrança que Selma terá de você será de algo tão indecente quanto seu amor há anos não ventilado".

O oculista deu um passo cambaleante para a direita. Ele fazia isso de vez em quando e por alguns segundos ficava parecendo bêbado. Selma o tinha convencido no ano passado a se consultar por causa desse cambaleio súbito. O oculista foi com Selma até a capital e um neurologista o examinou, mas não achou nada. Afinal, as vozes internas são invisíveis aos aparelhos de diagnóstico. O oculista só tinha ido ao neurologista para tranquilizar Selma, ele sabia de antemão que nada seria encontrado; o oculista sabia que cambaleava porque as vozes internas o sacudiam.

— Calem a boca! — o oculista repetiu ainda mais alto e andou mais rápido. — É muito raro Selma achar algo ameaçador ou indecente.

Nisso ele tinha razão, e nisso ele infelizmente tinha dito às vozes mais do que deveria.

"Mas é justamente o amor que ela acharia indecente", sibilaram as vozes, "afinal, há um motivo para a verdade ter ficado escondida por tanto tempo".

— Foi covardia — disse o oculista, levando a bolsa de couro para o outro lado do quadril, porque as pancadas da bolsa e as pancadas das vozes estavam aos poucos começando a doer.

"Foi bom senso", disseram as vozes. "Afinal, o medo às vezes é um bom conselheiro", elas disseram, começando em seguida a cantarolar a música-tema da série dos finaizinhos de tarde.

O oculista passou a andar mais devagar. O caminho para a casa de Selma, que a bem da verdade demorava dez minutos, de repente lhe pareceu uma viagem de um dia inteiro, uma viagem de um dia inteiro com muita, muita bagagem.

Ele passou por mais casas, casas cheias de verdades ocultas que queriam vir à tona, e então passou a listar todas as frases que tinha lido sobre coragem. Eram muitas. Sempre que ia com Selma à capital, porque ela queria fazer suas compras de fim de semana, o oculista ficava esperando por Selma numa loja de presentes afastada, onde dava para fumar escondido. Certamente Selma não o flagraria; nenhum lugar era mais protegido contra ela do que uma loja de presentes.

Enquanto Selma fazia compras, o oculista já tinha lido e enchido de fumaça todos os cartões do expositor de noventa e seis nichos da loja de presentes. Cada cartão retratava uma cidade que não tinha a mais mínima relação com a capital; a saber, eram cidades com mar, cachoeiras ou deserto e traziam uma frase que não tinha a mínima das relações com o oculista. Agora que ele percebia que as vozes estavam ficando cada vez mais fortes e ele cada vez mais fraco, recitou as frases em voz alta, já próximo da casa de Selma.

— Coragem faz bem — ele disse.

"Sabemos disso", retrucaram as vozes.

— O sucesso depende da coragem — disse o oculista.

"Que sucesso?", perguntaram as vozes.

— Melhor tropeçar num caminho novo do que ficar parado nos caminhos antigos — disse o oculista.

"Melhor ficar parado nos caminhos antigos do que tropeçar no novo caminho, cair de mau jeito e quebrar várias costelas", disseram as vozes.

— Hoje é o primeiro dia do resto de sua vida — disse o oculista.

"Um pequeno descanso", disseram as vozes, "a coisa não parece mais valer a pena".

— Quem quer colher as melhores frutas tem de subir na árvore — disse o oculista.

"E daí a árvore cai, justo no instante em que um oculista podre está na copa", responderam as vozes.

O oculista passou a andar muito devagar. A bolsa não batia mais contra o quadril, o coração não martelava mais no peito. As vozes cantarolavam a música da série do finalzinho da tarde, cantarolavam: "Estamos falidos" e "Matthew não é seu filho".

— Calem a boca — disse o oculista —, por favor.

Selma estava sentada diante de sua casa e viu o oculista se aproximar. Ela se levantou e foi em sua direção. Também o cachorro, que estava deitado aos pés de Selma, ergueu-se e acompanhou-a, o cachorro ainda filhote que todos sabiam que um dia ficaria enorme, tão grande que o oculista já se perguntava se era mesmo um cachorro, se não era algum tipo gigante de mamífero silvestre ainda não descoberto.

— O que você está murmurando? — perguntou Selma.

— Estava cantando — disse o oculista.

— Você está pálido — disse Selma. — Não se preocupe. Com certeza não é sua vez. — Embora ela evidentemente não soubesse de quem era a vez. — Terno elegante — prosseguiu Selma. — Mas ele também não fica mais novo. O que você estava cantando, afinal?

O oculista empurrou a bolsa para o outro lado do quadril e respondeu:

— Estamos falidos.

Selma inclinou a cabeça, apertou os olhos e olhou para o rosto do oculista como se fosse uma dermatologista analisando uma pinta muito estranha.

Na cabeça do oculista reinava o silêncio. As vozes internas emudeceram, caladas na certeza de que agora nada mais poderia dar errado.

Na cabeça do oculista reinava o silêncio, exceto por uma frase. Era uma frase que se espalhava em seu interior como tinta derramada, uma frase que se espalhava com tanta força que o oculista ficou sem forças, com a impressão de que todos os seus músculos estavam definhando; de que todos os fios de cabelo ainda não grisalhos estavam perdendo a cor; de que as folhas das árvores que rodeavam Selma e ele murchariam naquele instante e as próprias árvores se curvariam tamanho o cansaço provocado pela frase que se espalhava pelo oculista; de que os pássaros cairiam do céu, porque a frase ocasionava uma súbita parada de suas asas; de que as vacas no pasto ficariam com as pernas fracas e de que o cachorro, que estava ao lado de Selma e que era um cachorro – o que mais poderia ser? –, fosse simplesmente eutanasiado pelas duas palavras do oculista; *tudo murcha*, pensou o oculista, *tudo encolhe e verga e cai e se dobra pela frase "Melhor não"*.

UM MAMÍFERO SILVESTRE ATÉ ENTÃO DESCONHECIDO

O cachorro surgiu no aniversário de Selma do ano anterior. Papai tinha dado um livro de fotografias do Alasca de presente para Selma, acrescentando com uma piscadela:

— Mais tarde vem mais uma surpresa.

Selma nunca tinha estado no Alasca e nem queria ir.

— Obrigada — disse ela, juntando aquele aos outros livros de fotografias na estante da sala. Todos os anos, papai a presenteava com um livro de fotografias, por causa do mundo, para o qual ela – como ele achava – tinha urgentemente de se abrir.

De Elsbeth, Selma ganhou meio quilo de café e um tubo de pomada de caramujo, que segundo Elsbeth tornava os cabelos loiros de novo. Da triste Marlies ganhou duas latas de champignons baratos, e, do oculista, por desejo expresso, dez pacotes de bombons Mon Chéri. Selma gostava especialmente do recheio dos Mon Chéri. "O recheio é tão relaxante", ela dizia. Ela costumava morder o bombom na ponta, chupava a cereja e o licor de cereja e depois dava a casquinha de chocolate para mim.

Cantamos "Parabéns a você", Martin aproveitou para tentar erguer Selma, mas não deu certo. Comemos bolo e papai contou de sua psicanálise; ele gostava de falar a respeito.

— A propósito da psicanálise... — começou papai, mesmo sem ninguém ter feito menção à psicanálise.

O psicanalista do papai se chamava doutor Maschke e tinha um consultório na capital. Pouco depois de papai revelar que tinha começado uma psicanálise – ele anunciou isso como outros anunciam que vão se casar –, passou na TV um episódio da série policial Tatort,[1] cujo principal suspeito se chamava justamente Maschke. Não pude acompanhar o programa, faltava muito para ter idade, e o assisti secretamente pela porta da sala que estava encostada.

Na série, o investigador suspeitava desde o início que Maschke era criminoso, pois tinha recebido uma correspondência anônima que dizia "Maschke tem um plano". Desde então, sempre que papai dizia "Estou indo ver o doutor Maschke, até mais", eu via na minha frente a correspondência anônima do investigador que revelava que Maschke tinha um plano, algo específico que demandava correspondência anônima.

Selma achava desconfortável que papai falasse a seu respeito para o doutor Maschke. Ele tinha de fazer isso, pois numa psicanálise as mães são as principais suspeitas. Mas não era apenas Selma, eu também achava errado que papai relatasse Selma inteirinha, pois temia que Maschke tivesse um plano contra ela também. Não consegui assistir ao Tatort até o fim porque, em algum momento, Selma me descobriu e me mandou de volta para a cama. Apenas muitos anos depois descobri que, no final do Tatort, Maschke, o principal suspeito, era absolutamente inocente, que não tinha a menor culpa pelos horrores ocorridos; Maschke nunca tinha atentado contra a

---

1. Tatort (em português, Cena do crime) é uma série alemã de televisão no ar desde os anos 1970, também exibida na Suíça e na Áustria. (N.T.)

vida de ninguém. Maschke não tinha plano nenhum. Vendo retrospectivamente, Maschke era um daqueles personagens do bem.

Também naquele instante, na mesa do café de aniversário de Selma, quando a conversa girava em torno de Mon Chéri e a cereja piemontesa que vinha no bombom, e da afirmação de Elsbeth de que a cereja embebida em licor não era piemontesa coisa nenhuma, mas uma simples cereja, papai começou: "A propósito da psicanálise..." e contou que o doutor Maschke era um luminar na sua área e que ontem isso tinha sido constatado novamente. Ele disse que, nas primeiras vezes, o paciente que o doutor Maschke sempre atendia antes dele saía do consultório com um olhar de profundo desespero.

— Nunca enxerguei nos olhos de ninguém um desespero tão avassalador — ele afirmou —, mas, apenas duas sessões depois, o mesmo paciente saiu da sala como que aliviado, saltitando.

— Um brinde à psicanálise — disse papai, erguendo a taça — e, claro, também à aniversariante.

A triste Marlies perguntou:

— Você também enxerga desespero nos meus olhos?

Papai se virou para ela, tomou seu queixo na mão e encarou-a por um instante.

— Não — ele respondeu —, vejo apenas o início de uma blefarite.

Em seguida, escutamos os passos da minha mãe na escada do corredor.

— Astrid chegou — disse papai. — Agora é que são elas.

Mamãe abriu a porta da cozinha e entrou com o cachorro. Papai se levantou, foi na direção de mamãe e soltou a guia do cãozinho.

O cachorro olhou ao redor e depois veio correndo na minha direção e na de Martin. Ele nos cumprimentou cheio de animação, como se fôssemos velhos amigos dos quais sentia muita saudade e que estava revendo numa animada festa surpresa em sua homenagem. Martin pegou o cachorro nos braços e o levantou. Martin estava radiante como eu nunca tinha visto igual.

Selma tinha se levantado de maneira abrupta, como se alguém invisível tivesse dito: "Por favor, levante-se".

— A ideia não foi minha — disse mamãe. — Parabéns, Selma.

— O que é isso? — perguntou Elsbeth, que tinha começado a lavar os pratinhos de bolo, erguendo as mãos com as luvas de borracha como se assim pudesse evitar que o cachorro pulasse nela. Mas ele o fez mesmo assim.

— Um vira-lata — disse papai. — Tem pastor irlandês aí. — Todos na cozinha de Selma sabiam que os pastores irlandeses eram os maiores cachorros do mundo. Papai nos tinha contado, "altura, noventa centímetros".

Papai gostava de comentar a altura das pessoas e dos animais. No que dizia respeito às pessoas, muitas vezes suas avaliações estavam erradas, mas ele não permitia que o corrigissem. Ele nos achava, Martin e eu, baixos para a nossa idade, embora estivéssemos na média, e, quando era criança, ele costumava dizer para Selma que era maior que tudo e todos, "você é baixinha, mamãe", quando ela se curvava até ele.

— Mas também tem poodle junto — disse papai, tranquilizador —, acho. Então, não, talvez não fique assim tão grande. — Ele observou o cachorro e pareceu satisfeito. — Talvez tenha também cocker spaniel, que não é uma raça lá muito inteligente, mas tem uma personalidade simpática. — Papai abriu um sorriso pacificador para todos ao redor, como se isso dissesse respeito a todos nós. — Vou apostar que ele ficará do tamanho médio. Tamanho dos poodles médios.

Sempre que aparecia uma pessoa ou um animal novo, todos começavam a palpitar, desordenadamente, com quem ou com que eram parecidos. Martin enxergou no cachorro um pequeno urso marrom, que tinha se enganado tanto de cor quanto de floresta. Elsbeth enxergou um minipônei de Shetland, que não tinha as ancas próprias devido a um capricho da natureza. O oculista apostou num mamífero silvestre ainda desconhecido. E a triste Marlies, que pegou um espelhinho de bolsa e ficou observando atentamente as próprias pálpebras, ergueu rapidamente os olhos e disse:

— Eu não sei o que é, mas se parece muito com o inverno.

Era verdade. O cachorro tinha cores de neve derretida e pisoteada, era cinza-lavado e desgrenhado como um pastor irlandês puro, sem mais nada misturado. O corpo ainda era pequeno, mas de patas grandes feito as de um urso, e todos sabíamos o que isso significava.

Selma ainda estava em pé diante do banco da cozinha. Ela passou um tempão olhando para o cachorro. Depois, olhou para o papai, como se ele fosse uma loja de presentes.

— Mas eu não pedi nenhum cachorro — ela disse.

— Você também não pediu um livro de fotos sobre o Alasca — apartou Elsbeth —, mas vai se divertir um bom tempo com ele.

— Com um cachorro também, ele parece cheio de energia — palpitou o oculista, e Selma olhou para o oculista e para Elsbeth como se eles fossem cocker spaniels puros, sem mais nada misturado.

— Não é para você — disse papai —, é meu. Comprei hoje pela manhã.

Selma expirou aliviada e voltou a se sentar, tornando a se levantar rapidamente quando papai soltou:

— É que só posso ficar com ele se você cuidar dele de vez em quando também.

— Cuidar quanto? — Selma perguntou.

— Estou de saída — disse mamãe, que tinha ficado parada junto à porta. — Infelizmente tenho de ir. — Mamãe sempre tinha pressa de sair.

— Bem, com uma certa frequência — disse papai, e todos sabiam o que significava "uma certa frequência": durante todo o horário das consultas.

— Tchauzinho — despediu-se mamãe.

Por um tempo bem longo todos ficaram em silêncio, principalmente Selma. Todos acharam que já era hora de ir embora, já que a aniversariante não falava nada, além disso papai também estava em silêncio, o silêncio conjunto de papai e de Selma era pelo menos tão grande quando um pastor irlandês de dois metros de altura. O oculista deu um beijo no rosto de Selma e saiu, Elsbeth fez um cafuné no cachorro, tirou as luvas de borracha e saiu, Marlies parou de ficar examinando com o espelhinho de bolsa sua suposta visível blefarite e saiu, Martin ergueu o cachorro mais uma vez e saiu, e Selma e papai empurraram seus vigorosos silêncios para fora, até a escada diante do prédio.

Sentei-me ao lado de Selma na escada e comi uma casquinha oca de Mon Chéri. O cachorro se deitou aos meus pés, e eu senti seu coração nos meus dedos. O cachorro estava cansado. Era cansativo reencontrar uma porção de velhos amigos, há muito perdidos, que nunca tinham sido vistos antes.

O cervo apareceu bem na extremidade da campina, nos limites da floresta. Assim que surgiu, Selma se levantou, foi até a garagem, abriu a porta e fechou-a de novo, com muita força. Era terça-feira e, às terças, durante a temporada de caça, Palm, pai de Martin, saía para caçar, e foi por isso que Selma assustou o cervo deliberadamente, para que sumisse em meio à floresta e ficasse a salvo das balas de Palm.

Como era previsto, o cervo se assustou e sumiu. O cachorro também se assustou, mas não sumiu. Selma voltou da garagem para a casa e era inacreditável que no mais tardar naquele instante não tivéssemos percebido sua semelhança com Rudi Carrell. "Esse ali é o Rudi Carrell", alguém poderia pensar com razão, "Rudi Carrell vem andando em nossa direção".

Selma voltou a se sentar na escada, pigarreou e encarou papai.

— Astrid não pode tomar conta dele?

— Mais a loja, não dá — respondeu papai, e parecia que Selma também queria muito ter uma loja. — Comprei o cachorro por motivos médicos — explicou papai.

— Então a ideia do cachorro foi adubada pelo doutor Maschke — disse Selma.

— Não seja tão desdenhosa — replicou papai —, é por causa da dor.

— Que dor?

— A minha — respondeu meu pai —, minha dor encapsulada.

— Mas qual? — perguntou Selma, e papai respondeu:

— Não sei, afinal está encapsulada.

E nessa hora eu pensei que no caso de coisas encapsuladas a gente sempre sabia o que tinha dentro, mas talvez isso valesse apenas para quando as cápsulas não contivessem dor, e sim remédio ou astronautas.

Papai disse que o doutor Maschke lhe ensinara a acessar essa dor.

— Preciso externalizar minha dor — papai sussurrou, animado, olhando Selma com alegria —, por isso o cachorro.

— Como assim? — perguntou Selma. Ela não estava indignada, mas comovida e um pouco descrente, e papai começou a lhe contar como era importante externar a dor da maneira como o doutor Maschke tinha instruído. — Espere um pouco — interrompeu Selma. — Se entendi direito, o cachorro é a dor?

— Exato — papai exclamou, aliviado. — O cachorro é quase uma metáfora. Uma metáfora para a dor.

— Uma dor do tamanho de um poodle padrão — constatou Selma.

O cachorro ergueu a cabeça e olhou para mim. Os olhos eram muito suaves, muito pretos, muito úmidos e muito grandes. De repente, soube que o cachorro nos tinha feito falta. De todos nós, ele tinha feito falta principalmente para Martin.

— Você pode deixá-lo com Palm durante o horário das consultas — sugeriu Selma.

— Você está louca? — papai perguntou.

Olhei para o cachorro; era evidente que ele não servia como cão de caça. Palm tinha apenas cães de caça, ficavam acorrentados no quintal, e as correntes esticavam e detinham os cachorros que corriam em minha direção, latindo, quando eu entrava no quintal para buscar Martin.

— Ele não serve como cão de caça — eu disse.

E Selma completou:

— Exatamente por isso.

Ela acreditava que teria de se preocupar menos com os cervos caso Palm tivesse um cachorro absolutamente inadequado, por ser gentil, ao seu lado.

— Palm não gosta de cachorros bonzinhos — eu disse.

Palm se importava muito pouco, na verdade não se importava nada, com cães que não fossem cem por cento de caça nem com bebidas que não fossem cem por cento bebidas, nem com o filho, porque nele, assim achava Palm, nada era cem por cento. Selma sabia disso, todos sabiam.

Por ser tão velha, Selma conhecia Palm de outras vidas, de uma vida anterior a Martin e a mim. Selma contou que no passado, antes de começar a beber, Palm sabia tudo sobre o mundo e suas luzes. Sabia tudo sobre a órbita elíptica da Lua e sua relação com o Sol. Palm achava que um caçador tinha de conhecer a iluminação do mundo.

— Podemos ficar com ele, por favor? — perguntei.

O cervo reapareceu na campina. Estranho. Em geral, era suficiente que Selma batesse a porta da garagem uma única vez. Ela se levantou, foi até a garagem e bateu a porta duas vezes seguidas, e então o cervo sumiu.

Selma voltou a se sentar do nosso lado.

— Qual vai ser o nome? — ela perguntou. — O doutor Maschke tem algo a dizer a respeito?

— Dor — sugeriu meu pai. — Dor é bem apropriado.

— Tem poucas vogais — disse Selma. — Dor não é um bom nome.

Eu queria ficar com o cachorro de qualquer jeito, por isso pensei rápida e febrilmente na melhor maneira de invocar a dor. Quando falei em voz alta minha ideia, o cachorro se levantou de repente e se afastou. Selma disse que ninguém poderia culpá-lo, porque no lugar dele ela também teria ido embora imediatamente. Entramos na floresta meio escura e logo encontramos o cachorro, que se escondera da minha sugestão como um cervo se escondia das balas de Palm, pois eu tinha dito: "Doritos, nós podemos chamá-lo de Doritos".

O cachorro (por fim, ficou sendo Alasca, por sugestão de Martin; papai concordou porque o Alasca era grande e gelado e isso também valia para uma dor, ao menos para uma dor decantada) cresceu rápido, surpreendendo-nos a cada manhã com mais tamanho, pois, como todos nós, ele crescia mais à noite. Em algumas noites, eu interrompia meu próprio crescimento e ficava observando Alasca dormir e crescer. À noite, não se escutava nada em casa além do estalar e farfalhar das árvores do lado de fora, expostas ao vento, que nos meus ouvidos não era o estalar e o farfalhar das árvores ao vento, mas o estalar e o farfalhar de ossos, o ruído dos ossos de Alasca, que, enquanto ele dormia, cresciam em todas as direções.

MON CHÉRI

Se Selma não tivesse sonhado na noite anterior com um ocapi, Martin e eu teríamos subido ao Bosque das Corujas depois da escola, como sempre. Teríamos montado nossa cabana na floresta, que Palm, bêbado, sempre derrubava. O que não era particularmente difícil: a cabana balançava sozinha, e o fato de ser tão frágil provocava Palm de tal maneira que, depois, ele ainda pisoteava a cabana desabada.

Teríamos brincado de levantar pesos em meio às plantações, como sempre. Martin era o levantador de pesos e eu, seu público. Martin procurava um galho que não fosse muito pesado e o erguia como se o peso fosse enorme. Nisso, respondia a perguntas que eu não tinha feito. "Certamente você está se perguntando agora como o levantador peso-pesado Vassili Alekseiev chegou aos cento e oitenta quilos vírgula zero no arranque", dizia, "imagine algo assim", e daí ele segurava o galho sobre a cabeça, começava a tremer com os ombros estreitos e os braços finos e segurava o ar por bastante tempo até ficar vermelhíssimo, como acontece com os atletas no levantamento de peso. "Ele também era chamado de guindaste de Shakhty", falava Martin orgulhoso, enquanto fazia uma reverência. E eu aplaudia. "Certamente você quer saber como Blagoi Blagoev conseguiu erguer cento e oitenta e cinco quilos vírgula zero", dizia Martin, e daí ele imitava a cena, com um pouco mais de tremedeira, e eu aplaudia.

"Você tem de aplaudir com vontade", Martin falava depois de umas quatro apresentações. Eu tentava aplaudir com vontade e dizia: "Incrível".

Mas hoje, no dia seguinte ao sonho de Selma, evitamos o Bosque das Corujas. Ficamos com medo de um raio nos atingir na campina apesar do céu de brigadeiro, um raio que não estivesse nem aí para a impossibilidade de sua existência. Ficamos com medo de topar na floresta com algo mais perigoso do que Palm, talvez um Cérbero que não estivesse nem aí para a impossibilidade de sua existência.

Fomos da estação de trem até a casa de Selma. No dia seguinte ao seu sonho, nos sentíamos mais seguros ali. Tínhamos dez anos de idade, temíamos uma morte que não existia, e não a real, que entrava pela porta.

O oculista estava sentado à mesa da cozinha de Selma. Com sua grande bolsa de couro pousada no colo, ele se mantinha estranhamente silencioso. Selma estava agitada, limpava coisas e limpava sujeiras inexistentes.

Martin e eu nos sentamos no chão e convencemos o oculista a jogar conosco o jogo das semelhanças. Nesse jogo, dizíamos duas coisas que não eram relacionadas entre si e o oculista tinha de fazer a ligação.

— Matemática e fígado de cordeiro — eu disse.

— Ambos a gente internaliza — disse o oculista —, e você não gosta de nenhum deles.

— O que significa internalizar? — Martin quis saber.

— Colocar algo dentro de nós — disse Selma.

Ela se acomodou no banco da cozinha ao lado do oculista e assoprou uma suposta poeira de uma foto do meu avô. Os cadarços de Selma estavam desamarrados.

— Garrafa de café e cadarços de sapato — eu disse.

O oculista pensou um pouco e Selma se levantou do banco e amarrou os cadarços.

— Ambos são usados logo pela manhã — explicou o oculista.

— E, depois da sua utilização, ambos ativam a circulação.

— Aí tem um certo exagero — achou Selma.

— Não tem problema — disse o oculista. — Faz sentido do mesmo jeito.

— Garrafas retornáveis e árvores de Natal — disse Martin.

— Essa é fácil. Ambas em geral são verde-escuras, ambas assobiam quando o homem ou o vento sopra nelas — o oculista rebateu.

Selma pegou uma pilha de folhetos de propaganda e jornais gratuitos de uma cadeira, a fim de sacudir a almofadinha. Numa das chamadas, via-se a atriz que fazia a Maggie na série a que Selma assistia, a Maggie cujo marido seriamente acidentado tinha morrido uma semana atrás, quando as máquinas foram desligadas.

— Amor e morte — eu propus.

— Outra fácil — disse o oculista. — Ambos não podem ser testados, de ambos não se pode fugir, ambos nos desbaratinam.

— O que é desbaratinar? — perguntei.

— Desorientar — respondeu Selma.

— Agora xô, vocês dois — ela disse, porque, apesar de seu sonho, fazia questão de que nós não nos escondêssemos, que fizéssemos o que estávamos acostumados a fazer sempre, e estava claro que ela não aceitaria nenhuma contestação.

— E levem o Alasca junto — ela disse.

Nessa hora, Alasca se levantou. Sempre demora um pouco até um ser grande se erguer totalmente, mesmo sendo ainda tão jovem.

Atravessamos o campo de macieiras e fomos até Elsbeth. Eram quatro da tarde, e contei nos dedos quantas horas ainda faltavam até que todos tivessem sobrevivido ao sonho de Selma. Onze.

Alasca ficou parado debaixo de uma macieira e achou um passarinho que tinha caído do ninho. Ele ainda estava vivo e já tinha penas, mas ainda não sabia voar. Eu quis levar o passarinho imediatamente para Selma; estava certa de que Selma saberia criá-lo, de que ela faria com que o passarinho, embora nascido canarinho, mais tarde conseguisse dar lindos voos acrobáticos sobre o Bosque das Corujas.

— Vamos levá-lo — eu disse para Martin.
— Não — retrucou ele —, vamos deixá-lo em paz.
— Daí ele vai morrer.
— Sim. Daí ele vai morrer.

Tentei olhar para Martin como alguém da série dos finais de tarde de Selma e disse:

— Não podemos permitir uma coisa dessas.
— Podemos, sim — ele disse. E acrescentou que era o mundo tomando seu rumo, e alguém na série da Selma também já tinha dito isso. — Vamos torcer para a raposa chegar logo.

Nesse instante, os gêmeos da cidade vizinha chegaram correndo. Tudo indicava que eles tinham descoberto o pássaro caído antes de nós.

— Fomos buscar rapidinho umas madeiras — eles disseram.
— E agora vamos matá-lo.
— De jeito nenhum — eu disse.
— Vamos apenas encurtar seu sofrimento — disseram os gêmeos. Eles falavam como Palm quando dizia "Eu só estou fazendo algo pela preservação do meio ambiente" antes de sair atirando nos animais da floresta.

— Não podemos esperar pela raposa? — perguntei, mas os gêmeos já tinham começado a bater. O primeiro golpe não acertou o alvo. O segundo também não, e não foi vigoroso o suficiente, só passou de raspão na cabeça do passarinho. Vi como o olho minúsculo ficou vermelho, daí Martin pegou minha cabeça e apertou meu rosto contra o seu pescoço.

— Não olhe — ele disse. Eu escutei mais uma batida e, então, Martin esbravejou: — Seu idiotas, acertem logo!

Decidi me casar com Martin no futuro porque achei que a pessoa certa é aquela que nos poupa de ver alguma coisa quando o mundo toma seu rumo.

— Ah, são só vocês — disse Elsbeth quando aparecemos diante de sua porta. — Que bom. — Depois acrescentou que meia cidade já tinha tocado lá.

Meia cidade tinha passado pelo portão do jardim de Elsbeth com a gola do sobretudo levantada, olhando várias vezes ao redor, assim como os homens na capital olham ao redor, com a gola do sobretudo levantada, quando abrem a porta para entrarem no Espaço Erótico da Gaby.

Depois do sonho de Selma, as pessoas da cidade que não eram supersticiosas queriam fazer de tudo para afastar a morte de si e achavam que umas bobagens acabariam por distraí-la – afinal, não dava para ter certeza absoluta de nada. Elas tocavam e entravam rapidinho até o corredor de Elsbeth, passavam um ar compungido e diziam: "Eu só queria perguntar se é possível fazer alguma coisa contra a morte", e Elsbeth olhava para elas como um pároco olha para os fiéis que só aparecem na igreja no Natal.

Elsbeth tinha remedinhos contra gota, contra amor perdido e infertilidade, contra hemorroidas e contra novilhos não nascidos em posição fetal errada. Ela tinha remedinhos para gente que já tinha morrido; ela sabia como expulsar da vida, com muitos rapapés, suas almas infatigáveis e fazer com que não voltassem. Ela tinha remedinhos para as pessoas perderem a memória e também tinha muitas soluções contra verrugas, claro, mas contra a morte não tinha nada. Elsbeth não gostava de confessar essa parte quando as pessoas chegavam, e, por essa razão, naquele dia pela manhã, ela tinha dito à mulher do prefeito que contra a morte era bom encostar a testa numa cabeça de cavalo, embora soubesse que isso só servia contra dor de cabeça. Depois de dizer isso, Elsbeth ficou com a consciência pesada e saiu à procura da mulher do prefeito. Encontrou-a no estábulo com a testa encostada na cabeça de um cavalo. Poucas vezes ela tinha visto a mulher do prefeito tão relaxada. A mulher do prefeito e o cavalo estavam imóveis, como Selma e o ocapi no sonho. Elsbeth pousou com delicadeza a mão sobre seu ombro e disse:

— Menti para você. Isso só serve para dor de cabeça, não tenho nada contra a morte.

Então a mulher do prefeito falou, sem levantar o olhar:

— Mas é bom e acho que funciona.

A campainha tocava a cada dois minutos na casa de Elsbeth. Estávamos sentados no seu sofá, os três juntos. Alasca tinha se enrolado diante da mesinha de apoio com azulejos bege de Elsbeth, onde ela havia colocado duas limonadas em copos reciclados de mostarda; a campainha tocava sem parar e, a cada vez que Elsbeth perguntava como tinha sido a escola, o que Martin tinha erguido naquele dia, se tínhamos reconstruído a cabana na floresta, ela tinha de se levantar e se apressar até a porta. Daí escutávamos como alguém indagava, no corredor, se ela tinha algum remedinho contra uma eventual morte, escutávamos quando a pessoa ia embora novamente e Elsbeth ainda gritava para ela: "Tenho solução para dor de dente e amor perdido, caso você precise algum dia".

Pela janela da sala, víamos as pessoas acenarem, educadas, baixando novamente a gola do sobretudo diante do portão do jardim.

Martin, Alasca e eu ficamos observando Elsbeth se levantar e andar de um lado para outro. Ela usava as mesmas pantufas desde tempos imemoriais. Se as solas já estavam gastas do lado de fora por causa das pernas varas, ela simplesmente usava a pantufa direita no pé esquerdo e a esquerda no pé direito, daí dava para aguentar mais um tempo até que alguém se apiedasse dela e a presenteasse com um novo par.

Elsbeth era baixa e gorda, tão gorda que para dirigir colocava um paninho sobre a barriga para que o volante não ficasse esfregando na pele. O corpo de Elsbeth não tinha sido feito para ficar andando de um lado para outro o tempo todo. Havia manchas escuras debaixo dos braços e nas costas de seu vestido de grandes estampas florais como o papel de parede na sala, e tão ajustado no corpo de Elsbeth como o papel na parede. Por fim, ela disse:

— Crianças, vocês estão vendo o que está acontecendo aqui. Deem uma passada na triste Marlies.

— Precisa mesmo? — perguntamos.

— Façam a gentileza — disse Elsbeth, e a campainha tocou mais uma vez e Elsbeth se levantou de novo. — Afinal, alguém tem de dar uma olhada nela.

A bem da verdade, Marlies não era triste, mas mal-humorada. Os adultos, quando falavam sobre Marlies com Martin ou comigo, sempre se referiam à triste Marlies. Isso servia para nos manter na linha, pois, quando diziam que Marlies estava triste, tínhamos de passar lá por educação, desobrigando os adultos da tarefa. Não era divertido ir à casa de Marlies, por isso éramos sempre mandados para lá, por isso diziam com frequência que ela estava de novo tão triste, a pobre Marlies.

Ela morava na saída da cidade. Martin achava adequado, pois, se bandidos resolvessem nos atacar, Marlies poderia colocá-los para correr com seu mau humor.

Passamos pelo portão do jardim de Marlies e desviamos da sua caixa de correio, que ficava debaixo da colmeia de abelhas, que Marlies não queria tirar de jeito nenhum. Por causa das abelhas, o carteiro se recusava a jogar as cartas de Marlies na caixa e as prendia no portão, onde desmanchavam sem ser lidas.

— Podemos entrar? — perguntamos quando Marlies abriu uma fresta da porta, ao que ela respondeu:

— Mas não quero o cachorro aqui dentro.

— Senta, Alasca — ordenei, e Alasca preferiu logo se deitar diante dos degraus da pequena casa de Marlies, pois ele intuiu que a coisa iria demorar.

Ela foi até a cozinha e nós a seguimos.

Nada na casa de Marlies foi escolhido por Marlies. A casa e todos os móveis, sem exceção, tinham sido de uma tia: a cama do andar de cima, a mesa de cabeceira, o armário, o revestimento soturno do sofá, as estantes de ferro fundido na sala, os bibelôs, os gabinetes, fogão e geladeira mofados, a mesa da cozinha, as duas cadeiras, até as frigideiras pesadas, grudentas, que ficavam penduradas sobre o fogão.

A tia de Marlies tinha se suicidado. Aos noventa e dois anos ela se enforcou na cozinha e Marlies nunca entendeu, pois achava que aos noventa e dois já não valia mais a pena se enforcar. Marlies falava com frequência da tia: que era uma mulher irritadiça insuportável, uma pessoa impossível, que estava o tempo todo de mau humor.

"E ali estava ela pendurada", Marlies dizia todas as vezes que entrávamos na sua cozinha. Ela repetiu a lembrança mais uma vez e apontou para o gancho ao lado da luminária de teto. Martin e eu não olhamos.

Apenas o cheiro na casa era de Marlies. A casa rescendia a cigarro, a aplicação negligente de desodorante antitranspirante barato, a restos de comida de vários dias, a alegria desaparecida havia décadas, a incêndios de combustão lenta sufocados em cinzeiros, a lixo, a incenso e a roupa molhada que ficava tempo demais no cesto. Marlies andava curvada, embora tivesse no máximo vinte anos. As raízes do cabelo e mais uns bons centímetros estavam sem permanente, os fios eram porosos. Sempre que eu via o cabelo de Marlies, pensava no xampu para cabelo danificado que o mercadinho vendia. Martin e eu tínhamos achado estranho esse uso, porque achávamos que só cabanas, móveis e carros podiam ser danificados, e ainda por cima havia conserto oferecido pelo mercadinho! Com Marlies, aprendemos que o mau humor crônico pode ser agressivo, até contra os cabelos.

Marlies se deixou cair numa cadeira da cozinha. Como de costume, não estava usando nada além de um pulôver de lã de tricô, com padronagem típica da Noruega, e uma calcinha. Era uma daquelas calcinhas que o mercadinho vendia em pacotes de três, em cores diferentes; Selma também as tinha. Entretanto, no caso da calcinha de Marlies, não dava para saber se ela era amarela, bege ou azul-clara, pois estava tão desbotada quanto o olhar de Marlies ao nos encarar e perguntar:

— E então? O que foi?

— Viemos só dar uma passada — disse Martin.

— Não se preocupem — disse Marlies —, certamente não vai me atingir. — Ela falou como se lamentando, como se estivesse participando de uma loteria com chances extremamente improváveis de vencer.

— Vocês querem comer alguma coisa? — Marlies perguntou, e temíamos essa pergunta.

— Sim — respondemos, embora quiséssemos berrar "não", mas Elsbeth havia nos convencido de que a triste Marlies ficaria ainda mais triste se sua comida não fosse aceita.

Marlies foi até o fogão, despejou ervilhas de uma lata aberta em dois pratos, acrescentou purê de batata frio do lado e colocou duas fatias de presunto cozido em cima. Daí, dispôs os pratos à nossa frente na mesa e se deixou cair de novo na cadeira da cozinha.

Havia só mais uma cadeira.

— Você tem mais alguma coisa onde se possa sentar? — perguntei.

— Não — respondeu Marlies, ligando a pequena TV que ficava sobre o armário da cozinha. Estava passando a série de Selma.

Martin se sentou e deu uma batidinha na coxa. Sentei-me no seu colo.

O purê de batata tinha a cor indefinida das calcinhas de Marlies. As ervilhas estavam nadando numa poça cor de escarro. O presunto cozido reluzia com suas manchinhas salientes, que pareciam cicatrizes de vacinas.

Martin e eu metemos uma garfada cheia na boca e nos entreolhamos. Martin mastigou.

— Faça o mais rápido possível — ele sussurrou e foi comendo tudo sem parar.

As ervilhas na minha boca não diminuíam, mas sim aumentavam. Olhei de soslaio para Marlies, que assistia à série de Selma, e cuspi o purê de batata e ervilhas de volta no prato.

— Não consigo comer isto, Martin — sussurrei.

O prato de Martin esvaziou rápido. Ele pegou uma garrafa d'água e com um gole grande inundou a descida das ervilhas e do purê, depois olhou para o meu prato cheio.

— Sinto muito — ele sussurrou —, não consigo meter mais isso para dentro. Senão vou vomitar. — Ele arrotou e, assustado, colocou a mão diante da boca. Marlies se virou.

— Está gostoso?

— Sim, obrigado — respondeu Martin.

— Você não comeu quase nada — ela disse para mim. — Coma logo, senão esfria — completou, como se em algum momento a comida tivesse estado quente, e se voltou de novo para a televisão. A tela mostrava Matthew e Melissa; Selma torcia febrilmente para eles ficarem juntos. Eles estavam no meio de uma área descampada, e Matthew disse: "Eu te amo, Melissa, mas você sabe que nosso amor não tem chance".

— Levante-se — sussurrou Martin.

Eu me levantei com cuidado para que Marlies não se virasse, mas ela estava seguindo Melissa, que tinha respondido: "Eu também te amo".

Martin juntou meu purê de ervilhas e batatas sobre uma fatia de presunto e colocou uma segunda em cima, para disfarçar. Daí meteu a meleca mal embalada no bolso dianteiro da calça. Martin estava de bermuda vermelho-clara com bolsos fundos.

Na televisão, Melissa afirmava: "Mas fomos feitos um para o outro, Matthew", e daí entrou a música-tema. Marlies desligou a televisão e se virou para nós.

— Quer mais?

— Não, mas obrigado — respondeu Martin.

— Por que você está de pé? — Marlies perguntou. Eu estava de pé porque não queria apertar o purê de ervilhas e batatas na bermuda de Martin contra o coitado.

— Porque não tem cadeira — respondi.

— Volte a se sentar de novo no colo do seu amigo — pediu Marlies. — Você me deixa nervosa parada assim.

Pensei no oculista, que com frequência não conseguia ficar sentado devido às costas.

— Meu nervo ciático dói — eu disse —, porque faço muitas atividades sentada.

— Tão jovem e já tão estropiada — suspirou Marlies.

Ela acendeu um cigarro longo, fumou e bateu as cinzas sobre meu prato vazio. Marlies começou a falar de si e tudo o que ela dizia para nós podia ter sido dito também a Matthew ou a Melissa. Eu estava ao lado da mesa da cozinha e olhava de soslaio para a bermuda vermelho-clara de Martin, na qual uma mancha escura e gigante se espalhava velozmente. Martin puxou sua cadeira para bem perto da mesa para que Marlies não percebesse nada caso ela se levantasse. Mas ela permaneceu sentada e disse que não gostava da série e que também não tinha gostado da última festa da primavera e que certamente não iria gostar do episódio seguinte da série e nem da próxima festa da primavera.

— Por que você não gostou da festa da primavera? — perguntou Martin, encolhendo a barriga, porque o purê estava saindo pelo cós da bermuda.

— Porque nunca gostei — respondeu Marlies.

— Vamos embora, Martin — sussurrei.

— Por que você assiste a uma série se não gosta dela? — perguntou Martin.

Eu me curvei e fiz de conta que precisava amarrar o sapato. Olhei debaixo da mesa, a meleca de ervilha, purê e presunto continuava se espalhando, a batata da perna de Martin estava arrepiada, com um rio de água de ervilha descendo por lá.

— Porque o resto é pior ainda — disse Marlies.

— Bem, infelizmente a gente tem de ir agora, sem falta — eu avisei.

Nós nos levantamos, e Martin se colocou atrás de mim.

— Tchau, Marlies — dissemos, e Martin passou pela porta colado em mim.

— Obrigada — eu disse do lado de fora. — Você pode me levantar mil vezes.

Martin riu.

— Mas não agora — ele disse. Logo atrás da casa de Marlies, ele tirou a bermuda e esvaziou o bolso, e o presunto e o purê caíram na grama. Puxamos o bolso para fora e raspamos as ervilhas e o purê que continuava grudado. — Agora, vou precisar de uma bermuda nova — Martin disse.

Nossas mãos estavam grudentas, chamamos Alasca, mas ele se recusou a lambê-las. Martin voltou a vestir a bermuda, e então fomos até a casa dele.

Quando vimos Palm diante do portão do jardim, paramos de repente. Não estávamos contando com Palm, pensávamos que ele estava fora.

— Vamos até a minha casa — eu disse baixinho. — Vou te emprestar um short. — Mas o pai dele já tinha nos visto.

— Venham imediatamente aqui — ele chamou, e fomos até a cerca, junto à qual os cachorros latiam. Alasca tentou se esconder atrás das pernas de Martin.

Palm olhou direto para a bermuda de Martin.

— Você mijou nas calças ou o quê? — ele berrou. O homem fedia a cachaça e sacudiu os ombros do filho; a cabeça de Martin ia de lá para cá. Martin não falou nada e fechou os olhos.

— Ele não tem culpa — eu disse. — Ele guardou minhas ervilhas. Ele não tem culpa, Palm.

— Você é um maldito fedelho ou o quê? — Palm berrou e Martin continuou de olhos fechados. Ele parecia curiosamente relaxado, como se estivesse num lugar bem diferente, como se estivesse de olhos fechados diante de uma porta de trem, recitando para mim o que via: plantação, floresta, campina, pasto, pasto.

— Ele só quis ajudar — eu disse.

Palm se abaixou até mim e me encarou. A pele de seu rosto parecia estragada, como se algum dia tivesse sido emplumada e depois alguém a tivesse depenado sem dó. Todas as vezes que ele olhava para mim, eu me perguntava como alguém tão soturno tinha sido especialista em iluminação no passado.

— Você está querendo tirar uma com a minha cara — ele sibilou entre os dentes, e seu fio de voz era mais terrível que os berros.

Pensei no passarinho, no olho da ave que tinha ficado vermelho com a paulada, e não queria permitir que o mundo tomasse seu rumo, o mundo na forma de Palm.

Eu me posicionei na frente de Martin e pedi:

— Deixe ele em paz.

Palm me empurrou para o lado. Eu era leve, caí mais rápido do que a cabana na floresta. Palm catou Martin, que ainda estava de olhos fechados, e arrastou-o até a casa. Alasca rosnou, pela primeira e única vez na vida. A porta bateu tão forte como se nunca mais pudesse ser aberta.

Fiquei enjoada. Pensei nas mortes entre quatro paredes, que subitamente não me eram mais improváveis. Os cachorros no quintal latiram. Eu estava ali, olhando para a porta atrás da qual Martin tinha desaparecido e depois para tudo o que estava ao lado: campina, plantação, floresta.

MEUS SINCEROS PÊSAMES

Depois de Palm ter colocado Martin para dentro de casa, fui até a floricultura da mamãe, pois era o lugar mais próximo da casa de Palm. A floricultura se chamava Puraflor; mamãe tinha orgulho do nome, papai o achava terrível. O cheiro era de lírios e palmas, porque mamãe tinha muitas coroas em estoque. Com suas flores a enfeites fúnebres, ela atendia não apenas a nossa cidade mas também os arredores, e sempre estava muito ocupada. Todos que entravam na floricultura de mamãe tinham de ficar esperando até ela terminar o que estava fazendo, fosse conversar por telefone sobre o texto na faixa de uma coroa, fosse decidir a cor das flores para a mesa de uma festa de casamento, fosse atender a mulher do prefeito que precisava de um arranjo para presentear a mulher do prefeito da cidade vizinha.

Em algum momento mamãe terminou e se virou para mim. Mas havia uma coisa, e mais outra coisa anterior a essa – algo que mamãe nunca conseguia terminar –, que sempre a mantinha inacessível, mesmo quando ela se virava para mim, e esse algo era uma questão que tinha se aninhado havia cinco anos dentro dela.

Há mais de cinco anos mamãe pensava se devia se separar de papai. Ela estava consumida pela questão. Embora ela a fizesse só para si, eram tantas as vezes, e de maneira tão intensa, que ela não conseguia responder, e o resultado disso tudo eram alucinações. Ao olhar para as fitas longas da coroa, no lugar de "Com profunda dor", ela lia "Meus sinceros pêsames"; no lugar de "Para sempre inesquecível", lia "Devo me separar dele?", com letras muito pretas e no estilo usual dos textos das coroas.

A pergunta "Devo me separar dele?" não estava escrita apenas em faixas de coroas. Estava em todo lugar. Quando mamãe abria os olhos pela manhã, a pergunta dançava, descansada, diante de seu rosto. Ela girava dentro da xícara quando mamãe misturava leite no primeiro café. Ela tomava forma com a fumaça de seu cigarro. Ela estava pousada na gola dos sobretudos de suas clientes na floricultura e também nos seus chapéus. Estava impressa no papel de embrulho das flores. Subia com o vapor da panela de pressão quando mamãe cozinhava o jantar.

A pergunta podia se tornar violenta também. Ela revolvia o interior de mamãe como fazemos com uma sacola de compras quando estamos à procura de uma chave; ela sacudia tudo de que mamãe não precisava para fora, o que era muita coisa.

"Você está me ouvindo mesmo?", eu perguntava às vezes quando lhe contava que tinha aprendido a ler as horas ou a amarrar os cadarços, e mamãe respondia: "Claro, minha querida, estou te ouvindo", e ela realmente se esforçava para isso, só que a pergunta era sempre mais urgente do que qualquer coisa que eu tinha para contar. Mais tarde, cheguei a me perguntar se a questão teria desaparecido e aberto espaço para mim caso Selma e o oculista não existissem, se eu não pudesse ter contado com Selma e com o oculista para tudo, caso Selma e o oculista não tivessem ajudado a inventar o mundo.

— Qual é a novidade, Luli? — mamãe perguntou.

— Tenho medo de que aconteça alguma coisa com o Martin — respondi. — Por causa do sonho da Selma e por causa do Palm.

Mamãe fez um carinho na minha cabeça.

— Sinto muito — ela disse.
— Você está me ouvindo mesmo? — perguntei.
— Claro — disse mamãe. — Ora, vá até a casa de Martin e anime-o um pouco. — E então apareceu uma cliente da cidade vizinha e decidi ir até a casa de Selma.

As correntes dos cachorros latindo no quintal de Palm eram longas. Alasca tinha ficado parado diante da cerca, Selma e eu nos encostamos na parede da casa. Os cachorros tentavam pular em nós, mas, impedidos por suas correntes, caíam de costas e se reerguiam.

Segurei a mão de Selma.
— Você acha que elas vão arrebentar? — perguntei.
— Não vão arrebentar — respondeu Selma. — Palm tem correntes boas.

Ela pegou uma vassoura que estava encostada ao lado da porta e tentou enxotar os cachorros.
— Xô, seus monstros — ela falou, brava, mas não impressionou os cachorros. Por fim, martelou a porta com o punho fechado.

Uma janela se abriu no alto e Palm colocou a cabeça para fora.
— Tire os cachorros daqui — disse Selma. — E deixe seu filho em paz. E se você tocar mais uma vez na Luise, vou envenenar seus cães. Pode ter certeza disso.

Palm sorriu.
— Não consigo te ouvir — ele disse. — Os cachorros estão fazendo muito barulho.

Selma passou a vassoura entre os cachorros, bateu nas pernas de um, que caiu, uivou, se reergueu.
— Deixe os cachorros em paz — berrou Palm.

Eu fechei os olhos e apertei o rosto contra o peito de Selma. Ele se ergueu, Selma inspirou fundo.

— Escute, Palm — ela disse, mais calma —, Luise está com medo de que você faça alguma coisa com o Martin.

— Faça alguma coisa? — Palm remedou Selma. Ele esticou o braço para a direita e puxou Martin até a janela. — Eu fiz alguma coisa com você? — Palm perguntou.

O cabelo de Martin, sempre bem penteado, tinha um tufo rebelde. A gente podia baixá-lo com pente molhado à vontade, mas em poucos minutos ele estava em pé novamente, como se quisesse apontar para alguma coisa que estivesse no alto.

Martin pigarreou.

— Não — ele respondeu.

Os cachorros latiram.

— Martin, preste atenção — Selma falou alto —, estou de olho no seu pai. Todos estamos de olho no seu pai.

Friedhelm estava passando pela rua. Ele caminhava aos passos de valsa, com os braços esticados, como se dançasse com alguém invisível, e cantava "Oh, meu lindo Westerwald".

Na casa em frente, persianas desceram fazendo barulho. Palm riu.

— Selma, se eu estivesse no seu lugar, cairia fora — ele disse. — As correntes dos cachorros também não são das mais novas. — Em seguida, fechou a janela.

Viramos em direção aos cachorros. Selma tirou um sapato e arremessou-o no meio do bando, acertando uma cabeça. O cachorro caiu, uivou, se reergueu. O sapato de Selma estava perdido, estraçalhado pelos cães como se fosse um coelho morto.

— Estou de olho em você, Palm — Selma falou alto e jogou o segundo pé contra os cachorros. Fomos para casa, Selma descalça.

Eram cinco da tarde. *Mais dez horas*, pensei. Quis fazer as contas de novo, para me certificar, mas Selma pegou minha mão com os dedos esticados para a contagem, fechou-a e segurou-a na sua até chegarmos em casa.

***

Nesse momento, às cinco da tarde, quando meia cidade já tinha passado por Elsbeth e as coisas começavam a acalmar, um trasgo saltou no pescoço dela. Um trasgo é um duende invisível que faz diabruras e que geralmente salta nos ombros daqueles que caminham à noite. Mas, visto que Elsbeth ficou andando para lá e para cá dentro de casa, sem sossego, e o silêncio em seus ouvidos fazia tanto barulho como uma floresta à noite, ela não se espantou muito com o engano do trasgo.

O trasgo repetiu feito um papagaio o que meia cidade já tinha dito. Falou do sonho de Selma e de que era possível, mas não provável, na realidade quase impossível, mas talvez com muita certeza, que alguém fosse morrer.

Elsbeth foi até o telefone com o trasgo no pescoço, porque mesmo com o trasgo era preciso lidar com verdades que queriam ser reveladas no instante derradeiro, e então o trasgo sussurrou que o instante derradeiro talvez estivesse próximo.

Elsbeth ligou para Selma, pois Selma era o primeiro lugar para onde correr em caso de medo. Ninguém atendeu. Selma não podia se ocupar do trasgo, ela estava ocupadíssima com outros Cérberos. Elsbeth ficou um tempão na frente do aparelho, um som de linha, infinito, na orelha.

Ela imaginava o que Selma diria, que era: "Faça exatamente o que você faria nos outros dias".

Elsbeth desligou.

— O que exatamente eu faria nos outros dias? — ela perguntou, e o trasgo respondeu: "Mas o problema é que hoje não é um outro dia".

Elsbeth tentou não prestar atenção.

— O que eu faria agora? — ela perguntou de novo, mais alto.

"Você deveria ficar com medo", disse o trasgo.

— Não — disse Elsbeth —, agora eu deveria é comprar amido de milho.

A fila no caixa do mercadinho estava pequena. Enquanto esperava, Elsbeth tentou se livrar do trasgo, o que não era fácil, porque, devido à caixa de amido, ela só tinha uma mão livre. Ela pagou e saiu do estabelecimento. O sinal de linha, interminável, de quando ligou para Selma, continuava ecoando na sua cabeça. Elsbeth não sabia como interromper nem o sinal de linha nem as maquinações do trasgo na sua nuca, quando, de repente, o oculista apareceu diante dela.

— Oi — ele disse. O sinal de linha emudeceu e até o trasgo se assustou.

— Oi — disse Elsbeth. — Você também fez compras?

— Sim — respondeu o oculista. — Emplastros para aquecer as minhas costas.

— Eu comprei amido de milho — disse Elsbeth.

O fornecedor do mercadinho, que estava empurrando um carrinho gradeado enorme – coberto com uma lona cinza, cheio de mantimentos – para dentro da loja, parou no meio do caminho a fim de amarrar o sapato. O carrinho se parecia com uma parede cinza. Se parecia com o muro das lamentações, cinza, terrível, diante do qual todos nós nos ajoelhamos alguma vez.

"Que poético", disse o trasgo, e Elsbeth ficou com vergonha e por um instante também na dúvida se as palavras não tinham saído em voz alta.

— Você quer um? — perguntou o oculista.

— O quê?

— Um emplastro — respondeu o oculista. — Sei lá. É porque você está apertando tanto a nuca. O calor faz milagres nas contraturas.

— Sim — disse Elsbeth —, por favor.

A loja do oculista era vizinha do mercadinho.

— Venha comigo — disse o oculista —, eu aplico agora em você.

Ele destrancou a porta e tirou o casaco. Havia uma plaquinha presa no seu pulôver que dizia "Funcionário do mês".

— Mas você é o único aqui — disse Elsbeth.

— Sei disso — retrucou o oculista. — É só uma brincadeira.

— Ah, bom — disse Elsbeth. Ela não era boa em entender piadas. De repente, a voz irritante do falecido marido reapareceu no seu ouvido. "Foi só uma piada, Elsbeth, Deus do céu, calma", mas talvez fosse o trasgo que estivesse falando.

— Martin e Luise acham divertido — afirmou o oculista.

— Eu também — Elsbeth garantiu —, muito.

E então o oculista disse:

— Por favor, sente-se.

Elsbeth se sentou no banquinho giratório diante do aparelho que o oculista usava para medir a acuidade visual das pessoas, o foróptero. Quando éramos menores, o oculista tinha contado para Martin e para mim que com esse aparelho era possível enxergar o futuro. Pela aparência do foróptero, tínhamos acreditado sem titubear nisso, e naquela época secretamente ainda acreditávamos.

— Você tem de deixar os ombros livres por um instante — disse o oculista.

Elsbeth ergueu ambas as mãos até a nuca e abriu o zíper de seu vestido justo, que ficava nas costas; só isso já foi um alívio. Ela empurrou o decote até os ombros roliços para que a nuca e os ombros ficassem livres – tão livres quanto possível quando um trasgo está acomodado por ali. Felizmente naquela hora tratava-se de um trasgo muito calado e de bracinhos enfraquecidos.

O oculista abriu a embalagem do emplastro e desgrudou o plástico protetor.

— Este tamanho não é bem para a nuca — disse ele —, mas vai dar certo.

Elsbeth pensou no derradeiro instante e se perguntou se o oculista era feito para verdades secretas.

O oculista colocou o emplastro com cuidado sobre a nuca dela e manteve a mão em cima para grudar bem. Aos poucos, o calor foi se espalhando pela pele de Elsbeth. O trasgo deu um salto.

— Posso te contar um segredo? — Elsbeth perguntou.

O SEXO COM RENATE ME TIRA DO SÉRIO

Selma e eu voltamos para casa. A construção tinha dois andares, ficava no alto da encosta, com a floresta bem atrás. Estava em ruínas e o oculista tinha certeza de que a casa só se mantinha em pé porque Selma a amava de maneira tão incondicional. Meu pai já tinha sugerido várias vezes a Selma que a derrubasse e construísse uma nova, mas Selma não queria. Ela sabia que papai também considerava a casa uma metáfora – para nada menos que a vida, uma vida desconjuntada com perigo de desabamento.

Meu falecido avô, o marido de Selma, foi quem construiu a casa; também e principalmente por isso ela não podia ser demolida.

Vovô também foi o primeiro a mostrar um ocapi para Selma, numa foto preta e branca que ele tinha visto no jornal. Ele apresentou o ocapi com tamanha felicidade que era como se ele não o tivesse visto no jornal, mas sim sido o primeiro humano a encontrá-lo.

— Que bicho é esse? — Selma perguntou.

— Um ocapi, querida — vovô respondeu. — E, se existe uma coisa dessas, então tudo é possível. Até você se casar comigo e eu construir uma casa para nós. Sim, eu mesmo — ele acrescentou, percebendo que Selma o encarava com ceticismo.

Até aquele momento, vovô era conhecido como seu grande amor, mas não como mestre de obras.

Ele se chamava Heinrich, como o Henrique de ferro do conto de fadas O príncipe-sapo,[2] mas não parecia ser muito de ferro, pois tinha morrido muito antes de eu nascer. Apesar disso, sempre que alguém dizia "Henrique", Martin e eu falávamos em coro: "a carruagem está quebrando". Mas Selma não via nenhuma graça nisso.

Eu própria intuí que vovô tinha morrido, pois ninguém me falou isso de maneira explícita. Selma afirmava que ele tinha caído na guerra, o que nos meus ouvidos soava como se ele tivesse tropeçado na guerra, e meu pai dizia que tinha ficado na guerra, o que nos meus ouvidos soava como se a guerra fosse alguma coisa na qual pudéssemos ficar por um tempo em algum momento da vida.

Martin e eu admirávamos vovô porque muitas vezes ele se comportou de maneira tão inadequada, mas tão inadequada, que nem sonhávamos fazer igual. Elsbeth tinha de repetir para nós como vovô tinha sido expulso da escola quando era criança porque içou o sobretudo de pelo de camelo do diretor no mastro da bandeira, e como um dia apareceu na escola com um curativo na cabeça aplicado por ele mesmo, dizendo não ter feito a lição por causa de uma fratura na base do crânio.

---

2. O príncipe-sapo ou Henrique de ferro é um dos contos dos irmãos Grimm. Henrique (ou Heinrich, em alemão), o cocheiro real, tinha envolvido o próprio coração com fitas de ferro para protegê-lo da dor de perder seu príncipe, transformado em sapo. No fim da história, tais proteções de ferro se quebram pela força da alegria, visto que o encanto havia sido desfeito. A cada quebra, o príncipe leva um sobressalto e exclama, erroneamente: "a carruagem está quebrando". (N.T.)

"A carruagem está quebrando!", dizíamos, e às vezes meu pai completava: "Não a carruagem, mas a casa", e nem isso Selma achava engraçado.

Realmente, o piso do andar inferior era tão fino em alguns lugares que Selma já tinha caído várias vezes. Mas Selma não se preocupava com esses estragos, falava deles quase com nostalgia. Certa vez, o piso da cozinha cedeu, e Selma ficou pendurada do quadril para baixo no porão, juntamente com o ganso já assado para o Natal, mas mesmo assim conseguiu manter intacta a travessa com o ganso. O oculista acabou ajudando Selma a sair dali e, depois, com a ajuda do meu pai, consertou o estrago do piso. Nem o oculista nem meu pai eram muito especialistas em consertos de pisos, Palm era muito melhor, mas ninguém queria pedir nada para ele.

Visto que o piso tinha sido consertado de maneira duvidosa, o oculista marcou os lugares reformados com fita adesiva vermelha, a fim de que pudéssemos evitá-los. O oculista também marcou o lugar na sala em que Selma tinha caído logo depois do meu pai ter dito "estou fazendo psicanálise". Todos nós evitávamos automaticamente os lugares reformados de maneira duvidosa, e até Alasca – ao entrar na cozinha de Selma pela primeira vez em seu aniversário – tinha desviado instintivamente do lugar marcado em vermelho.

Selma amava sua casa; sempre que saía, tateava a fachada como se tateia o flanco de um velho cavalo.

"Você tem de se abrir mais para o mundo", dizia meu pai, "em vez de morar numa casa cujo piso está constantemente ameaçado de ceder".

"Se for só isso, tudo bem", retrucava Selma. "Isso é o pior, é o pior porque é só isso", completava meu pai. E então ele começava a ladainha de que era preciso destruir a casa e construir uma nova no lugar, mais espaçosa, alegando que o andar de cima sempre fora muito apertado, mesmo com as reformas. E daí Selma ficava furiosa e dizia para papai que ele deveria ir para algum outro lugar com sua mentalidade descartável, e que na hora de sair era para prestar atenção onde pisava.

Naquele instante em que voltávamos, papai estava sentado nos degraus diante da casa; as consultas tinham acabado.

— Você está sem sapatos — ele disse para Selma. — Está ficando louca? Ou será que hoje exagerou nos Mon Chéri?

— Atirei meus sapatos contra uns cachorros — disse Selma.

— O que não é exatamente um sinal de saúde mental — contestou papai.

— É, sim — disse Selma, abrindo a porta. — Entre.

O oculista tirou as mãos do emplastro, pegou os ombros de Elsbeth e virou-a em sua direção.

— Claro — disse ele —, você pode confiar em mim.

— É que — disse Elsbeth — eu gostaria de falar uma coisa caso eu hoje... caso eu...

— Sim, é por causa do sonho — disse o oculista.

— Isso — disse Elsbeth. — Embora na verdade eu não acredite que vá acontecer alguma coisa — ela mentiu em seguida.

— Eu também não — o oculista mentiu de volta. — Acho totalmente improvável que esse sonho anuncie alguma morte. Se quer saber, para mim é uma bobagem.

É muito relaxante soltar umas mentirinhas quando se sabe que logo uma verdade escondida vai aparecer. O oculista pensou em Martin, que nunca parava quieto, pulando para lá e para cá, antes de tentar levantar alguma coisa que era quase impossível de ser levantada.

— Tenho um pouco de dificuldade — disse Elsbeth.

— Se você quiser, eu também te conto uma coisa e ficamos quites — sugeriu o oculista.

Elsbeth encarou o oculista. Todo mundo na cidade sabia que o oculista amava Selma, mas o oculista não sabia que todos sabiam. Ele ainda achava que seu amor por Selma era uma verdade possível de ser escondida, e há anos todos se perguntavam quando o oculista desembucharia algo que já tinha sido desembuchado fazia tempo.

Entretanto, Elsbeth não estava segura de que a própria Selma soubesse do amor do oculista. Ela tinha estado presente quando um dia mamãe tentou conversar com Selma sobre sua relação com o oculista. Elsbeth não tinha achado a ideia boa, mas ninguém conseguiu demover mamãe.

— Você consegue pensar no oculista, Selma? — mamãe tinha perguntado.

— Não preciso pensar nele — Selma respondeu. — Ele sempre está por perto.

— Quero dizer, como um companheiro.

— Mas ele é — afirmou Selma.

— Ah, Astrid, você que se interessa por flores... — Elsbeth interrompeu a conversa, na expectativa de conseguir conduzi-la a outro lugar. — Você sabia que margaridinhas amarelas são boas para hemorroidas?

— Não, Selma, quero dizer, como casal — mamãe insistiu. — Quero dizer se você consegue pensar em formar um casal com o oculista.

Selma olhou para mamãe como se ela fosse um cocker spaniel.

— Eu já fiz parte de um casal antes — ela falou.

Na opinião de Elsbeth, o amor de Selma tinha sido dosado de maneira exata para um ser humano, e tinha sido generosamente dosado – e destinado a Heinrich. Heinrich era irmão de

Elsbeth, e foi Elsbeth que apresentou os dois. Ela tinha bastante certeza de que depois disso não havia espaço para mais nada.

Na banqueta de exame do oculista, Elsbeth não conseguia acreditar que, depois de tantos anos, ela seria a primeira a saber o que todos já sabiam.

— Você primeiro — disse o oculista.

Ele se sentou na sua escrivaninha, de frente para Elsbeth. O emplastro tinha esquentado muito. Elsbeth inspirou profundamente.

— Rudolf me traiu durante muito tempo — Elsbeth disse. Rudolf era seu falecido marido. — E sei disso porque li seus diários. Todos.

Não estava claro o que Elsbeth achava pior: a traição do marido ou a leitura dos seus diários.

— Já tentei de tudo para esquecer — ela continuou. — A gente perde a memória quando come pão encontrado, você sabia? Até tentei, mas não funcionou. Talvez porque eu tenha perdido o pão intencionalmente antes. Daí não vale.

— Não dá para encontrar algo casualmente de propósito — disse o oculista. — Você chegou a conversar com Rudolf a respeito?

Elsbeth voltou a fechar o zíper do vestido.

— Os diários de Rudolf são amarelos. Cadernos pautados de capa amarelo-girassol, brilhante e quente.

— Você falou alguma vez com Rudolf sobre isso? — o oculista repetiu a pergunta.

— Não — respondeu Elsbeth. Ela tocou a nuca e fez mais um pouco de pressão sobre o emplastro. — Fiz de conta que não sabia o que sabia. E agora é tarde demais.

O oculista entendeu muito bem o que ela estava dizendo. Ele se lembrava dos dias em que tentava esconder de si mesmo seu amor por Selma.

— Eram muitos diários amarelo-girassol, e, embora eu só os tenha lido uma única vez, sei direitinho o que estava escrito. Muitas vezes, quando estou na cama, uma voz interior lê algumas páginas em voz alta para mim.

— O que exatamente ela lê? — perguntou o oculista.

— Um monte de coisas sobre outras mulheres.

— Me diga uma frase típica — o oculista sugeriu —, se for tudo bem para você. Daí a frase fica comigo — ele completou — e pode se mudar para dentro de mim.

Elsbeth fechou os olhos e pressionou polegares e indicadores contra a base do nariz, como se estivesse com dor de cabeça. Em seguida, declamou:

— "O sexo com Renate me tira do sério."

Exatamente nesse instante o sino da porta tocou e a mulher do dono do mercadinho entrou de repente.

— Bons dias! — ela disse e veio na direção dos dois. — E então? Exame de vista?

— Mais ou menos — respondeu o oculista.

Elsbeth ficou em silêncio, remoendo a hipótese de a mulher do dono do mercadinho ter ouvido a última frase e que então pudesse estar pensando que Elsbeth fazia sexo – que a tirava do sério – com Renate.

A mulher do dono do mercadinho precisava de uma nova correntinha para os óculos. Felizmente ela se decidiu rápido por uma com *strass*.

— Vou amanhã à capital pra cuidar do cabelo — ela falou para Elsbeth. — Você poderia tomar conta de Trixi?

Trixi era o cachorro da mulher do dono do mercadinho, e então Elsbeth teve certeza de que a outra não tinha ouvido a frase, pois ela nunca, em hipótese alguma, confiaria seu *terrier* se achasse que Elsbeth saísse do sério por transar com Renate.

— Com muito prazer — respondeu Elsbeth.

— Isso se amanhã todos estivermos vivos ainda — disse a mulher do dono do mercadinho, animada.

— Não seria nada mal — disse o oculista, segurando a porta para a mulher do dono do mercadinho. Em seguida, voltou a se sentar à escrivaninha diante de Elsbeth.

O oculista olhou para Elsbeth como se tivesse todo o tempo do mundo para ela. E, mesmo se ele também fosse morrer naquele dia devido ao sonho de Selma, ele tinha tempo, todo o tempo do mundo.

O oculista cruzou as pernas.

— Se quiser ouvir minha opinião: o fato de o sexo com Renate ter tirado seu marido do sério não quer necessariamente dizer alguma coisa sobre a qualidade desse relacionamento. Afinal, quando alguém bate na cabeça de outro com uma frigideira, a pessoa também fica meio fora do ar.

Elsbeth sorriu. A verdade oculta pesava toneladas e era ainda maior, e continuava sendo, mas era bom ver que o oculista conseguia se virar bem com ela.

— Há pouco o fornecedor veio empurrando um carrinho gradeado, coberto com um pano cinza, até o mercadinho — disse Elsbeth —, e era parecido com um muro, um muro das lamentações, diante do qual todos vamos nos ajoelhar algum dia, você não acha?

— Infelizmente não presenciei a cena — disse o oculista —, mas posso imaginar que tenha sido assim mesmo.

— Eu não tinha nenhuma contratura — disse Elsbeth. — Eu tinha era um trasgo.

— Eu sei — afirmou o oculista. — Mas o calor também faz milagres contra trasgos.

Elsbeth pigarreou.

— Você queria contar uma coisa para mim também. — Ela se sentou, empertigada, e cruzou as mãos sobre o colo.

O oculista passou as mãos pelo cabelo. Ele se levantou e ficou andando de lá para cá, sempre ao longo das prateleiras com as armações e caixinhas de óculos. De vez em quando, dava um passinho mínimo, involuntário, para a direita, como sempre fazia quando suas vozes internas o assaltavam.

Elsbeth se perguntou o que seria melhor para o oculista; será que ela deveria ficar espantada quando ele confessasse seu amor por Selma ou será que conseguiria dizer, depois de tantos anos: "Ora, que novidade!". Ela se perguntou se deveria aconselhar o oculista a falar com Selma e se o oculista ficaria abalado caso soubesse que vinha ocultando durante anos uma verdade que era grande demais para ele, mas que era visível para todos às suas costas.

— Trata-se do seguinte — disse o oculista. — Palm não gosta nada de Martin.

— Sei disso — disse Elsbeth, lançando-lhe um olhar encorajador.

— Ele nunca escondeu, durante toda a vida. E também enxotou a mãe do garoto.

— Sei disso — continuou Elsbeth, pensando como o oculista faria a ligação para chegar a Selma. — E é possível que às vezes ele bata no Martin.

— Sim. Também tenho esse medo.

O oculista continuava andando de lá para cá.

— Bêbado, ele atira nos cervos e não acerta bem. Quando estava todo zureta, ameaçou Selma com uma garrafa quebrada.

— Sim — disse Elsbeth, lembrando que o oculista conseguia juntar as coisas mais estapafúrdias, então certamente também Palm e o amor de Selma.

O oculista ficou parado e olhou para Elsbeth.

— É isso — ele disse. — Ontem à noite eu serrei as pernas do observatório dele.

É BONITO AQUI

A noite estava chegando e Selma me disse o que tinha repetido durante todo o dia: "Faça tudo o que faria se hoje fosse um dia absolutamente normal". Então fui dar um banho no Alasca. Ele não cabia inteiro no boxe de Selma, por isso eu tive de lavar primeiro a parte de trás e depois a da frente, enquanto o resto do cachorro ficava para fora da cabine. A porta ficou aberta e escutei o que Selma disse a papai:

— Todos têm medo do meu sonho.

Papai riu.

— Mamãe, por favor — ele disse —, isso é uma bobagem.

Selma foi pegar uma caixa de Mon Chéri.

— Provavelmente é bobagem — ela concordou —, mas não ajuda em nada.

— O doutor Maschke vai ter um ataque de riso quando eu contar a ele sobre isso.

— Que bom que você se entende tão bem com o doutor Maschke.

Papai suspirou.

— Eu queria falar sobre outra coisa — disse ele e depois continuou, mais alto: — Venha, Luli, preciso dizer algo para vocês. — Lembrando da série de fim de tarde de Selma, tentei imaginar o que costumava acontecer depois da frase "Preciso dizer algo para vocês". Estamos falidos, vou te deixar, Matthew não é seu filho, William está clinicamente morto, vamos desligar as máquinas.

Fui com o cachorro até a cozinha. Papai estava sentado numa cadeira, Selma apoiada na mesa.

— Alasca ainda está pingando — ela constatou.

— Vocês se recordam do Otto? — papai perguntou.

— Claro — respondemos. Otto era o carteiro aposentado, que tinha morrido depois do sonho de Selma porque parou completamente de se mexer.

— Então — disse papai —, acho que vou pendurar as chuteiras. Quer dizer, é provável. Talvez eu faça uma viagem mais prolongada.

— E quando você vai voltar? — perguntei.

— E para onde? — Selma perguntou.

— Para o mundo — ele respondeu. — Para a África, a Ásia ou por aí.

— Ou por aí — repetiu Selma. — E quando?

— Ainda não sei — disse papai —, estou apenas matutando. Estou só dizendo a vocês que estou pensando a respeito.

— E por quê? — Selma perguntou. Era uma pergunta incomum. Se alguém diz que vai viajar pelo mundo, ninguém fica perguntando pelos motivos. Ninguém precisa justificar o porquê de querer sair para o mundo.

— Porque não quero ficar mofando aqui — ele disse.

— Muito obrigada — Selma retrucou.

Alasca ainda estava pingando. De repente, me bateu um cansaço enorme. Parecia que eu não tinha acabado de sair do banheiro, mas sim de voltar de uma viagem de um dia, uma viagem de um dia inteiro com muita bagagem.

Pensei no que poderia dizer para convencer papai a ficar.

— Mas aqui é muito bonito — eu disse por fim. — Vivemos numa sintonia maravilhosa de verde, azul e dourado.

Isso era o que o oculista falava às vezes. Vivíamos numa região lindíssima, numa região maravilhosa, paradisíaca – como estava escrito nos cartões-postais em letra cursiva toda rebuscada que o dono do mercadinho dispunha no balcão. Mas quase ninguém na cidade prestava atenção nisso, nós passávamos por cima da beleza, pulávamos por cima dela, deixávamos de lado, dos dois lados, mas seríamos os primeiros a reclamar, em voz alta, caso as belezas que nos circundavam algum dia desaparecessem. O único que às vezes ficava com a consciência pesada por causa do passar por cima da beleza diária era o oculista. Nessas horas, ele parava de repente, no alto do Bosque das Corujas, por exemplo, e abraçava Martin e eu pelos ombros.

"Agora olhem como tudo isso é inacreditavelmente bonito", ele dizia, apontando de maneira teatral para os pinheiros, para o milharal e para o vasto céu no alto. "Há uma sintonia maravilhosa de verde, dourado e azul." Olhávamos para os pinheiros óbvios, para o céu óbvio e queríamos prosseguir. "Agora desfrutem disso por um instante", o oculista continuava, e o encarávamos como encarávamos Elsbeth quando ela dizia "vão dar uma passada na triste Marlies".

— Tem razão — disse papai. — Afinal, vou voltar.

— E quando? — perguntei.

Selma olhou para mim, sentou-se ao meu lado no banco da mesa e segurou minha mão. Encostei no seu ombro, *iríamos ficar sentadas ali*, pensei, *Selma e eu, mofando devagar*.

— Não dá para ser um pouco mais preciso? — ela perguntou. — A ideia foi adubada pelo doutor Maschke?

Papai ergueu a cabeça e murmurou:

— Não fale com tanto desdém. — E dava para perceber que ele não estava preparado para nossas perguntas, que ele esperava ouvir um "tudo bem" de nossa parte, "vá em frente, entre em contato de vez em quando, divirta-se".

— Qual é a opinião da Astrid? — Selma perguntou. — E o que vai ser do Alasca? Ele mal teve oportunidade para funcionar como dor encapsulada.

— Deus do céu — disse papai —, só disse que estou pensando no assunto.

Não era verdade, papai já tinha se decidido havia muito, mas aqui, na mesa de Selma, ele sabia tão pouco a respeito quanto Selma e eu. Também não sabíamos que Alasca passaria a ser o cachorro de Selma, porque papai não poderia levá-lo mundo afora, porque Alasca, segundo papai, não tinha sido feito para aventuras.

Selma e eu estávamos sentadas em frente a papai na mesa da cozinha e pensávamos o mesmo, ou seja, no consultório do doutor Maschke na capital, que papai havia descrito para nós. A sala era cheia de pôsteres com paisagens iguais às dos cartões-postais da loja de presentes, quer dizer, mar, montanhas, gramados altos se mexendo ao vento, só que maiores, sem as frases de efeito, porque essas eram adicionadas pelo próprio doutor Maschke. Enquanto ele ficava procurando pela dor encapsulada naquilo que papai lhe contava, papai observava uma máscara africana, um buda fixado na parede, uma echarpe decorada com paetês, um cantil de couro, uma cimitarra.

A marca registrada do doutor Maschke, papai tinha contado, era uma jaqueta preta de couro, que ele não tirava nem mesmo durante a consulta. A jaqueta de couro estalava quando o doutor Maschke se curvava para a frente na sua poltrona ou se recostava nela.

Naquele instante, na mesa da cozinha, Selma e eu estávamos certas de que quem queria pendurar as chuteiras era o doutor Maschke, apenas sem abrir mão da jaqueta de couro; de que era ele quem na verdade queria viajar pelo mundo e, por comodidade, havia insuflado esse desejo em papai por meio de umas frases de efeito quaisquer. Doutor Maschke estava enviando papai para um mundo que estalava, pelo qual deveríamos todos pendurar nossas chuteiras e mofar; então era isso que o doutor Maschke tinha em mente, desde o começo.

— E quando você vai voltar? — perguntei mais uma vez.

Friedhelm estava passando saltitante diante da janela da cozinha de Selma, cantando alto que mesmo o menor dos raios de sol penetra fundo no coração.

— Basta — exclamou papai e se levantou. Ele saiu, pegou Friedhelm e foi com ele até seu consultório. Papai tinha um remédio para todo tipo de estado de espírito e aplicou em Friedhelm mais uma injeção que dava sono, tanto sono que Friedhelm adormeceu ainda na maca e só voltou a acordar, completamente desprevenido, na metade do dia seguinte, para um mundo no qual ninguém mais conseguia dormir, exceto eu.

Selma e eu continuamos sentadas na cozinha.

— Volto logo para ficar contigo — ela disse, fazendo um carinho no meu braço —, só um instantinho.

E então eu pensei que Selma fosse se levantar e ir a um outro cômodo, mas ela ficou sentada ao meu lado, olhando pela janela. O silêncio que emanava crescia muito mais rapidamente do que a poça d'água que tinha se formado debaixo do Alasca, e, bem no minuto em que pensei que poderia quebrar o silêncio de Selma, a campainha assumiu a tarefa.

Martin estava diante da porta. Usava outra bermuda e a mecha no seu cabelo tinha sido abaixada com água há pouco.

— Ele te deixou sair de novo? — eu perguntei.

— Sim — disse Martin —, está dormindo agora. Posso entrar?

Olhei para a cozinha. O silêncio superava a altura do cachorro.

— O que aconteceu? — Martin perguntou.

— Nada — respondi.

O pequeno rastelinho de mão, que Selma tinha deixado na calha sobre a porta de entrada, caiu.

— Está ventando bastante hoje — disse Martin, embora não fosse verdade.

Ele estava pálido, mas sorria.

— Posso levantar você?

— Sim, por favor — eu respondi, envolvendo o pescoço de Martin com meus braços —, me levante.

FUNCIONÁRIO DO MÊS

Martin e eu fomos à cozinha e, de olhos arregalados, ficamos observando Selma. Acho que estávamos passando uma impressão de grande desamparo, pois ela pigarreou, inspirou fundo e disse:

— Bem, vamos lá, crianças perplexas. Talvez vocês não consigam imaginar agora, mas as coisas acabam entrando nos eixos de novo. Vocês dois têm pais esquisitos, mas em algum momento eles caem em si. Acreditem em mim.

Acreditávamos nela. Acreditávamos em tudo o que Selma dizia. Anos antes, quando uma pinta suspeita foi extraída das costas de Selma, ela enviou um cartão para uma preocupada vizinha na noite anterior à chegada da biópsia. "Foi tudo bem", Selma tinha escrito – e ela realmente tinha razão.

— Mas você sonhou com um ocapi — disse Martin —, então alguém vai morrer.

Selma suspirou. Ela consultou o relógio, eram quase seis e meia, e todas as noites, desde a invenção do mundo, Selma costumava dar um passeio no Bosque das Corujas.

— Vamos lá — ela falou.

— Mas hoje também? — perguntamos, porque temíamos um Cérbero impossível, um raio impossível.

— Principalmente hoje — respondeu Selma. — Não vamos deixar nada nos atrapalhar.

Estava escuro no Bosque das Corujas. O vento soprava os pinheiros, Martin e eu andávamos de mãos dadas com Selma. Fazíamos silêncio. Silenciávamos principalmente sobre o fato de a morte – segundo os cálculos – só ter mais oito horas para agir. Eu contava as horas nos dedos da minha mão solta, e Selma fazia de conta que não percebia nada.

— O que vocês vão querer ser quando crescer? — ela perguntou do nada.

— Médica — exclamei.

— Oh, Deus — disse Selma. — Mas tudo bem, melhor do que psicanalista. E você?

— O oculista viu pelo seu foróptero que serei levantador de peso — disse Martin. — E ele está correto.

— Claro que está correto — confirmou Selma.

E Martin levantou o rosto para olhar para Selma.

— E você? — ele perguntou.

Selma passou a mão sobre a cabeça de Martin.

— Cuidadora de animais, talvez.

Nesse momento, Martin levantou um pedaço de madeira que estava atravessado na trilha.

— Vocês com certeza querem saber como Igor Nikitin conseguiu levantar cento e sessenta e cinco quilos vírgula zero — ele disse.

Selma sorriu.

— Sem dúvida — ela disse.

Martin fez de conta que a madeira tinha um peso extraordinário, ergueu-a sobre a cabeça, sustentou-a ali, com os braços tremendo, e depois deixou-a cair. Aplaudimos longamente, Martin ficou radiante e fez uma mesura.

— Vamos voltando — disse Selma depois de passados trinta minutos. Estava começando a chover. Demos meia-volta e nos deparamos com um caminho de volta muito escuro à nossa frente.

— Vamos brincar de um chapéu, um cajado, um guarda-chuva — Selma sugeriu. — Eu fico atrás. — Fizemos uma fila.

— Um chapéu, um cajado, um guarda-chuva — falávamos os três bem alto —, para a frente, para trás, para o lado, pare.

Brincamos disso durante todo o sombrio caminho de volta, até chegarmos, sem perceber, diante da porta da casa de Selma.

Selma fritou umas batatas que já estavam cozidas, depois ligou para Palm e perguntou se Martin podia dormir conosco aquela noite, mas ele respondeu que não era possível, excepcionalmente não naquela noite.

Elsbeth se levantou às duas da madrugada e se vestiu. Ela estava deitada na cama havia horas e tinha tomado uma decisão.

Ela abriu a porta de casa e saiu para a noite, segurando numa mão um rolo de arame e uma cola forte, na outra a decisão de salvar o oculista.

O observatório de Palm – uma cadeira elevada – ficava no meio de uma campina, o qual só se alcançava por meio de uma trilha. A floresta estava escura feito breu, Elsbeth olhou para dentro dela e sentiu saudades de um amarelo-girassol brilhante e quente.

Chegando ao limite da floresta, ela hesitou mais uma última vez. Depois do sonho de Selma, entrar sozinha na floresta à noite era como um convite à morte; Elsbeth tinha a impressão de estar se jogando nos seus braços. Por outro lado, parecia muito mesquinho por parte da morte se aproveitar de uma situação dessas. Mas, ainda por outro lado, a morte estava sob intensa pressão do tempo, tinha somente mais uma hora para se fazer presente, e nesses casos o nível de exigência costuma cair e acabamos nos conformando com soluções desleixadas. Além disso, ao pensar no assunto, Elsbeth não se lembrou de pronto de mortes que tivessem sido muito sofisticadas do ponto de vista dramático, mas de inúmeras que vieram de soluções baratas.

Apesar dos pesares, Elsbeth entrou na floresta porque não queria mais abandonar sua decisão.

Ela se lembrou do que é preciso cantar quando estamos aflitos: "A floresta é escura e silenciosa", Elsbeth cantou com a voz um pouco desafinada, e ela estava realmente muito escura, mas nem um pouco silenciosa: ouvia-se farfalhar e estalar em todos os lugares, atrás, na frente, ao lado e sobre Elsbeth. *Talvez sejam os trasgos*, pensou ela, que tinham se retraído por causa do emplastro do oculista, mas que ela ainda carregava. Ela parou de cantar porque sua voz parecia muito perdida, e lhe pareceu um tanto desesperador fazer uma serenata para uma névoa que na realidade não era maravilhosa e nem estava se dissipando. Além disso, ela estava com receio de chamar atenção ou de não escutar alguma coisa.

Infelizmente Elsbeth conhecia tudo sobre criaturas com as quais podemos topar à noite na floresta. Ela pensou na famosa velha do arbusto, que a cada cem anos sai do meio das árvores com um cesto nas costas, pronta para receber afagos e ter os piolhos catados. Sabia que quem a afagasse e catasse seus piolhos receberia folhas de ouro. Os outros seriam presos pela velha do arbusto.

Elsbeth não tinha o menor interesse em folhas de ouro. Ela imaginou a velha do arbusto, toda desarrumada, saindo naquele instante do meio dos pinheiros, segurando-a com a mão retorcida, com um olhar distorcido. Ela imaginou a velha do arbusto pegando sua mão e levando-a pelos cabelos desgrenhados, quando então Elsbeth teria de catar piolhos – aliás, como será que a velha do arbusto imaginava que isso era possível no meio daquela escuridão? E daí Elsbeth imaginou a velha do arbusto querendo receber afagos e, pior, onde, e daí ela pensou no sexo com Renate que tira a pessoa do sério, e que golpes de frigideiras na cabeça e velhas do arbusto também podem deixar as pessoas loucas. "Se quiser ouvir minha opinião: isso não quer necessariamente dizer alguma coisa sobre a qualidade desse relacionamento", lembrou ela, e lembrou também que tinha decidido salvar o oculista – e salvar o oculista significava salvar Palm.

Elsbeth estava com sapatos inadequados, sapatilhas de couro sintético, cujas pontas tinham se aberto, cujos saltinhos estavam gastos. Elsbeth nunca usava botas de borracha porque não eram elegantes e ela se arrumava mesmo se estivesse indo apenas até a casa de Selma ou ao mercadinho, pois, como ela sempre dizia, "nunca sabemos quem vamos encontrar". A umidade das folhas caídas subiu pelas bordas de suas sapatilhas até a meia de náilon preta e deixou-a ainda mais escura.

A floresta terminou muito repentinamente. Na nossa região faltam as passagens. Não há uma floresta que vai abrindo aos poucos, algumas árvores mais baixas, que fazem a transição entre campina e floresta. No meio da campina, o observatório de Palm dominava a paisagem, parecendo um monumento inacabado, um ninho de corvo de um navio-fantasma. Enquanto se dirigia ao observatório, Elsbeth se perguntava se alguém já teria estado naquele lugar tão tarde da noite, alguém que não fosse raposa, cervo ou porco-selvagem, alguém a quem a velha do arbusto pudesse ter pedido a qualquer hora para ser afagada ou para ter os piolhos catados. Fazia muito silêncio na campina, Elsbeth queria de volta o farfalhar e o ranger da floresta, porque é assustador quando se é a única fonte de ruído. Sua respiração e seus passos se tornaram de repente tão barulhentos como o seriado policial

Tatort assistido em volume bem alto, pouco antes de a vítima ser rendida e golpeada de maneira tão animal que mesmo o patologista taciturno empalidece e os agentes que vieram correndo acabam vomitando.

Elsbeth se aproximou das pernas traseiras da cadeira alta. Nas duas ela tateou os lugares serrados pelo oculista; estavam quase cortadas ao meio. *Cortadas ao meio*, pensou Elsbeth, lembrando-se da garganta da jovem no último episódio de *Tatort*. Ela abriu o tubo da cola extraforte e pressionou o conteúdo primeiro numa fresta e depois na outra. *Não pense na velha do arbusto*, ela pensou, *não pense em nada cortado ao meio*, e então ela começou a se angustiar com a própria respiração que estava rápida e ainda fazia barulho demais.

Ela desenrolou o arame ensurdecedor a fim de envolver a primeira perna da cadeira. As mãos tremiam como se não fossem suas, mas mãos do *Tatort*.

E então alguém tossiu no alto.

Elsbeth fechou os olhos. *Sou eu*, ela pensou. *Sou eu quem vai morrer por causa do sonho de Selma.*

— Caia fora! — Uma ordem foi rosnada do alto. Elsbeth olhou para cima e enxergou Palm na janela sem vidro de seu observatório.

Alguém que foi salvo por nós não vai nos matar.

— Boa noite, Palm — disse Elsbeth. — Sinto muito, mas você tem de descer daí imediatamente.

— Vá embora — disse Palm —, você está espantando o porco.

Elsbeth precisou de um minuto para entender que ele estava se referindo a um porco-selvagem.

— A caça noturna está proibida — Elsbeth disse, corajosa, mas Palm, que estava bêbado, não dava a mínima nem à proibição de caça noturna nem à velha do arbusto.

Ela começou a enrolar o arame ao redor da primeira perna serrada. Um pouco de cola tinha escorrido e estava em vias de endurecer na metade do caminho.

— Você está maluca? — Palm sibilou.

Elsbeth pensou.

— Se tememos a morte, é melhor reforçar as pernas de um observatório com arame.

Palm não respondeu.

— Sete vezes e não sob a luz da lua — Elsbeth complementou. — E, além disso, quando se teme a morte, é proibido ficar no observatório.

— Eu não temo a morte — disse Palm, que estava falando sério.

Palm não sabia que tinha, sim, muito medo da morte, um verdadeiro pavor. Ele não podia saber de nada disso, pois o pavor aparecia apenas quando a morte já tinha atravessado a porta.

— Mas Selma sonhou com um ocapi — disse Elsbeth.

Palm tomou um gole de sua garrafa.

— Vocês são todos tão ridículos, é inacreditável — ele retrucou.

Elsbeth continuou enrolando o arame na perna.

Sou tão ridícula, é inacreditável, ela pensou, *isso nunca vai dar certo*.

Palm arrotou.

— E agora me aparece mais um idiota — ele disse.

Elsbeth deu meia-volta. Alguém com uma lanterna de testa vinha atravessando a campina em sua direção, era alto e se aproximava rapidamente. Era o oculista.

Ele tinha vindo correndo pelo caminho inteiro, desde a porta da sua casa – atravessou a cidade, atravessou a floresta, passou pela campina –, com um saco na mão contendo pregos, um martelo e algumas ripas de madeira. E não percebeu que, enquanto corria, as vozes interiores tinham emudecido. Pela primeira vez, as vozes não quiseram ser constantemente afagadas nem terem seus piolhos catados, pois essas vozes dão um passinho para o lado, abrindo alas com inesperada educação, quando se está a caminho de salvar alguém.

Esbaforido, o oculista parou na frente de Elsbeth.

— O que você está fazendo aqui? — ele perguntou.

— Estou te salvando — ela respondeu.

O oculista tinha saído sem jaqueta, mas ainda estava usando seu crachá "Funcionário do mês". Ele despejou o conteúdo do saco diante dos pés de Elsbeth, meteu alguns pregos entre os lábios e começou a martelar de maneira frenética as ripas de madeira sobre os lugares que tinham sido serrados; isso também era ensurdecedor.

— Que merda é essa? — Palm perguntou do alto. — Sumam daqui de uma vez por todas — ele rosnou. — Vocês estão afugentando o porco.

O oculista parou na hora e olhou para o alto.

— Você tem de sair daí imediatamente — Elsbeth disse.

— Não! — exclamou o oculista, e os pregos caíram da sua boca. — Pelo amor de Deus, fique aí em cima, Palm, e não se mexa.

Ele se curvou na direção de Elsbeth.

— Se ele descer agora, a coisa toda despenca — sussurrou enquanto martelava e seu coração martelava junto, como se quisesse ajudá-lo.

— Parem com essa palhaçada — Palm sibilou mais uma vez.

— Perdão, eu me confundi — disse Elsbeth. — Não é preciso envolver a perna sete vezes com arame, mas apenas martelá-la. — E foi então que Palm começou a berrar.

— Agora chega! — ele gritou, pegando a arma e se levantando.

— Fique aí em cima — Elsbeth pediu.

— Por favor, não desça! — exclamou o oculista, mas Palm se virou e começou a descer a escada, sem parar de berrar, numa reação animalesca.

— Para não temer a morte é preciso ficar sentado num observatório elevado — disse Elsbeth.

— Fique aí em cima! — ordenou o oculista e martelou. Palm balançou com a escada e o oculista parou de martelar, saltando para a perna que estava menos segura e abraçando-a a fim de estabilizá-la com o corpo.

— Você é que está afugentando o porco — disse Elsbeth, e, quando chegou ao sexto degrau de cima para baixo, Palm escorregou e caiu.

Palm caiu fundo. O oculista soltou a perna e se adiantou até a escada, na tentativa de segurar Palm. Mas, embora Palm tenha caído de modo surpreendentemente lento aos olhos de Elsbeth, o oculista não foi rápido o suficiente.

É ele, pensou Elsbeth, *é Palm quem vai morrer*, e daí Palm caiu no chão, bem na frente do oculista.

Elsbeth e o oculista ajoelharam-se ao seu lado. Palm não se mexia, os olhos estavam fechados. Respirava com dificuldade e fedia a aguardente.

Elsbeth se perguntou se além de Martin e da mãe de Martin alguém já tinha ousado chegar tão perto assim de Palm. Ela mantinha o rosto tão próximo dele como se ele fosse um animal selvagem empalhado.

— Palm, fale alguma coisa — o oculista pediu.

Palm continuou em silêncio.

— Você consegue movimentar as pernas? — Elsbeth perguntou.

Palm continuava mudo, mas se virou para o lado.

Não era Palm quem iria morrer.

A lâmpada de testa iluminava agora seu perfil, as crateras do nariz, o cabelo loiro grudado na nuca. Elsbeth pegou sua mão. O pulso de Palm ribombava sobre a campina.

Elsbeth estava prestes a soltar o braço de Palm de novo quando seu olhar recaiu sobre o relógio dele.

— Veja! — Ela quebrou o silêncio gritando para o oculista, embora ele estivesse ajoelhado bem ao lado dela, e começou a sacudir o braço de Palm na frente do rosto do oculista. — São três horas! — Elsbeth exclamou. — São três horas! Passou! São três horas e não estamos mortos!

— Parabéns — disse baixinho o oculista. — E também para você, Werner Palm.

Sem erguer a cabeça, Palm sacudiu o braço e se soltou da mão de Elsbeth, usando-o de travesseiro; ele parecia ter achado uma posição confortável, deitado lateralmente.

— Vou acabar com a raça de vocês, seus bundões — ele murmurou. — Vou encher vocês de bala.

Elsbeth deu uns tapinhas na cabeça de Palm como se ele fosse o *terrier* da mulher do dono do mercadinho.

— Claro, Palm — ela disse —, você vai nos encher de bala. — Depois ela sorriu e deu uma palmada na coxa do oculista, pois naquele instante, quando as vinte e quatro horas já haviam transcorrido, Elsbeth achava tudo imortal até prova em contrário.

Nos confins da cidade, o velho camponês Häubel também consultou o relógio e se sentiu imortal até prova em contrário, mas, ao contrário de Elsbeth, ele não ficou nem um pouquinho feliz com a ideia. Ele se levantou com dificuldade e, quase transparente como era, foi até a janelinha do sótão e fechou-a, pois nenhuma alma sairia voando dali tão cedo.

A VIGÉSIMA NONA HORA

Quando o novo dia começou, vinte e seis horas depois do sonho de Selma, as pessoas da cidade estavam de pijama, com os corações ainda intactos, a razão ainda intacta, as cartas precipitadamente queimadas e precipitadamente escritas.

Estavam aliviadas e se prometeram, dali em diante, se alegrar com tudo e serem gratas porque ainda estavam vivas. Elas prometeram, por exemplo, finalmente se regozijar de verdade pelo jogo de luzes que o sol da manhã proporcionava ao bater nos galhos das macieiras. As pessoas da cidade já tinham prometido isso muitas outras vezes, por exemplo, quando não eram atingidas por uma telha caindo ou quando um diagnóstico ruim era descartado. Mas, depois de um breve período de gratidão e felicidade, sempre havia o rompimento de um cano ou uma despesa extra inesperada, e daí a gratidão e a felicidade rapidamente se diluíam, as pessoas não ficavam mais gratas por estarem vivas, ficavam apenas irritadas que também existisse, além delas, um cano rompido ou uma despesa extra, e a luz do sol na macieira acabava posta de escanteio.

Quando o carteiro chegou, de manhã bem cedo, a fim de esvaziar a caixa do correio, algumas pessoas já aguardavam para recolher as cartas que haviam jogado ali precipitadamente, porque agora elas lhes pareciam desagradáveis, porque achavam que suas palavras eram inadequadamente retumbantes para a vida que segue, porque havia "sempre" em demasia, havia "nunca" em demasia. Paciente, o carteiro permitiu que as pessoas remexessem o saco de cartas e recolhessem de volta as verdades que tinham sido expressas.

As verdades que as pessoas tinham proferido umas às outras por ocasião do suposto derradeiro instante não podiam mais ser recolhidas. O sapateiro deixou a mulher ainda de madrugada e se mudou para a cidade vizinha porque a mulher lhe dissera que o filho, tecnicamente falando, não era dele, e essa verdade amordaçada por muito tempo espalhou um fedor horrível e fez muito barulho.

Uma verdade revelada que ninguém queria recolher de volta, que pôde se esbaldar à vontade, foi a do bisneto do camponês Häubel. Ele finalmente disse à filha do prefeito que ficou dançando o tempo todo na última festa da primavera com a filha do dono do mercadinho apenas por birra, porque achava que a filha do prefeito não queria dançar com ele. Depois do sonho de Selma, o bisneto de Häubel confessou à filha do prefeito que, na realidade, ela era seu único amor e que nada nesta vida estragaria esse sentimento. A filha do prefeito também amava o bisneto de Häubel, e todos ficaram aliviados com a revelação da verdade – que ocorreu no derradeiro instante não porque a morte se aproximava, mas porque de outro modo a vida teria tomado um rumo errado. Quase que o bisneto de Häubel teria se mudado para a capital por birra, quase que a filha do prefeito teria se convencido de que o bisneto de Häubel não era a pessoa certa. Todos estavam aliviados de a verdade circular livremente e a torcida era por um casamento em breve – não fosse pelo fato de ninguém querer festejar casamento nenhum por causa do que aconteceu depois. Num primeiro momento, festas nunca mais.

Às seis e quinze, vinte e sete horas e quinze minutos depois do sonho de Selma, quando o tempo havia supostamente colocado todos em segurança, ela guardou minha lancheira na minha mochila. Eu estava sentada no banco da cozinha, atrasada, e não tinha mais como copiar a tarefa de casa para o caderno de Martin. Ainda lembro que meus sapatos apertavam, que eu disse para Selma: "Preciso de sapatos novos" e que Selma respondeu informando que na manhã seguinte iríamos à capital para providenciá-los e acrescentou que Elsbeth também precisava de sapatos novos.

Evidentemente eu não sabia que não haveria um amanhã para comprar sapatos na capital. Evidentemente eu não sabia que poucos dias depois eu estaria em pé no cemitério, calçando meus sapatos domingueiros grandes demais e de mãos dadas com Selma, e que todos próximos a mim formariam um círculo ao meu redor – inclusive o oculista desmilinguido de tanto chorar, "Funcionário do mês" –, para que eu não enxergasse muito bem como o mundo entrava nos seus eixos, para que eu não enxergasse muito bem como um caixão era abaixado, um caixão, disse o pastor, cujo tamanho indicava que ali nem metade da vida pôde ser vivida; mas eu vi exatamente. Nem todos juntos eram suficientes para conseguir distorcer isso, e evidentemente eu não sabia que, assim que o caixão chegasse ao fundo, silencioso, eu me viraria e sairia correndo, e que Selma, claro que Selma iria me encontrar, exatamente no lugar debaixo da mesa de sua cozinha onde nesse instante meus pés estavam metidos em sapatos pequenos demais, que eu ficaria encolhida ali, o rosto besuntado com uma calda vermelha, na minha frente inúmeras embalagens vazias de Mon Chéri; eu não sabia que Selma se agacharia e eu veria seu rosto choroso, que Selma chegaria perto de mim debaixo da mesa e diria "venha cá, meu bombonzinho de licor", e que tudo ficaria escuro em seguida porque eu pressionaria meu rosto na blusa escura de Selma, preta feito a fita da coroa fúnebre. Evidentemente eu não sabia nada disso, pois ficaríamos loucos caso soubéssemos dessas coisas de antemão, se soubéssemos de antemão que em menos de uma hora a vida como um todo viraria de ponta-cabeça num único movimento, feito uma panqueca.

Às sete e quinze Martin e eu estávamos no trem. Martin não tinha me levantado na plataforma, eu lhe ditei correndo minha lição de casa.

— Vamos — disse Martin quando o trem chegou e, com a mochila nos ombros, encostou-se na porta do trem e fechou os olhos. Eu me postei diante da porta em frente e fiquei olhando para fora.

— Fábrica de arame — disse Martin, no momento preciso em que passamos pela fábrica.

— Certo — eu confirmei.

— Plantação, pasto, granja do maluco Hassel — ele disse.

— Certo.

— Campina — continuou Martin. — Floresta. Floresta. Observatório dois.

— Observatório um — eu corrigi.

— Desculpe — Martin disse, sorrindo. — Observatório um. Agora plantação de novo.

Olhei para fora, por cima da cabeça de Martin. O topete dele ainda estava colado na cabeça, mas antes de chegarmos à escola ele com certeza estaria levantado, apontando para o alto.

— Floresta, campina — recitou Martin rapidamente, pois estávamos chegando ao trecho do percurso onde o trem acelerava bastante, a parte em que era preciso se esforçar muito para dizer tudo na mosca. — Pasto, pasto — ele disse.

E daí a porta do trem se abriu.

SEGUNDA PARTE

ALGUÉM DE FORA

— Feche a porta, por favor — pediu o senhor Rödder.

Na verdade, ele sabia que era impossível. A porta não fechava direito porque o batente tinha entortado e o carpete marrom, que parecia ser feito de pelos duros de *dachshund*, era alto demais. Para que a porta fechasse pela metade, alguém precisava empurrá-la com todo o seu peso, como se houvesse outro alguém fazendo força na direção oposta, do lado de fora, e que não podia entrar de jeito nenhum. Entretanto, ninguém queria entrar ali. Ninguém, à exceção do senhor Rödder e de mim, queria entrar naquele quartinho de fundos da livraria – embolorado, sem janela, minúsculo.

Mesmo sem nossa presença, o espaço já estava totalmente tomado. Havia uma mesa de armar e uma máquina de café, aparelhos de fax encostados, caixas registradoras encostadas, cartazes publicitários enrolados e amassados e displays.

Alasca estava deitado em meio a todas essas coisas. O cachorro estava velho, muito mais velho do que os cachorros costumam ficar. Alasca parecia ter várias vidas, que ia consumindo uma atrás da outra, sem morrer nos intervalos.

O senhor Rödder detestava Alasca. Ele detestava quando eu tinha de trazê-lo à livraria. Alasca era um trambolho peludo e estropiado e gigante e cinza que cheirava como uma verdade nunca antes arejada. A cada vez que eu entrava pela porta com Alasca, junto com inúmeras desculpas e explicações, o senhor Rödder pegava em silêncio uma lata de spray do lado do caixa e o borrifava com um desodorizador de ambientes, Blue Ocean Breeze, mas adiantava pouco. "Esse bicho é lamentável", o senhor Rödder sempre repetia depois de ter perfumado Alasca e o enxotado para o quartinho dos fundos. "Essa não é a atitude apropriada", ele dizia quando Alasca se deitava entre todas aquelas coisas quebradas. E dizia de maneira tão escandalizada, como se estivesse se referindo não à atitude de Alasca, mas à dele próprio.

Alasca fazia todo o minúsculo quartinho dos fundos ficar com cheiro de cachorro cinza e oceano azul enlatado. O senhor Rödder e eu nos espremíamos ali – e, como todas as vezes não sabíamos como tínhamos conseguido chegar aos nossos lugares passando por cima dos trambolhos, todas as vezes parecia que não tínhamos entrado pela porta emperrada, mas sim que alguém de fora tinha nos colocado ali. Era como se o telhado tivesse sido aberto por uma mão gigante que hesitou durante um bom tempo sobre onde nos meter sem tirar nada do lugar.

— Temos de conversar — disse o senhor Rödder. Seu hálito exalava pastilhas de violetas. Ele vivia chupando pastilhas de violetas porque tinha medo do mau hálito. Ele também havia indicado as pastilhas de violetas para o Alasca, mas, quando retruquei dizendo que aquilo não era jeito de se cuidar de um animal, Alasca não tocou nas pastilhas. Por causa das pastilhas de violetas o hálito do senhor Rödder lembrava um arranjo funerário velho e eu não tinha coragem de lhe dizer que isso também era mau hálito.

— Marlies Klamp passou por aqui hoje de manhã — disse o senhor Rödder. — Ela reclamou mais uma vez da sua sugestão.

Não gostou. Seria bom se você conseguisse se colocar no lugar dos nossos clientes.

— Mas eu me coloco no lugar deles — retruquei. — Marlies nunca gosta de nada.

— Então se esforce mais — disse o senhor Rödder.

Ele mantinha o rosto perto do meu. Suas sobrancelhas pareciam ser feitas de pelos duros de *dachshund*, elas ficavam espetadas para todos os lados. As sobrancelhas do senhor Rödder estavam sempre agitadas.

— Senão você não vai passar pelo período de experiência — disse o senhor Rödder. Ele parecia estar se referindo a uma questão de vida ou morte, e fiquei espantada pelo fiel da balança ser justo Marlies.

Marlies quase não saía mais de casa; quando muito, era apenas para reclamar de alguma coisa. No mercadinho, ela reclamava da comida congelada de que não tinha gostado. No oculista, reclamava dos óculos que pareciam estar tortos no nariz. Na loja de presentes, de que não havia presentes adequados e, na livraria do senhor Rödder, das minhas indicações.

Foi por esse motivo que na semana anterior eu havia tocado na casa de Marlies. "Não tem ninguém", Marlies falou por trás da porta. Dei a volta na casa e olhei pela janela da cozinha. Estava escuro e não dava para ver nada, mas a janela estava aberta.

— Só um minutinho, Marlies — eu falei. — Você pode parar de reclamar sobre mim com o senhor Rödder? Senão não vou conseguir passar pelo período de experiência.

Marlies ficou em silêncio.

— O que você quer que eu te recomende? — perguntei através do vão da janela. Pensei no dia em que papai levou Alasca para casa, quando fiquei procurando ansiosamente por um nome para o cachorro e acabei achando um errado. Martin é que sabia o certo.

— Vou continuar reclamando — Marlies afirmou. — Vá se acostumando. E agora vá embora.

— Tudo bem — disse ao senhor Rödder. — Vou me esforçar ainda mais.

— É o que lhe peço encarecidamente — ele disse, metendo as mãos nos bolsos da calça e balançando o corpo para a frente e para trás. Ele fazia isso com frequência, e esse balanço sempre parecia como se ele quisesse sair galopando e atropelando alguém com sua barriga gigante.

— Isso é tudo.

— Eu gostaria de falar algo também — eu arrisquei. — Queria lhe perguntar se posso tirar alguns dias na semana que vem. Imagine, vou receber visita do Japão.

— Ah, cruzes — disse o senhor Rödder, como se visita do Japão fosse um ataque de reumatismo.

— São só dois dias — emendei.

Alasca acordou. Ele ergueu a cabeça, balançou o rabo e acabou derrubando uma coleção de pôsteres publicitários enrolados.

— Você realmente me faz aturar cada coisa — o senhor Rödder suspirou.

— Sei disso — retruquei. — Sinto muito, de verdade.

Nesse momento, a campainha da loja tocou.

— Clientes — anunciou o senhor Rödder.

— Talvez o senhor possa pensar no assunto — eu sugeri.

— Clientes — repetiu o senhor Rödder.

Desviamos com dificuldade de todas aquelas coisas encostadas, saltamos o Alasca e nos encaminhamos em direção à porta, que não fechava nem abria direito.

***

O oculista estava na loja. Ele se encontrava na porta e, quando nos viu, pegou um livro de uma pilha de lançamentos e veio ao nosso encontro.

— Boa tarde — ele disse ao senhor Rödder. — Tenho de lhe dizer que sou muito bem orientado por sua funcionária.

— Ah — disse o senhor Rödder.

— Ela sabe o que eu quero ler antes de eu mesmo saber — disse o oculista. Ele usava a plaquinha no casaco, aquela do "Funcionário do mês".

— Já é suficiente — eu sussurrei.

— O senhor não é o oculista da cidadezinha vizinha? — o senhor Rödder perguntou, desconfiado. — Vocês já se conhecem de antes, não é?

— De vista — respondeu o oculista. — O que eu queria dizer é que, para sua funcionária, sou como um livro aberto.

— Estamos fechando daqui a pouco — eu falei, empurrando o oculista para a porta.

O oculista se virou na direção do senhor Rödder.

— Nunca em toda minha vida recebi indicações tão boas quanto as dela. E olhe que já me indicaram muitas coisas na vida — ele continuou e eu fui empurrando-o até a rua.

— Obrigada — eu disse do lado de fora —, mas não era preciso.

O oculista me encarou, sorrindo.

— Boa ideia, não? Com certeza funcionou.

À noite, destranquei a porta do meu apartamento, fui com Alasca até a cozinha e escondi seus comprimidos da noite num pedaço de salsicha. A secretária eletrônica estava piscando, o display anunciava cinco novas mensagens. Na realidade, aquela secretária eletrônica tinha estado no quartinho dos fundos do senhor Rödder, no meio de outras coisas que ficavam ali encostadas. Ela anunciava muito mais mensagens do que era o certo, vira e mexe cortava as ligações depois de alguns segundos, tocava quando não havia ninguém ligando e repetia três vezes seguidas que a mensagem tinha chegado ao fim. Apertei a tecla para ouvir o que estava gravado.

"Você tem quarenta e sete novas mensagens", disse a secretária eletrônica, e a primeira era de papai, numa chamada que estava muito ruim.

"A ligação está muito ruim", ele disse. Ele estava em algum lugar muito longe. Quanto mais longe, maior o eco de sua voz, como se ele estivesse num ambiente vazio que ficava cada vez maior.

Não entendi muita coisa, entendi apenas "entrar em contato" e "Alasca" e não sabia se ele estava se referindo à localidade ou ao cachorro, pois a secretária eletrônica cortou a ligação do meu pai e anunciou a próxima.

"Aqui quem fala é o Werner Palm", disse Palm. Daí ele fez uma pausa, como se quisesse dar oportunidade à secretária eletrônica de cumprimentá-lo pelo nome. "Quero só perguntar se você vai vir no fim de semana. Como sempre, te desejo", disse Palm e a secretária deu cabo dele.

— A bênção de Deus — completei.

"Próxima mensagem", disse a secretária eletrônica. "A bênção de Deus", falou Palm.

"Próxima mensagem", disse a secretária eletrônica.

"Rödder". O senhor Rödder falava muito rápido porque conhecia bem a secretária eletrônica, "é segunda-feira, quatro e cinquenta e sete da tarde. Você saiu da loja faz poucos minutos. Sobre pedido de licença na semana que vem, comunico que excepcionalmente vou" e a secretária eletrônica cortou a ligação, e depois foi a vez de Frederik: "Sou eu".

— Frederik — falei.

"Não se assuste, Luise", disse Frederik, "eu só queria", e a secretária eletrônica cortou a ligação, pois essa secretária eletrônica não fazia distinções, diante dessa secretária eletrônica todas as chamadas eram iguais, e eu me assustei com o pedido de Frederik para não me assustar, e pensei: *Frederik não vem. Ele vai dizer que não vem.*

"Próxima mensagem", anunciou a secretária eletrônica.

"Então", anunciou Frederik, "eu queria te dizer que houve uma mudança de planos", e a secretária eletrônica cortou a ligação e disse: "A chamada está em espera", e anunciou a próxima mensagem e pensei: *Frederik não vem, a chamada não ficará em espera*, e Frederik finalmente disse: "Estou chegando já hoje. Estou quase aí".

Depois ele fez silêncio. A secretária eletrônica também fez silêncio e não cortou a ligação. Talvez a secretária eletrônica também tivesse sido surpreendida pela mensagem, interferindo no seu modo indiferente, igualitário. Talvez a secretária eletrônica não soubesse o que fazer depois de uma mensagem dessas, por isso acabou fazendo exatamente o certo, que foi arquivá-la.

Alasca e eu ficamos encarando o aparelho piscante, encarando o silêncio de Frederik, e tentei assimilar que Frederik estava quase chegando.

"Estou esperando a ligação ser cortada", disse Frederik por fim. "Sinto muito não ter conseguido te falar antes. Espero que você esteja de acordo. Até mais, Luise."

"Fim das mensagens", decretou a secretária eletrônica rapidamente, "fim das mensagens, fim das mensagens", e daí ela repetiu, excepcionalmente, uma quarta vez, para garantir, "fim das mensagens".

Liguei para o número para o qual quase todo mundo que eu conhecia apelava nas emergências.

Selma atendeu ao terceiro toque. Sempre demorava muito até o fone chegar ao seu ouvido. Do outro lado da linha, não se escutava nada além de um ruído prolongado, como se o fone fosse um detector que primeiro tinha de perscrutar o corpo inteiro de Selma até finalmente alcançar o ouvido.

— Alô? — Selma disse finalmente.
— Frederik está vindo — eu soltei.
— Sei disso — ela suspirou. — Na semana que vem.
Alasca olhou para mim e minha voz ficou estridente.
— Fique calma — disse Selma. — A bem da verdade, é uma coisa boa.
— O quê?
— Que ele esteja quase aqui.
— O quê?
— Era o que você queria de todo modo.
— Não consigo me lembrar de que eu queria isso de todo modo — retruquei e escutei Selma rindo e dizendo:
— Mas eu, sim.
— O que devo fazer agora? — perguntei. — E não vá me dizer agora que eu tenho de fazer o que eu faria normalmente.
— Não há nenhum ocapi em jogo — Selma lembrou.
— Mas parece.
— Você está confundindo as coisas — ela disse, e depois completou: — Eu tomaria um banho rápido. Você parece meio suada.
A campainha tocou. Alasca se levantou.
— A campainha tocou — disse Selma.
— É ele — falei.
— Suponho que sim — Selma disse. — Desodorante também serve.
A campainha tocou uma segunda vez.
— O que devo fazer agora? — perguntei.
— Abrir a porta, Luise — Selma respondeu.

ABRIR A PORTA

No dia em que Martin foi enterrado, depois de eu ter fechado os olhos debaixo da mesa da cozinha de Selma, afundada na sua blusa escura feito laço de enfeite de coroa funerária, fiquei muito tempo sem abri-los.

Em algum momento, Selma saiu engatinhando de debaixo da mesa abraçada comigo. Eu tinha agarrado seu pescoço com os dois braços e ela me sentou numa cadeira, onde eu adormeci.

Meus pais chegaram, ajoelharam-se diante de Selma e de mim e, sussurrando, tentaram me acordar. Mamãe estava com soluço. Ela sempre começava a soluçar quando chorava. Visto que era a responsável por todas as coroas em nossa região, ela também as preparara para o enterro de Martin.

— Essas coroas não — ela afirmou primeiro. — Eu me recuso a fazer essas.

Mas depois acabou cedendo, na noite anterior ao enterro, e até a manhã seguinte não se ouviu ruído nenhum em toda a cidade, em toda a floresta em volta, exceto o soluço de mamãe e o estalido das fitas das coroas em suas mãos.

— Luise? — sussurrou mamãe. — Luise?

— Vamos deitá-la no sofá — sussurrou papai. Com cuidado, ele tentou soltar meus braços do pescoço de Selma, mas não conseguiu. Assim que papai tentava me tirar do colo de Selma, eu me agarrava nela com ainda mais força e, surpreendentemente, eu era muito forte dormindo.

— Deixe estar — disse Selma. — Vou ficar aqui sentada e pronto. Ela vai acordar logo.

Não foi o que aconteceu. Dormi durante três dias seguidos. Mais tarde, Selma afirmou terem sido cem anos.

Como eu não deixei que me soltassem dela, Selma me carregou por três dias sem parar. E fazer isso com meninas de dez anos dormindo é um tanto mais árduo do que com meninas de dez anos acordadas. Selma se perguntou se Martin conseguiria ter me levantado durante um minuto enquanto eu estivesse dormindo.

Enquanto não permiti que me soltassem dela, Selma não teve certeza de que conseguiria desviar automaticamente dos pontos perigosos na cozinha e na sala e passou a prestar mais atenção neles. "Não pise aí", ela murmurava para si mesma quando se aproximava comigo de uma marcação vermelha, pois era diferente afundar sozinha ou com alguém nos braços.

Selma me carregava no colo, nas costas, sobre os ombros. Quando tinha de ir ao banheiro, ela puxava a meia-calça e a calcinha com uma das mãos e me equilibrava no colo. Quando estava com fome, abria as embalagens plásticas com os dentes. Ela aprendeu rapidamente a desembrulhar Mon Chéri com uma mão só. Quando ia se deitar, eu ficava junto do seu peito ou das suas costas, com os braços ao redor do seu pescoço. Não foi apenas a mim que Selma carregou durante três dias, mas também sua blusa de laço escuro de coroa funerária, pois trocar de roupa ou se lavar era impossível enquanto eu não me soltasse dela.

No dia seguinte, Selma foi comigo à mercearia da cidade. O dono do mercadinho também continuava vestido de preto, sentado diante de seu negócio que estava fechado. "Fechado por motivo de luto" a placa sobre a porta avisava, como se ninguém soubesse.

— Você pode abrir por um instante? — Selma perguntou. O dono da mercearia se levantou, não parecia estar nem um pouco surpreso comigo pendurada nos ombros de Selma, dormindo.

— Tem ração seca para cachorro?

— Infelizmente não — disse o dono do mercadinho. — Só aquelas de lata.

Selma pensou.

— Quantos pacotes de linguiça fatiada você tem no estoque?

O dono do mercadinho foi checar.

— Nove — ele respondeu.

— Vou levar tudo — disse Selma. — E seria ótimo se você pudesse desempacotar tudo agora. E, depois, colocar aqui. — Ela se virou e o dono do mercadinho pegou o saco que estava preso nos dedos de Selma debaixo do meu bumbum. Em silêncio, ele abriu nove embalagens e colocou as fatias grudadas umas nas outras no saco.

— Você consegue pegar minha carteira? — Selma perguntou, apontando com o queixo para o bolso de sua saia preta.

— É oferta da casa — anunciou o dono do mercadinho.

Selma passou pela loja do oculista, e sua imagem apareceu refletida na vitrine. Eu estava pendurada nas costas de Selma como se fosse um trasgo, e o saco balançava embaixo. O oculista não enxergou Selma, senão teria saído imediatamente e tentado segurar tudo o que ela estava carregando. Selma, porém, enxergou o oculista, ele também ainda estava usando preto, o terno bom, que ficava maior com os anos. Ele estava sentado num banquinho, a cabeça tinha desaparecido no semicírculo do campímetro que ele havia adquirido de um oftalmologista da capital.

O oculista estava determinando seu campo de visão. À frente, ele não enxergava nada além de cinza-claro com um simpático ponto vermelho no meio de um espaço semicircular muito visível. Nas margens de seu campo de visão apareceram pequenos pontos piscantes, que sinalizavam ao oculista que tinham sido vistos por ele. Era um alívio manter a cabeça no semicírculo e assegurar aos pontos piscantes que eles existiam.

Selma passou pela casa de Elsbeth. Elsbeth, que também ainda estava usando preto, encontrava-se no jardim com um soprador de folhas secas. Ela segurava o soprador contra a macieira. Era abril, as folhas ainda eram jovens.

— O que você está fazendo? — perguntou Selma, tentando superar o barulho do soprador de folhas mortas.

Elsbeth não se virou de pronto.

— Quero que o tempo passe — ela respondeu. — Quero que já seja outono. O outono do ano seguinte ao ano seguinte do ano seguinte.

As folhas não estavam interessadas em serem sopradas para longe dos galhos. Estavam se desenvolvendo e eram fortes, não entendiam o que Elsbeth tinha em mente, não se sentiam nem um pouco ameaçadas, pareciam mais estar enfrentando um secador de cabelo.

— Coloque no modo turbo — Selma sugeriu. Elsbeth não ouviu.

— E o que você está fazendo? — ela perguntou em voz alta, sem se virar.

— Estou carregando Luise — Selma respondeu.

— Isso também é bom — Elsbeth retrucou.

Selma fez um movimento de cabeça para as costas de Elsbeth e continuou em direção à casa de Palm.

***

Por um tempo, Selma tinha pensado em deixar os cachorros morrerem de fome. Há dias Palm não os alimentava; desde a morte de Martin, ele não saía mais de casa, nem para o funeral. Selma quis buscá-lo para o enterro, porque supôs que ele não fosse. Ela foi até a casa de Palm. Famintos, os cachorros latiram com mais intensidade do que de costume. Ela conseguiu passar por eles, bateu e tocou, mas Palm não abriu.

— Palm, você tem de ir — ela acabou gritando para o alto, postada junto à janela da cozinha.

Depois pigarreou e acrescentou:

— Você tem de carregá-lo até o túmulo.

Enquanto pronunciava a frase, ela fechou os olhos, pois uma frase dessas não deve ser dita em voz alta nunca; mesmo sussurrada seria excessiva.

— Não tem outro jeito, Palm — Selma ainda disse, duas vezes.

Palm não abriu e teve outro jeito.

Naquele momento em frente à casa de Palm, Selma pensou rapidamente em voltar até a casa de Elsbeth ou até o oculista para que eles a ajudassem com as fatias de linguiça. Depois achou que isso seria um transtorno excessivo.

Selma sempre achava um transtorno excessivo pedir ajuda. Na sua opinião, o maior transtorno eram os agradecimentos posteriores. Melhor cair de uma escada bamba, melhor levar um choque de um cabo elétrico ou um choque não elétrico de um capô de carro, sofrer da ciática por causa de sacos pesados, melhor cair pelo piso da sala do que pedir ajuda e depois ter de ficar agradecendo.

Selma se curvou para a frente, esticou os braços e jogou o conteúdo do saco no chão. Ela se agachou, tentando evitar que eu me deslocasse nas suas costas. Seus discos vertebrais também tentavam não se deslocar, e, ainda assim, com a cabeça afogueada e discos vertebrais magoados, Selma achava que tudo isso era um transtorno menor do que agradecer. Ela atirou as fatias de linguiça por cima da cerca de Palm. Atirou-as perto dos cachorros, que ficaram absolutamente fora de si.

Selma me segurou e se aprumou de novo, arquejou e os discos vertebrais arquejaram muitas vezes também. Ela foi para os fundos da casa e encontrou a porta do porão destrancada.

Ela subiu pela escada do porão e atravessou a cozinha, onde tentou não prestar atenção no pão com Nutella deixado pela metade sobre o prato; atravessou a sala, onde tentou não prestar atenção no pijama com estampa do Obelix sobre o braço do sofá, até chegar ao quarto.

Parecia que o quarto de Palm não era arejado há anos. Havia um armário gigante, escuro, como parte de um conjunto escuro; de um lado, uma cama de casal cujo colchão estava amarelado e sem roupa de cama; do outro, roupa de cama amarrotada e o travesseiro nos pés da cama. Não dava para enxergar muito bem. Selma acendeu a luz.

Palm estava deitado no chão, do lado de Selma. Dormia. A cabeça apoiava-se na mochila de escola de Martin.

A mochila tinha sido encontrada cem metros adiante nos trilhos. Quase intacta, apenas a alça direita rasgada.

Selma sentou-se na cama, do lado bagunçado. Tirou-me das suas costas e fui parar no seu colo, depois de passar por cima dos seus ombros. Minha cabeça ficou aninhada na dobra do seu braço. Selma sentiu o próprio coração batendo, irregular. Por esses dias, com frequência ela sentia o coração sair do ritmo, assim como o oculista quando era azucrinado pelas suas vozes.

Ela olhou para Palm, que dormia, olhou para mim, que dormia. *Dois corações partidos e um avariado*, pensou Selma.

Depois pensou no cocheiro Henrique do conto do príncipe-sapo dos irmãos Grimm e no coração desse cocheiro, e tombou para trás, sobre a colcha de Palm, que exalava um cheiro forte de aguardente e raiva, um cheiro corrosivo.

O lustre ficava bem acima da cabeça de Selma; na base estavam as mariposas mortas com seus corações mortos de mariposas. Selma fechou os olhos.

Em sua mente surgiu uma imagem estática, na qual o que em realidade é escuro fica claro e o que em realidade é claro fica muito escuro. Ela viu Heinrich descendo a rua, virando-se de tempos em tempos para acenar para ela, uma última vez, uma derradeira última vez, e então Selma viu na imagem da mente o movimento congelado do aceno derradeiro, do sorriso congelado de Heinrich, agora com os cabelos, ao invés de escuros, claros, e os olhos, ao invés de claros, muito escuros.

Selma ficou um tempão deitada ali. Depois ela me colocou de novo sobre os ombros. Ela se desequilibrou por um instante, o coração deu um passo para a direita. Ao se levantar, Selma puxou a coberta da cama, e foi puxando-a atrás de si até colocá-la sobre as pernas e a barriga de Palm. E daí deixou-a cair.

— Você tem de soltá-la — disse o oculista.
   — Tenho de examiná-la — disse papai.
   — Ela tem de comer alguma coisa — disse mamãe.
   — Você já está toda torta — disse Marlies.
   — Você também tem de comer alguma coisa — disse Elsbeth.
Todos diziam alguma coisa, menos eu, Palm e Alasca.

"Ela não vai se soltar", dizia Selma, "ela já vai acordar", "ela nem é tão pesada assim". A última frase era mentira, eu era pesada feito uma rocha.

Selma se propôs a fazer o que sempre fazia, pois senão havia o perigo de nunca mais se fazer coisa nenhuma, e daí – como no caso do carteiro aposentado – em algum momento o sangue e a razão iriam coagular e chegaria a morte ou a loucura, e Selma não podia se permitir nenhuma das duas coisas naquela época.

Porque era quinta-feira e todas as quintas-feiras ela fazia isso, ela foi assistir a sua série. Eu dormi no seu colo. Logo no começo da série um homem absolutamente estranho, bem-humorado, atravessou o portal da casa vitoriana e foi cumprimentado por Melissa como sendo Matthew, embora não fosse o Matthew. Selma se aproximou da tela, arregalou os olhos, mas não era mesmo Matthew, era apenas parecido se visto de longe. O ator que sempre fizera o papel de Matthew devia ter perdido a vontade ou recebido oferta melhor de outro seriado ou morrido, e por essa razão simplesmente elencaram alguém parecido com Matthew.

Selma desligou a televisão e começou a escrever uma carta à emissora. Ela escreveu que aquilo era inadmissível. Escreveu que quando alguém morria de morte morrida ou morte matada não era possível simplesmente colocar outra pessoa no lugar fingindo sempre ter sido Matthew; escreveu que uma solução tão barata era inadmissível, fosse em histórias passadas no campo, fosse em casas americanas-vitorianas: aquilo era indigno.

Selma preencheu três páginas com letra miúda. Depois veio o oculista, encontrou Selma e a carta na mesa da cozinha, eu estava deitada de bruços sobre seu colo feito uma manta. Selma ergueu o olhar e o oculista lhe entregou seu lenço.

Visto que Selma queria fazer o mais rapidamente possível o que sempre fazia, ela foi passear no Bosque das Corujas às seis e meia.

— Venha, Alasca — ela falou, mas Alasca não queria. Naqueles dias, Alasca também só queria saber de dormir.

No Bosque das Corujas, o oculista caminhou atrás de Selma, para o caso de eu ou os discos vertebrais de Selma se deslocarem. O oculista olhou para o chão, os olhos estavam doendo de tanto chorar, de tantos testes de campo de visão. Além disso, ele achava que já não havia nada mais a ser visto. A beleza sinfônica que o oculista queria mostrar a mim e a Martin tinha sido descartada como um cenário usado.

No terceiro final de tarde, começou a chover no Bosque das Corujas. Por segurança, o oculista tinha carregado a capa e a touca de chuva de Selma, uma touquinha transparente com pontos brancos. Ele pendurou a capa sobre mim, que estava nas costas de Selma, colocou a touca na cabeça de Selma para que o penteado não estragasse e amarrou com cuidado os cordões embaixo do queixo dela. Depois eles seguiram em frente, mas só um pouco, porque Selma parou de maneira abrupta, e o oculista, que não estava contando com isso, atropelou-a. Selma se desequilibrou, o oculista a segurou e tentou estabilizar Selma e eu com o próprio corpo, como tinha feito com a perna serrada do observatório.

— Tenho de admitir que agora ela está ficando mais pesada — disse Selma.

Ela se virou e voltou. Pela primeira vez desde a invenção do mundo, ela não passeou por trinta minutos no Bosque das Corujas. O oculista parou por um instante quando Selma não subiu a encosta até sua casa, mas continuou descendo cada vez mais, até o mercadinho. E ficou junto à máquina de vender cigarros.

— Você tem moedas? — ela perguntou, empurrando-me dos ombros para as costas, minha cabeça pendurada um pouco acima de seu bumbum.

Antigamente, quando Heinrich ainda vivia, Selma fumava. Em muitas fotos cinza, ele e Selma estão ambos com um cigarro no canto da boca. Se não estavam, Selma dizia que era só porque tinha tido um acesso de riso e o cigarro lhe caíra. Selma havia parado de fumar logo depois de ficar grávida de papai, começando a se comportar como aquelas pessoas que agitam as mãos, acusadoras, e que tossem, indignadas, quando alguém começa a fumar a quatro metros de distância.

— Selma, realmente não há motivo para recomeçar a fumar — disse o oculista, e uma fração de segundo após ter soltado a frase ele já sabia que aquela era a afirmação mais idiota dos últimos tempos, e isso num período em que frases idiotas abundavam. Essa frase era mais idiota do que aquela do tempo que cura tudo, mais idiota do que a frase de que Deus escreve certo por linhas tortas.

— Então me dê um motivo melhor — pediu Selma. — Me dê um único motivo em todo o mundo que poderia ser melhor do que este.

— Perdão — pediu o oculista, que pegou a carteira do bolso da jaqueta e entregou quatro marcos para Selma. Selma jogou as moedas na máquina e acionou a primeira gavetinha prateada que viu pela frente. Não conseguiu abrir. Primeiro ela puxou, depois sacudiu, sacudiu também todas as outras gavetinhas, enquanto minha cabeça nas suas costas balançava para lá e para cá. Nenhuma delas abriu.

— Droga de máquina idiota — disse Selma.

— Deixa — falou o oculista —, eu tenho alguns.

— Você? Mas você não fuma!

— Parece que sim — retrucou o oculista.

Ele pegou um maço e um isqueiro do bolso da jaqueta, tirou um cigarro, acendeu-o e entregou-o para Selma. Selma inalou fundo, inalou até o umbigo. Depois se encostou com o ombro livre na máquina de cigarros e fechou os olhos.

— Maravilhoso — disse ela.

Selma fumou o cigarro inteiro com os olhos fechados, encostada na máquina, com a touca transparente de chuva na cabeça, e o oculista ficou observando-a. A beleza de Selma era a única que não tinha sido obscurecida e, enquanto o cigarro queimava, o oculista teve ideias para dezenas de inícios de cartas. Sobre o oculista abria-se um espaço imensurável, no qual logo surgiriam pontos claros, e não havia nem a mais remota possibilidade de sinalizar a esses pontos que eles tinham sido vistos.

Selma abriu os olhos, jogou a bituca no chão e apertou-a completamente.

— Eu nem sabia — ela falou enquanto isso — que você fumava.

E quase o oculista teria respondido: "Você não sabe de algumas coisas, Selma", mas daí as vozes internas o assaltaram, o oculista perdeu o equilíbrio por meio segundo. "Momento absolutamente errado", decidiram as vozes que, excepcionalmente, tinham razão.

Selma e o oculista voltaram para nossa casa. Selma me tirou do ombro – ela já estava com prática nisso – e se deitou comigo na sua cama.

O oculista se sentou na beirada da cama. Ele nunca tinha sentado ali. A cama de Selma, a cama onde ela de vez em quando sonhava com um ocapi, era estreita e sobre o cobertor peludo havia um acolchoado estampado de flor.

Selma acendeu a luz da luminária. Ao lado havia um despertador daqueles dobráveis de viagem cujo acabamento era imitação de couro bege e que tiquetaqueava muito alto. Sobre a cama, uma pintura de moldura dourada retratava um jovem feliz entre cordeiros tocando uma charamela.

Caso o oculista tivesse prestado atenção no quadro, perceberia que o jovem parecia ser daqueles que nunca tinha enfrentado dificuldades na vida. Caso o oculista estivesse atento a algo que não fosse Selma e eu, teria achado tudo muito bonito: a imitação de couro bege revestindo o despertador que tiquetaqueava muito alto, o acolchoado e a estampa florida grande, os cordeiros gordos, a luminária de cabeceira de latão e vidro leitoso em forma de gorrinho de anão; o amor oculto do oculista era tão grande que tudo isso seria de uma beleza sublime. Mas o oculista não enxergava nada além de Selma e de mim, deitadas uma de frente para a outra na cama, meus braços envolvendo o pescoço de Selma.

Selma encarou o oculista. Ele fez um movimento com a cabeça.

— Luise — Selma sussurrou —, você tem de me soltar agora. Já é hora.

Ela pegou minhas mãos, que se soltaram. Me virei de costas, sem abrir os olhos.

— Estão todos ainda aqui? — perguntei.

Selma e o oculista se entreolharam, e daí Selma inventou o mundo pela segunda vez.

— Não — respondeu. — Todos não estão mais aqui. Mas ainda existe o mundo. O mundo menos um.

Virei-me de lado e encolhi as pernas, meus joelhos tocaram a barriga de Selma, ela fez um carinho na minha cabeça.

— Alasca não é grande o bastante — eu disse.

Mais uma vez, Selma e o oculista se entreolharam, o oculista fez uma expressão de dúvida, e Selma formou com os lábios uma palavra que o oculista não conseguiu entender. Ela mexeu novamente os lábios, mas, como o oculista ainda não tinha conseguido entender, Selma usou todos os músculos da face para dizer "dor", e foi tão engraçado que o oculista quase deu risada.

— Tem razão — disse Selma. — Alasca está longe de ser grande o bastante.

— Ele também não é pesado o bastante — eu disse. — Qual é o bicho mais pesado da Terra?

— O elefante, acho — respondeu Selma —, mas ele também não será o bastante.

— Precisamos de dez elefantes — eu disse, e o oculista pigarreou.

— Desculpe, mas não está certo — ele disse. — O animal mais pesado da Terra não é o elefante, mas a baleia-azul. A baleia-azul adulta chega a pesar duzentas toneladas. Nada é mais pesado.

O oculista se curvou até mim. Ele estava feliz por ter conseguido explicar alguma coisa num tempo em que explicações confiáveis eram raras, não porque não existissem, mas porque ninguém as tinha.

— Só a língua de uma baleia-azul pesa o mesmo que um elefante — ele disse. — E a baleia-azul pesa cinquenta vezes mais que a própria língua. Imaginem só.

Selma olhou para o oculista.

— Como você sabe de tudo isso? — ela sussurrou.

— Não faço ideia — respondeu o oculista.

— Parece inventado — Selma sussurrou, e o oculista sussurrou:

— Mas acho que é verdade.

— Se alguém pesa cinquenta vezes a própria língua, então esse alguém é leve — eu afirmei.

— Não em se tratando de uma baleia-azul — disse Selma.

— Um único sopro de uma baleia-azul dá para encher duzentos balões — disse o oculista.

Selma olhou para o oculista, que deu de ombros.

— É fato — afirmou ele.

— Duzentos balões também são muito leves — eu disse. — Por que alguém faria isso?

— O quê? — perguntou o oculista.

— Encher duzentos balões com o sopro de uma baleia-azul — eu disse.

— Não sei — retrucou o oculista —, talvez se eles forem usados numa decoração. Quando se quer dar uma festa.

— Por que alguém iria querer dar uma festa? — perguntei.

Selma passava a mão sobre minha testa, sem parar, seu dedo mindinho tocando de vez em quando minhas pálpebras fechadas.

— O coração de uma baleia-azul bate apenas de duas a seis vezes por minuto, talvez porque ela seja muito pesada — explicou o oculista. — O coração da baleia-azul também é incrivelmente pesado. Pesa mais de uma tonelada.

— Martin conseguiria levantar — eu disse.

— Ele poderia levantar até dez baleias-azuis adultas — disse Selma —, e ao mesmo tempo. Dez baleias-azuis adultas, empilhadas. Com suas línguas e corações pesados.

— Martin não ficou adulto — eu disse.

— No total seriam mais ou menos duas mil toneladas — calculou o oculista.

E Selma acrescentou:

— Algo fácil para ele.

— Não quero acordar — eu disse. E depois se ouviu apenas o tiquetaquear do despertador de viagem.

— Eu sei — Selma disse por fim. — Mas ficaríamos muito felizes se você acabasse se decidindo por acordar.

— É verdade — disse o oculista, pigarreando várias vezes, mas aquilo que estava preso em sua garganta não sairia com pigarros. O oculista fez um carinho no meu rosto com delicadeza, como se sublinhasse com o indicador uma palavra particularmente difícil do horóscopo impresso no saquinho de açúcar.

— Você não acredita, Luise, em como ficaríamos felizes se você conseguisse se decidir por acordar. Minha criança querida — ele disse, muito rapidamente e em voz baixa, como quando concluímos rapidamente uma frase antes de começarmos a chorar, para depois não conseguir dizer mais nada.

Abri os olhos. Selma e o oculista sorriram para mim na penumbra da luminária da mesinha de cabeceira, lágrimas escorriam pelo rosto do oculista, vinham por debaixo dos óculos e molhavam suas faces.

Olhei ao redor. O quarto de Selma, o mundo inteiro, era tão pequeno quanto a barriga de uma baleia-azul. Selma passou a mão pela minha testa, mais e mais.

E mais.

É O SEGUINTE

Frederik tinha aparecido meio ano antes, no dia em que Alasca sumiu. Selma não tinha fechado bem a porta de noite, de manhã ela estava escancarada e Alasca tinha ido embora.

O oculista supôs que ele partira em busca de papai, que nesse meio-tempo estava viajando quase que ininterruptamente. Selma achou que Alasca tinha fugido porque estávamos muito ocupados com nós mesmos e lhe dávamos tão pouca atenção quanto à paisagem.

Eu estava ocupada comigo mesma porque estava ocupada com o senhor Rödder. Tinha começado o estágio com ele, apesar da sugestão de papai feita por telefone de que, já que eu não passaria um tempo no exterior, então deveria ao menos me mudar para uma cidade grande, porque – ele disse – a gente só se realiza de verdade longe de casa. Eu não tinha ido para longe de casa, mas só até a esquina, a capital; até um apartamento de um quarto, até a livraria do senhor Rödder.

— Deixe estar — disse papai ao telefone —, vocês não foram feitos para a aventura, nem vocês nem o Alasca.

Selma estava ocupada demais consigo mesma porque tinha começado a sofrer de reumatismo. Seus membros se deformavam aos poucos, principalmente os dedos da mão esquerda. Depois do diagnóstico, papai ligou de alguma cidadezinha no litoral e disse que, em vez de se abrir ao reumatismo, Selma deveria se abrir mais ao mundo, e disse também que tinha feito um interurbano para o doutor Maschke e eles conversaram sobre Selma, e o doutor Maschke, com sua jaqueta de couro, que dava para ouvir estalar mesmo em ligações telefônicas ruins, tinha dito que o reumatismo era resultado de querer segurar coisas que não eram para ser seguradas. Selma trocou o fone da mão esquerda, que tinha começado a se deformar, para a direita e disse a papai para ele por favor parar com aquele eterno assunto de "mundo" e papai desligou.

Procuramos Alasca o dia inteiro. No começo, Marlies participou, Elsbeth tinha conseguido convencê-la, invocando o ar fresco que certamente lhe faria bem.
Marlies desistiu depois de dez minutos.
— O cachorro fugiu — ela disse —, aceitem.
Esquadrinhamos a floresta, saltamos raízes e árvores caídas, podres, curvamos para trás galhos que pendiam perto do chão e ficamos o tempo todo chamando pelo nome de Alasca. Eu caminhava atrás de Selma, Elsbeth e o oculista. Selma estava de braço dado com o oculista; Elsbeth, com suas sapatilhas gastas, andava do lado direito de Selma. Todos os três estavam por volta dos setenta. Na semana anterior tínhamos festejado meu aniversário de vinte e dois anos, o oculista passou o dedo pelas chamas das velas do bolo.
— Como se pode ser tão jovem? — ele perguntou.
— Não faço ideia — respondi, embora o oculista não estivesse se referindo explicitamente a mim, mas apenas lançando a pergunta no ar.
Naquela época, Alasca estava bem mais velho do que os cachorros costumam ficar. Havia pouco, Selma tinha assistido a um documentário sobre criminosos na TV; essa gente roubava

cachorros e, como Selma contou, os usavam para fazer experiências com animais. Selma estava muito preocupada.

— Não creio que justo Alasca será usado numa experiência com animais — afirmou Elsbeth. — O que um cachorro velho haveria de testar?

— Como se tornar imortal — respondeu Selma.

Eu não acreditava na imortalidade investigável de Alasca e temia que, pelo contrário, ele tivesse se recolhido para morrer. Não era do feitio de Alasca se recolher, mas até aquele momento não tinha sido do seu feitio morrer. A cada árvore caída, a cada monte de folhas de que eu me aproximava, ficava com medo de que Alasca tivesse achado ali um bom lugar para morrer.

Logo pela manhã, assim que descobri o sumiço de Alasca, liguei para Palm, porque achei que se ele saísse para caçar poderia confundir Alasca com um cervo e atirar nele.

— Mas eu nunca faria isso, Luise — Palm me assegurou. — Você quer que eu ajude a procurar?

Desde a morte de Martin, doze anos antes, Palm não bebera nem mais uma gota. Acompanhado por Selma, ele tinha descartado todas as garrafas de aguardente, tanto as cheias quanto as vazias. Elas costumavam ficar debaixo da pia de Palm, debaixo da cama de Palm, no armário do quarto e do banheiro. Selma e ele foram cinco vezes no total ao ponto de descarte.

Palm tinha se tornado religioso e havia citações bíblicas espalhadas por todos os cantos da sua casa, a maioria relacionada com luz. "Sou a luz do mundo", estava sobre a geladeira de Palm; "Vim ao mundo como luz", sobre o aparador; "Sou a luz que tudo ilumina", colado no armário escuro do quarto de Palm.

Elsbeth não compreendia. "Onde está o sentido disso?", ela perguntava sempre, "Como justo ele pode se tornar religioso depois de Deus ter mostrado seu pior lado?". Selma respondia-lhe que isso talvez fizesse mais sentido do que querer soprar as folhas das árvores na primavera, e também que Palm sempre teve muito conhecimento sobre iluminação.

Logo depois da morte de Martin, fiquei com medo de Palm, um medo diferente daquele que tinha dele antes. Depois da morte de Martin, fiquei com medo da dor de Palm. Eu não sabia como me aproximar dele, da mesma maneira como não sabemos como devemos nos aproximar de um animal momentaneamente imóvel que nunca vimos antes. A dor havia tirado de seu interior tudo que lhe era descartável – quase a totalidade de Palm. Sua fúria também tinha sumido, e ele me parecia mais terrível sem fúria do que com ela.

O olhar de Palm não era mais selvagem nem seu cabelo desgrenhado, pois passou a ser penteado e colado à cabeça com água, e, assim como no caso de Martin, logo em seguida surgia um pequeno topete. Quando alguém o alertava a respeito do penteado, ele dizia: "Está apontando para o Senhor".

Desde a morte de Martin, Palm visitava Elsbeth, Selma ou o oculista para discutir trechos da Bíblia. Eles deixavam Palm ficar em suas casas o tempo que ele quisesse, em suas cozinhas, salas ou até no banquinho da consulta oftalmológica. Com o passar dos anos, Palm tinha conquistado uma fé, mas ninguém estava seguro de que essa fé era sólida o suficiente para passar horas ininterruptas na sua casa silenciosa, muito menos atlética o suficiente para manter em pé tudo aquilo que não existia mais.

Em geral, Palm discutia os trechos bíblicos sozinho e antecipava as raras perguntas. "Você agora certamente quer saber por que Jesus disse ao cego que ele não deve voltar ao vilarejo", dizia Palm. "Posso lhe explicar", continuava. "Certamente você já se perguntou muitas vezes como é que Jesus conseguiu fazer o paralítico andar, bem, terei prazer em lhe explicar", ele dizia, então explicava, e o oculista ficava remexendo sua xícara de café em silêncio, ouvindo as explicações de Palm. Nessas horas, mesmo Elsbeth, que se esforçava de verdade para prestar atenção em Palm, acabava adormecendo em algum momento; ela dormia sentada e de boca aberta no seu próprio sofá, e Palm continuava explicando mesmo assim.

A única que realmente fazia perguntas para Palm, a única que ao menos dizia "Sim, Palm, eu realmente me pergunto isso; por favor, explique", quando Palm sacava a Bíblia, era Selma. Ela perguntava bastante para que ele prolongasse as explicações, para que ele conseguisse sobreviver por mais algumas horas, pois Selma achava que, no caso de Palm, o problema era ele não conseguir sobreviver sozinho por mais algumas horas. Durante as visitas de Palm, de vez em quando Selma ia ao banheiro e comia rapidamente cinco Mon Chéri de uma só vez. Devido ao início da deformação da mão esquerda, ela abria o papel com uma só mão, como antes, quando ela tinha me carregado durante três dias. Depois dos Mon Chéri ela inspirava fundo, metia uma bala de eucalipto na boca e voltava à cozinha, onde Palm estava esperando para oferecer mais explicações.

Ninguém de nós ousava tocar Palm. Apertávamos sua mão, era tudo. Nunca o abraçávamos nem passávamos a mão sobre seus ombros. Sabíamos que Palm não queria ser tocado de maneira nenhuma. Senão viraria pó.

— Não, obrigada, não é necessário — eu disse depois de Palm ter oferecido ajuda para procurar por Alasca. Tinha receio de que ele ficasse o tempo todo citando a Bíblia, afinal há aos montes passagens bíblicas adequadas para quando estamos procurando por alguém.

— Que Deus abençoe a busca de vocês — Palm disse.

— Procurai e o encontrareis — retruquei para agradar Palm, e funcionou.

Procuramos até de noite. "Alasca! Alasca!", gritávamos. Atravessamos duas cidades vizinhas perguntando a todos que encontrávamos pelo caminho se alguém havia visto um cachorro grande demais. Elsbeth queria saber, o tempo todo, se por acaso a mão direita de algum de nós estava coçando, e isso era tão extenuante como teriam sido as explicações de Palm. Elsbeth disse que a mão direita coça quando encontramos alguém. "Não", respondíamos, "ainda não está coçando".
— Não aguento mais caminhar — Selma confessou por fim.
— Vamos interromper aqui — disse o oculista. — Continuamos amanhã. Talvez o Alasca já esteja diante da porta esperando por nós.

Eu não queria parar, sabia que a gente se perde de verdade no momento em que se interrompe a busca. Tinha medo da ligação de papai. Papai amava Alasca. Ele o via raramente, o que facilitava o amor, pois os ausentes não têm como se comportar de maneira errada. Papai tinha ligado de manhã, a ligação estava muito ruim. Selma lhe disse que Alasca tinha sumido, embora todos estivéssemos ao seu redor, agitando os braços para sinalizar que ela não deveria falar nada do sumiço de Alasca, pelo menos não ainda. Mas Selma não entendeu os sinais e, com cara de espanto, ficou olhando nossos braços se agitando, como se todos tivéssemos queimado as mãos ao mesmo tempo.

— Vocês têm de achá-lo de qualquer jeito — papai disse, segundo o que Selma conseguiu entender na ligação ruim. E ele completou que de noite ligaria de novo, sem falta.

Eu já estava vendo Selma dizendo a ele que tínhamos procurado Alasca por todos os lugares, mas não o tínhamos encontrado.

Eu já estava vendo papai na minha frente, numa cabine telefônica de algum lugar longe, numa ligação ruim, da qual ele não conseguia entender nada além de "todos os lugares" e "não".

— Podem ir para casa — eu disse. — Vou continuar procurando um pouquinho mais.

Não voltei a atravessar as cidades, mas caminhei ao longo da floresta. Escurecia aos poucos. Quando cheguei ao Bosque das Corujas, lá na campina onde Selma, em seu sonho, encontrava-se com seu ocapi, três homens apareceram de repente do meio das árvores. Eles chegaram de modo tão súbito e silencioso como se não viessem da floresta, mas do nada.

Fiquei parada. Os homens tinham cabeças raspadas, usavam hábitos pretos e sandálias. Três monges haviam aparecido do meio da floresta. Nem o surgimento repentino de um ocapi seria tão bizarro.

Os monges olhavam para o chão, concentrados. Quando finalmente ergueram as cabeças, a alguns passos de distância de mim, eles me enxergaram e ficaram parados.

Estavam em fila na minha frente. A situação parecia uma acareação do seriado *Tatort*, quando algumas pessoas são colocadas diante de um espelho especial e a testemunha ocular tem de reconhecer o suspeito. A fim de dificultar o reconhecimento para a testemunha, as pessoas apresentadas são muito parecidas. "O criminoso usava um hábito preto", a testemunha diria nesse caso, "e tinha um sorriso simpático".

— Boa noite — disse o monge do meio. — Não queremos assustar você.

Eu não estava assustada; apenas quando o monge do meio abriu a boca é que me assustei, como uma testemunha ocular que reconhece o suspeito sem qualquer sombra de dúvida. Fiquei tonta, dei um passo para a direita, não porque algo de fora ou de dentro de mim me empurrasse, mas porque no momento em que o monge do meio disse "boa noite", entendi que minha vida estava prestes a virar de ponta-cabeça, num único movimento.

Sempre achei que essa premonição era impossível, mas ali, no Bosque das Corujas, percebi que, sim, era possível.

— O que vocês estão fazendo aqui? — perguntei, porque essa é a pergunta adequada para quem vai colocar uma vida de ponta-cabeça.

— Meditação ao caminhar — disse o monge. — Acabamos de vir de uma reunião ali na cidade — continuou, apontando para atrás de si, o que deveria significar atrás da floresta —, naquela casa com aquele nome significativo.

— Morada da Contemplação — eu disse.

Uma viúva da cidade vizinha tinha transformado havia anos sua propriedade numa pousada, que geralmente era alugada nos fins de semana para grupos de terapia. Quando eu era criança, estava na moda a terapia do grito primal. Às vezes, Martin e eu íamos até a cidade vizinha, pois ouviam-se gritos excruciantes vindos da Morada da Contemplação, e todas as casas ao redor mantinham as persianas abaixadas. Martin e eu achávamos a coisa divertida e gritávamos de volta, o mais alto possível, até que um vizinho desesperado saiu de casa e veio falar conosco:

— Por favor! Vocês também não.

— E você? — perguntou o monge do meio.

Ele ainda era o monge do meio, ainda não tinha nome, o monge do meio ainda podia se chamar Jörn ou Sigurd, o que teria sido lamentável, visto que nos próximos anos eu haveria de dizer o seu nome mais ou menos umas cinquenta e sete mil vezes e pensar nele outras cento e oitenta mil vezes.

— Estou procurando Alasca — respondi.

Um dos monges começou a rir. Ele era quase tão velho quanto o camponês Häubel.

— Trata-se de uma metáfora? — perguntou o monge do meio.

— Não — respondi, mas depois pensei em papai e no doutor Maschke. — Sim — corrigi —, também é uma metáfora. Mas é um cachorro em primeiro lugar.

— Desde quando ele fugiu?

— Acho que desde a noite passada — disse, porque o tempo fica meio indefinido e não sabemos mais diferenciar uma noite passada de uma noite futura quando se percebe que a vida está sendo colocada de ponta-cabeça.

O monge do meio olhou para o monge velhíssimo, que fez um movimento com a cabeça.

— Vamos ajudá-la — ele disse, afinal.

— A procurar pelo cachorro? — perguntei, porque a gente não consegue raciocinar direito quando o tempo fica indefinido.

— Exato, a encontrar o cachorro — disse o monge.

— A procurar — eu disse.

— A encontrar — ele disse.

— É mais ou menos a mesma coisa — observou o monge velhíssimo.

— Vocês são monges budistas? — perguntei, e todos os três concordaram com a cabeça como se essa fosse uma valiosa pergunta que valesse um prêmio.

— Como é o cachorro? — perguntou o monge velhíssimo.

— Grande, cinza e velho — eu respondi.

— Certo — disse o monge velhíssimo —, vamos nos dividir.

Ele deu meia-volta e retornou direto para a floresta. O segundo monge se virou para a direita. O monge que tinha sido o monge do meio colocou rapidamente a mão sobre o meu ombro e sorriu para mim. Seus olhos eram muito azuis, quase turquesa. "Azuis como um lago da Masúria", Selma diria mais tarde, "azuis como o azul mediterrâneo ao sol do meio-dia mediterrâneo", Elsbeth diria mais tarde, "trata-se de um tipo de azul-ciano, para ser mais exato", o oculista diria mais tarde, e "azuis como o azul costuma ser", Marlies diria mais tarde.

— Vamos juntos? — ele me perguntou. — A propósito, meu nome é Frederik.

Andamos lado a lado, procurando, e eu não parava de olhar Frederik de soslaio, como Selma olhava o ocapi no sonho. Frederik era alto, arregaçara as mangas de sua túnica, expondo seus braços que eram morenos como se tivessem acabado de voltar das férias de verão, com pelinhos loiros; o cabelo de Frederik também seria loiro, dava para perceber, caso não tivesse sido raspado.

Ficamos um tempão sem falar nada. Eu pensava febrilmente numa pergunta, porque havia tantas perguntas a serem feitas quando de repente um monge budista está caminhando ao seu lado no Bosque das Corujas, um monge que se outorga o direito de colocar uma vida de ponta-cabeça, e então todas as perguntas se emaranham entre si e desembaraçá-las já não é possível.

Frederik não parecia ter nada a perguntar. Pensei que, por princípio, monges budistas talvez não tivessem perguntas a fazer, mas isso não era verdade. Frederik ao meu lado também estava pensando o que fazer com perguntas emaranhadas entre si. "Ora essa", ele me escreveu muito mais tarde, "afinal algo assim também não me acontece todos os dias".

Frederik pôs a mão no bolso da sua túnica e pegou uma barrinha de chocolate, um Mars. Ele o desembrulhou e me ofereceu.

— Servida?
— Não, obrigada — respondi.

— Alasca é que tipo de cachorro?

— Ele é do meu pai — eu disse.

Atravessamos o Bosque das Corujas. Frederik comeu seu Mars, olhando o tempo todo rapidamente para mim e depois de volta para a paisagem que tinha ficado muito mais bonita, assim como Elsbeth se empetecava quando vinham visitas de domingo. Os trigais estavam realmente dourados, e o céu era de brigadeiro.

— É bonito aqui — afirmou Frederik.

— Não é mesmo? — confirmei. — Uma maravilhosa sinfonia de verde, azul e dourado.

Tudo em Frederik era claro, os cabelos inexistentes na cabeça, os olhos existentes cor de turquesa. *Como é possível ser tão bonito?*, pensei – e pensei exatamente no mesmo tom em que o oculista tinha lançado no ar a pergunta de como era possível ser tão jovem.

Então eu parei e segurei Frederik pela manga de sua túnica.

— É o seguinte — eu comecei —, tenho vinte e dois anos. Meu melhor amigo morreu porque se encostou numa porta que não estava bem fechada de um trem regional. Faz apenas doze anos. Sempre que minha avó sonha com um ocapi, morre alguém depois. Meu pai acha que a gente só se realiza longe de casa, por isso está viajando. Minha mãe tem uma floricultura e um relacionamento com o dono de uma sorveteria que se chama Alberto. Aquele observatório ali — eu apontei para a campina, que estava próxima — o oculista serrou porque queria matar o caçador. O oculista ama minha avó, mas não se declara para ela. E estou fazendo um estágio numa livraria.

Nunca tinha dito tudo isso para alguém, já que em parte eram coisas que todos meus conhecidos sabiam, e em parte eram coisas que ninguém podia saber. Eu disse tudo isso para Frederik para que ele avaliasse onde estava pisando.

Frederik olhou por sobre o terreno e me escutou como alguém que tenta memorizar precisamente a descrição de um caminho.

— E isso é quase tudo — completei.

Frederik tocou na minha mão, que ainda estava segurando sua manga, e continuou olhando para a frente.

— É ele? — ele perguntou.

— Quem?

— O Alasca — ele disse.

Bem de longe, muito longe, uma coisa pequena cinza vinha correndo em nossa direção e, ao se aproximar, tornava-se cada vez maior e cada vez mais parecido com o Alasca, e, quando estava bem perto, quando nos alcançou, era ele mesmo.

— Perto de casa também nos realizamos — disse Frederik, e eu me agachei e abracei o pescoço do cachorro ofegante, cheio de galhinhos e de folhas.

— Que sorte — exclamei —, que sorte, por onde você estava? — E dessa vez fiquei muito surpresa por Alasca não me responder.

Tirei os galhinhos e as folhas de sua pelagem e chequei se ele tinha algum machucado pelo corpo. Tudo intacto.

— É um cachorro bem bonito — disse Frederik, e essa foi a primeira e única vez que ele mentiu para mim. Alasca era simpático, mas nem com a maior boa vontade seria bonito.

Eu me levantei, Frederik e eu estávamos frente a frente, e pensei o que mais era possível perder rapidamente, a fim de Frederik e eu ainda termos algo para procurarmos juntos.

Frederik coçou a cabeça careca.

— Então eu preciso ir voltando — ele disse. — Como chego daqui à Morada da Contemplação?

— Nós te levamos — eu disse, tão alto e feliz como se fica quando uma previsível despedida se torna algo imprevisível. — Nós te levamos pelo caminho até a Morada da Contemplação.

Fomos até o limite da floresta, Alasca no meio e eu mantendo uma mão nas costas do cachorro como se fosse um corrimão. Caminhávamos sempre em linha reta, até a próxima cidade aparecer rápido demais.

— É o seguinte — disse Frederik, de repente, quando estávamos quase na Morada da Contemplação —, na verdade, sou de Hessen.

— Eu achei que você vinha do Nada.

— É mais ou menos a mesma coisa. Há dois anos parei a faculdade para...

— Quantos anos você tem? — perguntei, porque subitamente todas as perguntas estavam ali, à disposição.

— Vinte e cinco. Parei para viver num convento no Japão e...

— Por quê?

— Não me interrompa o tempo todo — pediu Frederik —, eu também não te interrompi. No passado, fiquei algumas semanas num convento budista. E daí acabei me decidindo por esse caminho. Que horas são, afinal?

Estávamos diante da Morada da Contemplação. Uma pequena coroa decorava a porta. Conhecia o modelo, a Morada da Contemplação certamente era um dos clientes de mamãe. A coroa se chamava *Sonho de outono* e vinha decorada com folhas de tecido em vibrantes cores outonais. *Mas é verão*, pensei, *muito cedo para um sonho de outono.*

Frederik tirou um relógio de pulso do bolso. *Muito cedo*, pensei.

— Já é muito tarde — ele disse —, preciso entrar agora.

Alasca se sentou na frente de Frederik, como se quisesse bloquear o caminho.

— Obrigada pela ajuda — falei em voz baixa, porque não dá para evitar para sempre uma despedida. A não ser, pensei, que a Morada da Contemplação desmoronasse naquele instante devido a paredes apodrecidas, efeito colateral tardio de muita terapia de grito primal.

Frederik olhou para mim.

— Adeus, Luise — ele disse. — Foi uma aventura te conhecer.

— Digo o mesmo.

Frederik passou a mão pelos meus ombros. Fechei os olhos e, quando os reabri, Frederik já estava passando pela soleira da porta. A porta começou a fechar e pressenti que se tratava de uma porta que – ao contrário de outras – iria se fechar de maneira impecável.

Dizem que quando morremos a vida passa ao nosso lado. Isso deve acontecer muito rápido algumas vezes, quando por exemplo a pessoa despenca de algum lugar ou está com o cano de uma arma pressionado contra o queixo. Enquanto a porta estava se fechando atrás de Frederik, pensei na velocidade de uma vida que cai no vazio, que Alasca tinha procurado por aventura, embora papai tivesse prenunciado a ausência de qualquer espírito aventureiro de sua parte. Pensei que não era possível avaliar o espírito aventureiro de pessoas que se conhecem há muito tempo, que ele só pode ser avaliado de maneira segura por alguém que aparece de repente do meio da floresta. Enquanto observava a porta sendo fechada, pensei que Frederik tinha dito que escolhera esse caminho e que eu nunca tinha me decidido por nada, que as coisas é que me sobrevinham; pensei que nunca tinha dito "sim" de verdade para nada, mas apenas não tinha dito "não". Pensei que não podemos nos intimidar diante de despedidas afetadas, que podemos muito bem dar um jeito, pois, enquanto ninguém morre, toda despedida é negociável. Portas de trens regionais que se abrem de repente não são negociáveis, mas fechar uma porta com decoração extemporânea de outono, sim. E no instante derradeiro, antes de a porta alcançar a fechadura, antes de a oportunidade passar batida, dei um salto e coloquei o pé no vão da porta.

— Ai! — exclamou Frederik, porque acabei fazendo com que ela se chocasse com sua testa.

— Desculpe — pedi —, mas ainda preciso do seu número de telefone.

Dei um sorriso para Frederik, e porque eu realmente tinha me aberto para o mundo – e porque isso em si já era tão imenso –, quase que tanto fazia se o mundo resolvesse me dizer: "Ah, vê se te enxerga".

Frederik ergueu as sobrancelhas.

— Ligar é muito complicado — ele disse. — Nunca telefonamos.

— Mas me dê mesmo assim — eu pedi.

Ele sorriu.

— Você é bem teimosa — ele disse, e ninguém tinha me avisado disso antes. Ele pegou uma caneta de sua bolsa. — Você tem um pedaço de papel?

— Não. — Estiquei-lhe minha mão. — Escreva aqui — sugeri.

— Uma mão não é suficiente — Frederik disse.

Virei o braço, Frederik pegou meu pulso e anotou o número na parte interna do meu antebraço. A caneta fazia cócegas na pele, Frederik escrevia e escrevia, o número ia do comecinho da mão até quase o cotovelo. Quase todos os números de telefone que eu conhecia eram de quatro dígitos.

— Obrigada — eu disse. — Agora você tem de entrar.

— Então, tchau — disse Frederik, que se virou e fechou a porta.

— Venha, Alasca — eu disse, e, quando já estávamos até que bem longe da Morada da Contemplação, a porta se abriu novamente.

— Luise — chamou Frederik —, o que é um ocapi?

Eu me virei.

— O ocapi é um animal estranho, que vive na floresta tropical — gritei. — É o último grande mamífero que o ser humano descobriu. Se parece com uma mistura de zebra, anta, cervo, camundongo e girafa.

— Nunca tinha ouvido falar — disse Frederik.

— Até logo — retruquei.

A porta se fechou e eu me fiz uma mesura diante de Alasca porque não havia nenhum outro público disponível. Fiz uma mesura como Martin quando erguia um pedaço de madeira. De todo modo, eu havia colocado um pé na fresta da porta. De todo modo, eu tinha apresentado a Frederik um animal insuperável.

Alasca e eu corremos todo o caminho de volta até nossa cidade. O oculista e Selma, que estavam sentados nos degraus de nossa casa, levantaram-se num salto e vieram em nossa direção.

— Aí está você — eles exclamaram. — Graças a Deus, onde você tinha se metido?

Alasca ficou em silêncio e eu também fiquei em silêncio, porque estava ofegante.

Quando Selma e o oculista terminaram de cumprimentar Alasca, eles olharam para mim.

— O que aconteceu com você? — perguntou Selma, porque parecia que, no último minuto, eu tinha livrado Alasca das mãos de criminosos que podiam usá-lo para experiências e aos quais eu também teria alguma serventia. — Ele é monge — eu disse —, monge budista. Vive no Japão.

— Quem? — perguntou o oculista.

— Um momento — disse Selma, porque era terça-feira e lá na campina, ao lado da floresta, era dia do cervo aparecer. Nesse meio-tempo, Selma permitia tudo a Palm, menos o cervo. Havia anos já não era o cervo de antigamente, havia tempos um outro cervo assumira o papel do cervo original, mas, ao contrário das trocas de atores nas séries de televisão, Selma não se importava. Ela foi até a garagem, abriu a porta e fechou-a com estrondo mais uma vez. O cervo desapareceu e Selma voltou para se sentar nos degraus ao lado do oculista. Ambos me olhavam cheios de expectativa, como se eu tivesse anunciado que recitaria um poema.

— Quem é ele mesmo? — perguntou o oculista.

Contei dos monges que tinham aparecido no meio da floresta, contei do monge do meio, que era Frederik, de Hessen e do Japão, e de como eu tinha metido o pé no vão da porta da Morada da Contemplação no último instante. Contei tudo isso sem fôlego, como se ainda estivesse correndo parada no lugar.

— Mas o que monges do Japão estão fazendo justo aqui? — perguntou o oculista.

— Meditação ao caminhar — falei, exultante.

Estendi meu antebraço aos dois, como os pacientes de papai faziam no passado para colher exame de sangue.

— Temos de copiar isso antes que suma. Vocês já tinham visto um número tão longo?

— Quanto maior o número, mais longe está a pessoa — disse Selma.

Fomos para dentro da casa e nos sentamos à mesa da cozinha. Selma estava com Alasca no colo, de tão contente em tê-lo de volta. Ninguém mais ficava com ele no colo desde que tinha crescido. Selma estava totalmente escondida atrás de Alasca.

O oculista ao meu lado pegou sua caneta-tinteiro do bolso da camisa e colocou os óculos. Estiquei meu antebraço na frente dele sobre o tampo da mesa e o oculista começou a copiar os números numa folha. Foi demorado.

— Esse número certamente dá uma bela melodia — disse o oculista. Há pouco Selma teve de trocar seu telefone de disco; o novo era um com teclas e sons correspondentes.

— Sim, deve ser a marcha nupcial — disse Selma por trás de Alasca.

O oculista tinha terminado e estava soprando a tinta para não borrar.

— Obrigada — agradeci, levantei-me e prendi o número no quadro de cortiça de Selma, sobre a geladeira.

O oculista e eu ficamos defronte do número de telefone como antes, na estação de trem, quando o oculista havia explicado a Martin e a mim o relógio e os fusos horários.

— Não sei — disse Selma, ainda totalmente escondida atrás de Alasca; parecia que Alasca era um ventríloquo. — Não podia ser alguém das redondezas? Aquele moço simpático do seu curso profissionalizante, talvez?

— Infelizmente, não — respondi.

O novo telefone tocou. Fui até lá e atendi, e já sabia que era papai antes mesmo de ele conseguir dizer "Alô, a ligação infelizmente está muito ruim".

— Eu o encontrei, papai — disse eu. — E o cachorro também.

EU SÓ QUERIA SABER COMO VAI O ALASCA

Quando alguém quer ligar sem falta para outro alguém e essa ligação lhe traz uma angústia de igual intensidade, telefones parecem brotar em todos os cantos. Havia o telefone novinho em folha na sala de Selma e, no andar de cima, o telefone fino e elegante de mamãe. Havia o telefone do quarto dos fundos do oculista, o telefone revestido de veludo verde sobre o pequeno aparador de Elsbeth. Havia o telefone do meu apartamento na capital e aquele ao lado do caixa na livraria do senhor Rödder. No meu caminho até a livraria, havia uma cabine telefônica amarela. "Estamos prontos", diziam todos esses telefones, "o problema não está conosco".

O oculista também estava pronto. No mesmo dia em que Frederik surgiu na floresta, ele foi até a livraria com um papelzinho cheio de títulos de livros budistas. Não tínhamos nenhum na loja. Quando o senhor Rödder ligou para o distribuidor a fim de fazer a encomenda, ele e o distribuidor se atrapalharam com os autores japoneses. O senhor Rödder recitava as letras dos nomes incompreensíveis no fone como se o distribuidor estivesse em alto-mar.

Quando os livros chegaram, o oculista se sentou com a pilha e um marca-texto na cozinha de Selma. Ele lia muito concentrado, fazendo muitos realces; e não parava de murmurar:

— Selma, acredite, é tudo muito incrível.

Selma estava sentada diante do oculista. Ela tinha cerzido meias, preenchido formulários de transferências bancárias e agora estava colando selos em envelopes, alisados pelo dedo indicador da mão esquerda torta. Ela *sempre faz tudo como se fosse a primeira ou a última vez*, pensou o oculista. Daí ele disse:

— Você sabia que não existe o Eu? Que o chamado Eu é uma porta tipo bar de caubói, pela qual a respiração entra e sai?

— Você é uma porta tipo bar de caubói de bochechas bastante vermelhas — disse Selma.

— Respire — sugeriu o oculista.

— Estive respirando durante toda a minha vida.

— Sim, mas respire bem respirado — disse o oculista, inspirando e expirando profundamente. — Aqui diz que toda iluminação começa e termina com a faxina do chão — ele disse. — Você sabia?

— Não sabia — respondeu Selma —, mas tinha esperanças de que fosse assim.

— E você sabia que na verdade nada se perde?

Selma olhou para o oculista. Em seguida, juntou o último envelope selado aos outros e se levantou.

— Sabe, as explicações de Palm já me são suficientes. Seria bom se você não resolvesse sair dando aulas por aí.

— Desculpe — defendeu-se o oculista. Depois, continuou a ler. — Só mais uma coisa, Selma — ele disse um minuto mais tarde. — É breve. Escute: "Quando olhamos para uma coisa qualquer, ela pode sumir de nossos olhos; mas, quando não tentamos enxergá-la, ela não pode sumir". Não entendi. Você entendeu alguma coisa?

— Não — respondeu Selma, mas ela não tinha nada contra o oculista sumir naquele instante, o que não poderia ser tão difícil assim, já que ele não tinha nenhum Eu, mas o oculista continuou sentado, fazendo seus realces.

— Quando Luise ligar para ele, ela tem de perguntar sem falta o que isso quer dizer — ele murmurou, e foi quando eu liguei para Selma.

— E aí? Você já deu um alô para ele? — ela perguntou.

— Claro que não — respondi.

Eu ainda não tinha ligado para Frederik pois estava com medo de gaguejar. Sempre quando havia algo importante em jogo, eu empacava. Por essa razão, quase não passei na prova final do ensino médio; no caso da prova da carteira de habilitação, eu não passei de primeira, pois estava tão empacada que o carro acabou por empacar também; e, depois da entrevista de emprego na livraria, o senhor Rödder só deu a vaga para mim e meu empacamento porque ninguém mais havia se candidatado.

— Prefiro ligar para você — eu disse para Selma. — Como vai?

— Bem — respondeu Selma. — Mas o oculista não está bem. Ele afirma ser uma porta tipo bar de caubói.

— Diga que ela precisa perguntar para ele sobre a coisa do desaparecimento! — o oculista exclamou.

— E você deve perguntar ao monge o que é isso de a gente não ver alguma coisa quando tenta vê-la — ela disse —, ou algo assim.

— Então ela não ligou para ele? — perguntou o oculista.

— Não — sussurrou Selma em resposta.

— O budismo também aborda muito a não ação — afirmou o oculista.

— Vou passar por aí hoje pela noitinha — eu disse.

Mais tarde, quando cheguei, o oculista continuava sentado à mesa da cozinha, lendo, e Selma estava amassando batatas com um amassador como se quisesse provar que existem coisas que podem sumir, sim.

— Estou parecendo não estar empacada? — perguntei.

— Sim — respondeu o oculista, que não estava ouvindo por causa de sua leitura.

— Sim — respondeu Selma, que não estava ouvindo por causa do uso do amassador.

— Então vou fazer isso agora — eu decidi. — Vou ligar já.

— Ótimo — disseram Selma e o oculista, sem levantarem os olhos da leitura realçada do começo ao fim e das batatas amassadas até ficarem irreconhecíveis.

Fui à sala, peguei o telefone e comecei a discar o número. Quando cheguei à metade, o oculista entrou apressado e apertou o dedo no gancho.

— Não faça isso — ele disse.

Olhei para ele.

— Fuso horário — ele afirmou. — Lá são quatro da manhã.

Passei a noite na sala, no sofá-cama de Selma – um trambolhão de veludo cotelê vermelho. Era frequente eu dormir na casa de Selma, no andar de baixo, ou na de minha mãe, no de cima; ao contrário da capital, as noites na casa de Selma na cidade pequena eram tão silenciosas e escuras como as noites devem ser.

Despertei às duas da manhã. Acendi a pequena luminária na mesinha do sofá, levantei e fui até a janela, desviando de um ponto com perigo de ceder marcado pelo oculista. Estava escuro do lado de fora. Não dava para ver nada exceto meu próprio reflexo pouco nítido. Estava usando uma das camisolas desbotadas, longas e floridas de Selma.

Contei oito horas a mais. *Se eu não ligar agora*, pensei, *então acabou, o fuso terá vencido*. Tirei o fio todo enrolado do gancho, voltei com o telefone para a janela e disquei o número de Frederik.

Tocou durante tanto tempo que era como se os toques tivessem de se deslocar com esforço até o Japão: da casa de Selma até a capital, o que já era difícil o suficiente, em seguida atravessar os Cárpatos, o planalto ucraniano, o mar Cáspio, atravessar a Rússia, o Cazaquistão e a China. Justamente quando eu imaginava que seria impossível um toque que começa no Westerwald alcançar o Japão, alguém atendeu do outro lado da linha.

— Moshi moshi — falou uma voz animada. Parecia o nome de uma brincadeira de criança.

— Hello — disse eu. — *I am sorry, I don't speak Japanese. My name is Luise and I am calling from Germany.*

— *No problem* — disse a voz animada. — *Hello.*

— *I would like to speak to Frederik* — falei para o fone, junto à escuridão da janela —, *to monk Frederik.* — E aquilo soou como se eu quisesse falar com um monte chamado Frederik.

— *No problem* — repetiu a voz mais uma vez, e gostei de saber que parecia não haver muitos problemas no Japão.

Durante muito tempo não escutei nada além de estática. Enquanto a voz animada procurava por Frederik, eu procurava por uma primeira frase animada. Eu deveria ter pensado nisso antes, eu deveria ter ensaiado uma frase de primeira classe com Selma e o oculista, mas era tarde demais, as frases de segunda classe também não estavam mais à vista na escuridão diante da janela. *Oi, Frederik*, pensei, *tenho uma pergunta técnica sobre o budismo. Oi, Frederik, tudo bem? Como foi seu voo? Oi, Frederik, por falar em Hessen*, e então um monge que não era Frederik falou ao telefone.

— *Hello* — ele cumprimentou —, *how can I help you?*

— *Hello* — eu disse e emendei que queria falar com o monge Frederik. O monge entregou o fone para outro monge que ainda não era Frederik, e a coisa continuou assim até eu ter saudado seis monges.

— No problem — assegurou também o último monge, e então escutei ao fundo passos rápidos e sabia que eram os de Frederik.

— Alô? — ele disse.

Segurei o fone com as duas mãos.

— Alô — eu disse, e nada mais.

— Oi, Luise — Frederik me saudou e, como não dava para disfarçar minha travação, ele percebeu na hora que eu não sabia como começar. Num instante ele pegou para si essa incumbência, fingindo ter sido ele, e não eu, a ligar: — Alô — ele disse —, aqui é o Frederik. Eu só queria saber como vai o Alasca.

Minha mão parou de tremer.

— Obrigada — eu disse. — Muito obrigada.

— Tranquilo — Frederik assegurou.

— Alasca está bem — eu disse. — E você, também está bem?

— Na verdade, eu sempre estou bem — disse Frederik. — E você?

Encostei a testa no vidro da janela.

— Você consegue ver alguma coisa?

— Sim — respondeu Frederik. — O Sol está brilhando. Enxergo a cabana de madeira bem em frente. O teto está cheio de musgo. Atrás estão as montanhas. Posso ver a queda-d'água.

— Não estou vendo nada — eu retruquei —, está escuro feito breu. Que horas são aí?

— Dez da manhã.

— Aqui são duas da madrugada — eu disse, e Frederik riu e acrescentou: — Temos de concordar em alguma coisa.

Sentei-me na beirada da janela. A travação se sentou ao meu lado, e ela se parecia com Marlies quando dizia: "Cheguei. Isso não vai dar em nada. Vá se acostumando".

— E o que você não vê? — perguntou Frederik.
— O pinheiro diante da sala — respondi. — O arbusto ao lado. Vacas no pasto em frente. A macieira e a ponte próxima.

A porta da sala, que estava encostada, se abriu. Alasca entrou e se enrolou diante de meus pés. Levantei-me e peguei em seu pelo velho, tentei olhar para fora novamente, mas só enxerguei a mim mesma, desfocada, e fechei os olhos. *Se eu não desempacar imediatamente, não chegarei a lugar nenhum*, pensei, *e a vida tomará o rumo errado*.

— Você ainda está aí? — Frederik perguntou.

Coisas não podem sumir quando não olhamos para elas, o oculista tinha dito, ou algo assim, e me perguntei se elas sumiriam caso falássemos com elas.

— Sim — respondi. — Desculpe. Me deu um branco. Estou muito desfocada.

Frederik pigarreou.

— Você se chama Luise — ele começou — e certamente também tem um sobrenome. Você está com vinte e dois anos. Seu melhor amigo morreu porque se apoiou numa porta de um trem que não estava bem fechada. Isso foi há doze anos. Sempre que sua avó sonha com um ocapi, alguém morre em seguida. Seu pai acha que a gente só se realiza quando fica longe de casa, por isso ele está viajando. Sua mãe tem uma floricultura e um relacionamento com o dono de uma sorveteria, que se chama Alberto. O oculista serrou o observatório na campina porque queria matar o caçador. Esse oculista ama sua avó e não se abre com ela. Você está trabalhando numa livraria.

Abri os olhos e sorri para a janela.

— A ligação está muito boa — eu disse.

— Bastante boa — disse Frederik. — Pouquíssima estática.

Peguei o telefone e caminhei pela sala, o fio estava às minhas costas, mas a travação não.

— Você já fez meditação ao caminhar hoje? — perguntei.
— Não — respondeu Frederik —, mas já meditei sentado. Bem cedinho. Durante noventa minutos.

Pensei no oculista, que sentia dor nos discos vertebrais por causa da sua atividade predominantemente sentada.

— Não dói?
— Dói — respondeu Frederik. — Dói um bocado. Mas não faz mal.
— Por que você se tornou monge?
— Porque me pareceu a coisa certa a fazer — ele disse. — Por que você vai ser livreira?
— Porque acabou acontecendo.
— Ora, também é bom quando acontece alguma coisa assim — ele retrucou.
— Você sempre usa essa túnica preta?
— Quase sempre.
— Não pinica?
— Não — respondeu Frederik. — Na verdade, não. Luise, falar com você é legal, mas agora tenho de desligar.
— É a continuação da meditação?
— Não — ele disse —, vou subir no telhado e arrancar o musgo.

Fiquei parada diante do lugar marcado de vermelho.

Frederik tinha tirado a primeira frase da minha boca, mas não a última, essa eu mesma tinha de formular. E fiquei segurando-a até o último momento da conversa.

— Então tudo de bom, Luise — Frederik se despediu.

Segurei um pé sobre o lugar marcado de vermelho.

— Queria que a gente se visse de novo — falei.

Frederik ficou em silêncio por tanto tempo que fiquei com medo de que subitamente ele tivesse virado estátua ou uma montanha chamada Frederik.

— Você é bastante boa nisso de colocar o pé no vão da porta no último instante — ele disse. De repente, sua voz estava muito séria. — Tenho de pensar a respeito — ele disse. — Eu entro em contato.

— Mas como? — perguntei, porque Frederik não sabia o número do meu telefone, mas ele já tinha desligado.

Quando Selma abriu a porta, numa camisola florida, longa, e uma redinha na cabeça para proteger o penteado durante a noite, eu ainda estava me equilibrando com um pé sobre o lugar marcado.

— O que você está fazendo aí? — ela perguntou, pegou meus ombros e me virou como se eu fosse sonâmbula.

— Estou acordadíssima — eu disse. Estiquei o fone na sua direção. — Falei com o Japão.

— Certamente foi um momento glorioso para esse aparelho — ela disse, tirando o fone da minha mão. Daí ela me empurrou pelos ombros através da sala na direção do sofá, e eu estava tão alegre como se aquilo fosse uma dança polonesa.

— Ele está pensando se devemos nos ver de novo — eu falei, sentando-me no sofá.

— Talvez você pudesse pensar nisso também — disse Selma, sentando-se ao meu lado. Por causa da redinha no cabelo, sua testa estava toda quadriculada.

— Por quê?

— Porque ele está muito longe — respondeu Selma. Estávamos sentadas muito perto uma da outra. Estávamos muito floridas.

— Quase todos estão muito longe — eu disse.

— Exato — confirmou Selma —, poderia ser alguém mais perto. Quero te dizer apenas uma coisa: por favor, leve em consideração que isso pode dar em nada.

— Vai dar em alguma coisa — eu disse —, você pode acreditar!

E catorze dias mais tarde chegou uma carta.

***

A viúva da cidade vizinha trouxe-a até a casa de Selma, era sábado.

— Tenho algo que veio pelo correio aéreo para você, Luise — ela disse.

Ela falava muito alto, e me perguntei se isso era consequência tardia do excesso de terapia do grito primal. Ela me entregou um envelope azul-claro, finíssimo. Debaixo de muitos selos coloridos e floridos, uma letra muito regular havia escrito:

```
                    PARA LUISE

            a/c Selma (da cidade vizinha)
            a/c Morada da Contemplação
                    Fichtenweg 3
                    57327 Weyersroth

                    ドイツ Germany
```

— Tenho de admitir que se trata de um endereço ousado — sentenciou a viúva. — Ousadia quase maior do que a carta em si. Ele escreve que pensou a respeito e que no final do ano estará de novo na Alemanha e que daí vocês poderão se ver de novo. E o senhor Frederik manda muitas lembranças.

— Você abriu o envelope? — perguntou Selma.

— Não foi necessário — respondeu a viúva, virando o envelope e segurando-o sobre nossas cabeças, debaixo da luminária de teto do corredor. O envelope era tão fino e a tinta sobre o papel de dentro tão preta que dava para ler tudinho.

PRAZOS DE VALIDADE

Em setembro, meu pai veio de visita. Como sempre, ele apareceu de repente diante da porta, queimado de sol e com cabelos desgrenhados, o deserto africano ou a estepe mongólica grudados nas solas dos sapatos, com uma mochila manchada de mofo do gelo do Ártico. Como sempre, ele falou ainda na porta: "Amanhã já estou indo embora!", como se fosse a senha mágica que lhe permitia entrar em casa.

Desde que começara a estar sempre em trânsito, papai usava dois relógios no pulso. Um mostrava as horas do país onde ele estava no momento, o outro, o horário da Europa central. "Assim eu sempre sei o que vocês estão fazendo", ele dizia.

Ele parecia enorme quando passava ao nosso lado e ocupava tanto espaço que tínhamos de nos rearranjar como peças de mobília que, de repente, são transferidas para uma casa menor. Vivíamos nos trombando, ficávamos nos cantos dos ambientes quando papai contava as suas aventuras, os olhos brilhando e os gestos amplos. Ele falava tão alto como se, nos meses anteriores, tivesse tido de superar, o tempo todo, o barulho de um mar ruidoso ou o vento do deserto.

Alasca ficou extasiado ao ver papai. Ele não saía do seu lado e, de súbito, rejuvenesceu. Ficava pulando ao redor de papai e não parava de abanar o rabo. Como era muito grande, Alasca derrubou com o rabo as xícaras de café e as revistas da mesinha de centro, além de um vaso de violetas do peitoril da janela da cozinha.

— O que o amor não faz — disse Selma enquanto varria terra e cacos atrás de Alasca. — Talvez esteja enganada, mas acho que Alasca cresceu mais um tantinho na última meia hora.

— E então? O que está acontecendo por aqui? — papai perguntou.

Sua pergunta veio com um quê pesaroso no tom de voz, como se não estivesse querendo saber das nossas vidas, mas do transcorrer de um resfriado ou de uma reunião particularmente longa e tediosa do conselho da cidade que ele tinha cabulado.

— Como vai o budista?

— Daqui a pouco ele vem fazer uma visita — respondi.

— Doutor Maschke adora o budismo — disse papai, tirando um saco plástico da sua mochila. — Tem a questão do desapego e afins. Converse com ele sobre budismo, Luise, com certeza ele ficará muito contente.

Papai derramou o conteúdo do saco plástico sobre a mesa da cozinha de Selma; eram presentes embrulhados em jornais árabes. Selma desembrulhou uma bata verde-clara, bordada com paetês.

— Que gentil — ela disse, passando a bata com cuidado primeiro pelo penteado e depois sobre o corpo comprido. Seus sapatos ortopédicos marrons-claros apareciam debaixo do tecido cintilante.

O oculista ganhou um vidro de mel tunisiano e eu, uma bolsa para acoplar ao selim da bicicleta.

— É autêntico couro de camelo — papai atestou.

— Que prático! — exclamou o oculista. Mamãe não estava presente, então sua lembrança ficou embrulhada sobre a mesa.

***

À noite, sentamo-nos sobre os degraus diante da casa. Meu pai tomou conta do degrau inferior inteiro e Alasca ficou aos seus pés; Selma, o oculista e eu nos sentamos atrás de papai sobre o degrau mais alto. Fumando seus cigarros de cravo, papai deitou a cabeça na nuca e apontou para o céu estrelado.

— Não é incrível — ele começou — que a gente veja as mesmas estrelas, seja lá onde estivermos? Uma loucura, não?

E o oculista resolveu não corrigi-lo, já que a ideia era bonita.

Selma não olhou para o céu estrelado, mas para a cabeça de papai. Ela ajeitou os óculos e se curvou até a ponta de seu nariz tocar o cabelo dele.

— Você está com piolhos — ela disse.

— Ah, que merda! — exclamou papai.

— Guardei em algum lugar um pente-fino que usei nos piolhos das crianças — disse Selma, já saindo para procurar o pente com o qual havia catado meus piolhos e os de Martin no passado.

Olhei para o céu junto com papai.

— Você já esteve no Japão? — perguntei.

— Não — ele disse —, não me interesso muito pelo Japão. Mas o doutor Maschke é entusiasta do budismo.

Selma voltou com o pente-fino, uma touca de banho e uma garrafa de plástico.

— Encontrei até um xampu contra piolhos — ela disse.

— Ainda está bom? — perguntou o oculista. — Afinal, deve ter no mínimo uns quinze anos.

Papai pegou o frasco de xampu das mãos de Selma e observou-o de todos os lados.

— Não tem data de validade — ela disse. — Viu? — disse Selma, destampando a garrafa, pois ela achava que aquilo que não vinha com prazo de validade simplesmente não tinha prazo de validade.

Selma massageou o xampu no cabelo de papai e penteou-o para trás; com esse cabelo brilhante, ele ficou parecido com Rock Hudson. Papai voltou a olhar para o céu.

— Loucura — ele disse.

— Fique com a cabeça reta, por favor — Selma pediu. — Vou colocar a touca de banho. O produto precisa agir durante a noite. — Era a touca de Elsbeth, a violeta com fuxicos, que Selma tinha pedido emprestada havia anos e nunca devolvera. — Sinto muito, não temos outra — ela disse.

— Vá em frente — papai disse.

Selma meteu as mãos dentro da touca a fim de abri-la e imediatamente surgiram rachaduras pequenas sobre a superfície violeta, entre os fuxicos; o prazo de validade da touca – que não estava escrito em nenhum lugar – tinha claramente expirado.

Papai tocou os fuxicos na cabeça e se virou para mim.

— E? — perguntou.

— Muito elegante — respondi.

— Onde está a Astrid? — papai perguntou. Selma, o oculista e eu nos entreolhamos. Não sabíamos se papai sabia que mamãe tinha um relacionamento com o dono da sorveteria.

— Ela deve estar voltando daqui a pouco para casa — eu afirmei. — Ela deve estar na sorveteria.

— Ah, é? — disse papai, e daí soubemos que ele não sabia.

Alguns minutos depois, quando mamãe subiu a encosta com o carro até a casa e a luz dos faróis deslizou sobre nós, Selma colocou uma mão sobre o ombro dele e disse:

— Peter, querido, é o seguinte, nesse meio-tempo a Astrid também se abriu um pouco mais para o mundo.

Mamãe desceu do carro e, ao ver papai, parou de repente. Em seguida, veio em nossa direção. Ela estava carregando uma bandeja embrulhada em papel. Papai se levantou.

— Oi, Astrid — ele disse. Mamãe olhou para papai com a touca de banho, depois para Selma com a túnica.

— Tudo fica bem em vocês dois — ela disse.

Papai queria abraçar mamãe, mas ela rapidamente se esquivou. Depois, desembrulhou a bandeja com três copos de papelão, cada um com três bolas de sorvete que já tinham começado a derreter.

— Parece gostoso — constatou papai.

— Infelizmente trouxe apenas três — disse mamãe. — Eu não sabia que você estava aqui.

— Você pode ficar com o meu — ofereci a papai.

— Não — disse mamãe —, venha comigo, Peter, tenho de te dizer uma coisa.

Papai entrou com ela em casa. Escutamos os dois subindo as escadas até nosso andar.

— Coitado — disse Selma —, esperemos que ele consiga suportar isso também.

Deixamos o sorvete de lado, derretendo. O oculista pegou a carteira amassada dos cigarros de cravo que papai tinha largado e acendeu um. Parecia que ele estava fumando a floricultura de Astrid.

Pouco depois da morte de Martin, Selma ficou sabendo que o oculista talvez fumasse, mas ele nunca tinha feito isso em sua companhia. Ela olhou fascinada para ele, como uma criança que assiste pela primeira vez a um adulto fazer xixi em pé. O oculista não gostou do cigarro – não pelo gosto de flores, mas porque Selma estava olhando de um jeito tão fascinado.

— Pare de me olhar desse jeito — ele pediu.

— Não consigo acreditar que você fuma — Selma disse e continuou a olhar. O oculista suspirou.

— Assim não dá. — E apagou o cigarro com o pé. *Algumas coisas, pensou ele, têm de ficar escondidas de Selma.*

***

Vinte minutos depois, papai desceu novamente e sentou-se ao nosso lado nos degraus. Coçou a cabeça debaixo da touca de banho, com o indicador; ela estava tão presa que não escorregou.

— Bom — disse ele —, bom.

— O que você quer dizer com "bom"? — Selma perguntou, passando a mão pelas costas de papai.

— Quero dizer que todos estão arranjados — ele disse —, e isso é bom.

Ele pegou os cigarros de cravo. Perguntei-me se a notícia de mamãe e Alberto também só faria efeito depois de uma noite. Mas não foi assim. Papai não mencionou mais Alberto. Ele dormiu no sofá vermelho de Selma, enxaguou no dia seguinte o xampu contra piolhos e guardou a roupa lavada, ainda úmida, dentro da mochila.

— Vou andando — ele disse. — Foi legal estar aqui. — E em segundos Alasca se tornou novamente tão velho quanto era de verdade.

— Aqui está você! — exclamou o senhor Rödder, erguendo as sobrancelhas, que como sempre estavam despenteadas. — Já não era sem tempo. Marlies Klamp esteve aqui de novo e disse que a última indicação sua também não a agradou. Infelizmente, Luise, infelizmente. Se continuar assim...

— Eu trouxe uma coisinha para o senhor — disse, entregando-lhe a bolsa de selim. Seu rosto se iluminou por um instante.

— Meu Deus, Luise, é maravilhosa — ele sussurrou e passou a mão sobre o couro. — É para mim?

— Para o senhor — respondi. — Legítimo couro de camelo.

***

— Nem sei o que dizer — desculpou-se o senhor Rödder. — Sabe de uma coisa? Vamos pendurá-la sobre a prateleira com os livros de viagem. Como você conseguiu esta belezura?

— Relacionamentos — respondi.

Quando eu estava sobre a escada dobrável, a fim de pendurar a bolsa de selim sobre os livros de viagem, mamãe apareceu de repente ao meu lado e eu acabei colocando a bolsa numa prateleira.

— O que você está fazendo aqui? — perguntei.

Mamãe estava usando um lenço azul-escuro com longas franjas douradas sobre os ombros. Do alto, eu conseguia enxergar sua cabeça, as raízes grisalhas dos cabelos tingidos de preto já estavam aparecendo.

— Ele não se importou nem um pouco — mamãe disse de um jeito como se tivesse dado a papai um presente caro pelo qual ele não tinha demonstrado nenhum interesse.

UMA TREPADEIRA, SEGUNDO ELSBETH

— Luise vai receber visita do Japão daqui a pouco — Selma contou a Elsbeth, pedindo segredo total porque não sabia se eu estava de acordo. A mordaça na boca de Elsbeth, no entanto, aguentou exatamente até chegar ao dono do mercadinho.

Elsbeth tinha levado um arranjo *Sonho de outono* de mamãe para o dono do mercadinho porque ele tinha começado a decorar seu estabelecimento de acordo com as estações do ano. Além disso, ela precisava de uma ratoeira. O dono do mercadinho estava arrumando as garrafas de bebida alcoólica ao lado da caixa registradora a fim de conseguir vigiá-las melhor, pois os gêmeos da cidade vizinha tinham roubado aguardente de novo.

— Se a gente queima terra de cemitério numa frigideira, o ladrão devolve a pilhagem — Elsbeth ensinou. — Mas você poderia também colocar ratoeiras entre as garrafas. Aliás, eu preciso de uma.

Quando o dono do mercadinho trouxe a ratoeira e perguntou a Elsbeth como iam as coisas, ela deu com a língua nos dentes.

— Luise vai receber visita do Japão — ela disse. — Um monge budista.

— Puxa, que curioso — comentou o dono do mercadinho, indo com Elsbeth até o caixa. — Eles vivem em celibato?

— Não faço ideia — respondeu Elsbeth, testando a ratoeira que era daquelas que quebravam o pescoço dos ratos. — Eu, sim.

— Seria bom saber — continuou o dono de mercadinho —, caso Luise esteja apaixonada por ele.

— Quem vive em celibato? — perguntou a neta do camponês Häubel, que tinha acabado de entrar na loja.

— Eu — respondeu Elsbeth.

— E o monge do Japão, pelo qual Luise está apaixonada — completou o dono do mercadinho, enquanto Elsbeth contava o dinheiro do *Sonho de outono* que tinha na mão.

— Parece que ele é muito bonitão — disse Elsbeth.

— Então certamente não vive em celibato — disse a neta do camponês Häubel, e Elsbeth retrucou, indignada, que não, que isso não tinha nenhuma relação com a aparência.

— Como você sabe? — perguntou o dono do mercadinho. — Você já o viu? Tem foto?

— Infelizmente não — respondeu Elsbeth. — Mas foi o que Luise disse para Selma.

Logo o oculista se juntou ao grupo. Estava com um pacote de suflê de peixe congelado nas mãos, que servia uma só porção, e emplastros quentes para as costas.

— Escutem isto — ele pediu. — "Quando olhamos para uma coisa qualquer, ela pode sumir de nossos olhos; mas quando não tentamos enxergá-la, ela não pode sumir." Deu para entender?

— Trata-se da justificativa mais original para roubo de loja de que eu já ouvi falar — disse o dono do mercadinho.

Elsbeth entregou a ratoeira para o oculista.

— Você sabia que ratos mortos são bons para doenças nos olhos? — ela perguntou. — Posso levá-los à sua loja quando os pegar.

— Obrigado, não precisa — disse o oculista.

— Luise ama um budista que não vive em celibato no Japão e que vai nos visitar em três semanas — disse a neta do camponês Häubel.

— Não me pronuncio a esse respeito — afirmou o oculista.

— Isso é assunto da Luise. Vocês não têm mais nada que fazer além de ficar se metendo na vida da moça?

— Não — disseram o dono do mercadinho e a neta do camponês Häubel.

— Infelizmente — completou Elsbeth.

O oculista suspirou.

— Isso do amor acho um exagero — ele afirmou. — Vocês não o conhecem.

— Não é preciso conhecer a pessoa para amá-la — disse Elsbeth.

— Você sabe de mais coisa? — engatou a neta do camponês Häubel.

— Claro — respondeu o oculista, achando que ela queria saber mais coisas sobre o budismo e não sobre o budista em si, e pigarreou. — "Conhecimento significa viver em inabalável serenidade."

O dono do mercadinho colocou os emplastros do oculista num saco.

— Isso soa muito a celibato — disse ele.

O oculista passou a recitar suas citações em todos os lugares, irritando as pessoas sem exceção – do mesmo jeito como tinha acontecido no passado com Friedhelm e sua canção do belo Westerwald.

Desde que Frederik tinha aparecido, o oculista estava tentando se valer do budismo para enfrentar as vozes internas quando elas se tornavam insuportavelmente fortes, via de regra depois das dez da noite. Mas isso também não era mais eficiente do que enfrentar as vozes com os dizeres dos cartões-postais defumados de cigarro lá da loja da capital.

Às dez da noite o oculista ia para sua cama estreita e arrumava as pantufas de pano sobre o tapetinho diante dela.

Quando o oculista era criança, sua mãe lhe dizia para colocar as preocupações dentro das pantufas, à noite, e na manhã seguinte elas teriam sumido. Nunca funcionou, porque as vozes internas do oculista se achavam melhores do que preocupações que se dão por satisfeitas em repousar em pantufas.

As vozes internas lembravam regularmente o oculista de tudo o que ele tinha feito de errado ou tinha deixado totalmente de fazer, elas escolhiam coisas ao acaso de qualquer época da vida do oculista e as lançavam diante de seus pés nus. E não se importavam nem um pouco pelo fato de o oculista não ter feito essas coisas justamente porque as vozes o tinham demovido; elas o lembravam de tudo o que ele tinha deixado de fazer por sua causa.

"Nem aos seis anos você saltava o riacho da Macieira", elas diziam por exemplo, "embora todos os outros se arriscassem".

"Mas vocês me aconselharam a não saltar", retrucava o oculista.

"Agora isso não tem nenhuma importância", diziam as vozes. O que importava era sempre decidido por elas e nunca pelo oculista.

Elas gostavam de falar sobre Selma. "Há quanto tempo você tem medo de se declarar para ela?", elas perguntavam, satisfeitas.

"Vocês sabem a resposta", dizia o oculista. "Ninguém sabe melhor do que vocês."

"Diga para a gente", pediam as vozes.

"Vocês sempre me aconselharam a não fazer!", exclamava o oculista.

Quando as vozes ficavam preguiçosas demais para buscar um exemplo, em geral por volta de meia-noite, elas o substituíam por palavras como "tudo", "nada", "nunca" e "sempre", com as quais era possível afrontar o oculista com sucesso, principalmente depois de ele ter ficado mais velho. É mais difícil se defender de "sempre" e "nunca" na velhice do que de costume.

"Você nunca teve coragem, você nunca teve coragem de verdade", diziam as vozes.

Elas eram tão claras e decididas que às vezes o oculista mal podia acreditar que as pessoas ao seu redor, Selma por exemplo, não as ouvissem. O oculista se lembrava do falecido marido de Elsbeth, que sofria de zumbido muito forte no ouvido e por fim tinha chorado na cadeira de consulta de papai, totalmente desgostoso, segurando a orelha bem próxima à de papai.

— Você não está escutando? — o marido de Elsbeth perguntou, desesperado. — Não acredito que não esteja escutando.

"Calem a boca", o oculista tentava ralhar, virando de lado e se concentrando nas pantufas sobre o tapetinho da cama.

"Você nunca teve coragem de verdade", diziam as vozes.

"Sim, porque vocês sempre me desaconselharam!", exclamava o oculista, e as vozes repetiam que isso não tinha importância, só o resultado tinha importância, e as noites se passavam nessa roda-viva, e o resultado na manhã seguinte era sempre um oculista exausto, absolutamente abalado pelas vozes internas, que, afundado em sua cadeira de consulta, tentava erguer o peso do "sempre" e do "nunca" e, por fim, metia a cabeça no campímetro, pois só ali as vozes não chegavam.

Desde que Frederik aparecera, o oculista mantinha um livro sobre budismo na sua mesinha de cabeceira, e, quando as vozes vinham com "sempre" e "nunca", ele abria os trechos assinalados. "Sou o rio", dizia o oculista nessa hora, "e vocês são folhas que deslizam por mim".

"A propósito de rio", diziam as vozes, "vamos lembrar apenas de uma coisa: riacho da Macieira".

"Sou o céu", dizia o oculista, "e vocês são apenas nuvens que passam por mim".

"Errado, meu caro", respondiam as vozes, "o céu não é ninguém, e você é a nuvem, uma nuvem bem esfiapada, e nós somos o vento que te empurra".

No início de novembro, quando eu ainda não podia supor que haveria uma mudança de planos e Frederik chegaria no dia seguinte, passei com uma lista pela cidade. Comecei com Marlies para enfrentar o pior logo de cara.

— Não tem ninguém! — Marlies exclamou através da porta fechada.

— Por favor, Marlies, é só um minutinho — eu disse.

— Não tem ninguém — ela exclamou —, aceite.

Andei ao redor da casa e olhei pela janela da cozinha. Marlies estava sentada à mesa da cozinha, usando como sempre seu pulôver estilo norueguês e calcinha. Ela estava com trinta e poucos anos, mas parecia mais jovem. Alguma coisa conservava Marlies.

Encostei-me na parede da casa, ao lado da janela aberta da cozinha.

— Marlies — falei pela fresta da janela —, vou receber visita do Japão daqui a pouco.

— Não estou nem um pouco interessada — retrucou Marlies.

— Sei disso — falei. — Quero apenas pedir que, caso você tope com minha visita, será que você poderia ser... Será que você poderia ser mais afável? Mais simpática, talvez? Só por um pouquinho. Eu seria muito grata.

Escutei Marlies acendendo um cigarro da marca Peer 100 e logo em seguida a fumaça me alcançou do lado de fora.

— Não sou simpática — ela afirmou. — Aceite.

Suspirei.

— Ok, Marlies. Fora isso, está tudo bem com você?

— Melhor impossível — Marlies respondeu. — E agora, tchau.

— Tchau — eu disse. Dei um impulso para me afastar da parede e fui até a casa de Elsbeth, que estava no jardim observando uma árvore com o tronco tomado por uma trepadeira, os braços cruzados debaixo do busto.

Era a macieira cujas folhas ela tinha tentado desfolhar depois da morte de Martin, soprando-as. No outono seguinte, quando caíram naturalmente, Elsbeth chutou o tronco e falou, chorando, que era tarde demais e que elas poderiam não ter caído, tanto fazia.

Elsbeth apontou para a trepadeira.

— Quero cortar o troço, mas também não quero — ela murmurou. A tesoura de jardinagem estava encostada no tronco da macieira.

— E o que te impede? — perguntei.

— Às vezes, a trepadeira é um ser humano enfeitiçado — explicou Elsbeth —, e, quando ela alcançar a copa da árvore, ele estará livre.

— A propósito de superstição... — comecei.

— A questão é a seguinte — disse Elsbeth —, liberto o ser humano ou a árvore?

A trepadeira já tinha chegado à parte superior do tronco.

— Eu escolheria a árvore — palpitei. — Se for um ser humano, já está salvo pela metade. Isso é mais do que se pode afirmar sobre qualquer um de nós.

Elsbeth tocou meu rosto com sua mão gorda.

— Você está cada vez mais parecida com Selma — ela disse, pegando a tesoura de jardinagem.

— Elsbeth — eu disse —, daqui a pouco vai chegar a visita do Japão, e eu queria te perguntar se você conseguiria falar um pouquinho menos sobre superstição.

— Mas por quê? — Elsbeth perguntou, começando a cortar a trepadeira de maneira hesitante; a cada tesourada, ela se desculpava com o possível ser humano que a trepadeira era.

— Porque é estranho — eu respondi.

— Desculpe — disse Elsbeth e cortou. — Mas não seria muito mais estranho se eu não falasse nada sobre superstição? Desculpe, possível ser humano.

— Não acho — eu disse. — Afinal, dá para falar de outras coisas também.

— Tipo o quê?

— Sobre as confusões nos preparativos da festa de Natal no centro comunitário da cidade — sugeri. — Ou ainda sobre se ela deve acontecer de tarde ou de noite.

— Isso não me parece muito interessante — disse Elsbeth. — Mas tudo bem. Não vou falar nada ligado a superstição. — Ela se desculpou com mais uma raiz de trepadeira. — Espero que eu não me esqueça disso — ela disse. — Segure aqui.

Ela me passou a tesoura de jardinagem, fechou os olhos e deu dois passos grandes para a frente e dois para trás.

— O que foi? — perguntei.

— Ajuda contra o esquecimento — Elsbeth respondeu.

Encontrei o oculista com a cabeça no campímetro. Selma estava por ali, tinha trazido bolo para o oculista; sentou-se no canto da mesa do foróptero, com o qual Martin e eu achávamos que era possível enxergar o futuro.

— É só a Luise — ela disse quando a sineta da loja tocou, para que o oculista soubesse que não se tratava de um cliente e que podia permanecer tranquilamente no seu aparelho sinalizando os pequenos pontos que tinha visto.

— Você pode levar Alasca para sua casa mais tarde? — perguntou Selma. — Vou passar o dia inteiro de amanhã no médico. — Selma tinha aplicado uma pomada analgésica na mão inteira, que reluzia.

— Claro — assegurei. — Eu queria perguntar uma coisa para vocês também.

— Diga — incentivou o oculista.

— Eu queria te pedir que não fizesse perguntas demasiadas sobre o budismo para Frederik.

O oculista tirou a cabeça do campímetro e se virou no banquinho em minha direção.

— Por que não?

— Porque ele não está a serviço aqui — respondi e pensei em papai que, ainda quando era médico, precisava ficar ouvindo os sintomas dos outros fora da consulta, em todo lugar: na rua, no café e até na sala de espera do doutor Maschke.

— O que é esse bilhete? — o oculista perguntou.

Eu lhe entreguei meu caderno quadriculado e o oculista leu em voz alta:

- Marlies: mais simpática
- Oculista: nada de budismo
- Elsbeth: menos superstição
- Selma: menos ceticismo
- Palm: menos citações bíblicas
- Mamãe: parecer menos distante
- Eu: menos empacada, menos assustada, menos preocupada, calça nova

O oculista colocou as mãos na base da coluna.

— Eu achava que o budismo se importava com a autenticidade — ele disse.

— Sim — confirmei —, mas não necessariamente com a nossa.

— Calça nova acho bom — disse Selma.

— Mas por que não citações bíblicas? — o oculista perguntou.

— Achei que isso poderia chateá-lo, como budista — respondi, como se budismo e cristianismo fossem times de futebol adversários.

— Achei que ele viria a passeio — afirmou o oculista.

— E eu achei que nada chateasse um budista. Mas talvez eu devesse ser um pouco mais cética nesse sentido — disse Selma.

— Aliás, a questão do budismo é abrir mão do controle — disse o oculista, metendo a cabeça de volta no campímetro.

— Venha — disse Selma para mim —, vamos passear. São quase seis e meia, e acho que você precisa urgentemente de um pouco de ar fresco.

Fomos passear pelo Bosque das Corujas. Ventava muito e a floresta fazia ruídos. Tínhamos erguido as golas de nossos sobretudos, mas o vento ainda jogava meu cabelo no rosto. Selma manobrava sua cadeira de rodas na trilha amolecida.

Selma não caminhava mais muito bem, mas não queria de maneira nenhuma deixar de fazer seu passeio diário pelo Bosque das Corujas, por isso lhe arranjamos uma cadeira de rodas, uma cadeira de rodas com pneus largos feito os de *mountain bikes*. Selma não queria que ninguém a empurrasse. Ela percorria sentada um trecho ao meu lado, sacudindo-se toda, depois se levantava e empurrava a cadeira como se fosse um andador.

Selma levava seus pensamentos para passear e, enquanto isso, lia os meus, que – principalmente com a aproximação da visita de Frederik – não queriam ser levados para passear, mas se enrodilhavam ao redor de si mesmos, de mim e das árvores próximas feito guirlandas de letrinhas, aquelas dos aniversários.

— Por que você está tão preocupada? — perguntou Selma.
— Por que está tão nervosa?

Assisti à cadeira de rodas avançando através da lama e disse:
— Henrique, a carruagem vai quebrar.

Selma me olhou de soslaio.
— Não acredito nisso — ela disse.
— Tenho medo de que ele ache todos nós estranhos.
— Ele próprio é estranho — afirmou Selma. — Sai do meio da floresta e come uma barrinha de chocolate Mars.

A cadeira encalhou uma roda na lama, e Selma tirou-a à força dali.
— Mas isso não é tudo, certo? — ela perguntou.
— Não — respondi. Desde que a visita de Frederik ia se aproximando, eu comecei a desconfiar do meu coração, como faziam as pessoas na cidade depois de um sonho de Selma. O coração não estava acostumado com tanta atenção e, por isso, batia de um jeito muito rápido, incômodo. Eu lembrava que braço formigando era sinal de infarto do coração, mas não sabia se era o direito ou o esquerdo. Por isso, os dois formigavam.

— Você está confundindo as coisas — disse Selma.

O *amor aparece de supetão*, pensei, ele aparece como o oficial de justiça que há pouco tinha aparecido na casa do camponês Leidig da cidade vizinha. O amor que surge marca tudo, como para dizer: "Agora isso não te pertence mais".

— Você está confundindo as coisas, Luise — disse Selma —, isso não é o amor, é a morte.

Ela colocou um braço ao redor dos meus ombros e ficou parecendo que estava empurrando a cadeira e a mim pela lama.

— E há uma diferença sutil aí — ela disse e sorriu. — Do reino do amor, alguns voltam.

Enquanto Selma e eu caminhávamos pelo Bosque das Corujas, o oculista ficou checando as inúmeras lentes em seu foróptero. Evidentemente que por meio desse foróptero ele não conseguiu enxergar que no dia seguinte o senhor Rödder ralharia de novo com Alasca e borrifaria Blue Ocean Breeze com generosidade. Não conseguiu enxergar que haveria uma mudança de planos e que minha secretária eletrônica defeituosa, fofoqueira, ficaria muda por causa da mensagem dizendo que Frederik chegaria mais cedo, que ele estava quase chegando. O oculista não conseguiu enxergar que eu correria ao encontro de Frederik e nem que ficaríamos em dúvida junto aos degraus sobre se e como deveríamos nos abraçar. Ele não conseguiu enxergar Frederik sorrindo e dizendo: "Você me olha como se eu fosse o diabo. Sou apenas o Frederik. A gente se falou ao telefone".

E, caso tenha conseguido enxergar tudo isso, ele ficou calado.

FELICITÀ

— Você está adiantado — falei quando Frederik e eu estávamos diante da porta do apartamento, e essa foi a frase mais idiota possível.

— Sei disso, sinto muito — Frederik replicou. — É que umas coisas mudaram de data. Você está tremendo — ele disse em seguida —, você está quase que se sacudindo.

— Normal — disse —, sempre acontece comigo.

Uma coroa de pasta de sal caiu da porta do apartamento em frente e se espatifou em mil pedaços. Frederik olhou para os cacos, depois de novo para mim.

— Nem tudo está bem preso — eu disse.

Frederik me olhou com uma simpatia e atenção difíceis de suportar.

— Entre — pedi e segurei-lhe a porta.

Duas caixas de mudança com coisas do consultório de papai estavam largadas no minúsculo corredor de casa. Ele tinha distribuído tudo por aí, algumas caixas ficaram no porão de Elsbeth, algumas comigo, mas a maioria ficou com Selma.

Alasca também se encontrava no corredor e o lugar estava tão apertado como se todos os três estivéssemos presos num armário. Frederik tentou se abaixar em direção a Alasca, mas para isso era preciso mais espaço.

— O que é? — ele perguntou, apontando para um potinho de plástico transparente que estava em cima de uma das caixas.

— São instrumentos de otorrinolaringologia — respondi.

— Tem mais um quarto? — Frederik perguntou.

— Aqui — eu respondi e empurrei Frederik para o meu quarto.

Tentei olhar para o meu quarto como Frederik o fazia pela primeira vez. O sofá dobrável com uma manta de Alasca em cima, a estante de livros que já tinha estado no meu quarto de criança, a cama – que era um colchão sobre um estrado de madeira –, os livros que eu recebia das editoras para ler empilhados num canto. Frederik olhou para a estante, afastou rápido o olhar e foi direto até a pequena foto presa na parede. A foto era a única coisa do apartamento que eu não tinha espanado.

"É típico das visitas", Selma tinha dito um dia, "a gente limpa tudo e daí a visita vai direto até o lugar de que nos esquecemos".

— É o Martin — expliquei.

Na foto, Martin e eu estamos com quatro anos. Selma a tinha tirado no Carnaval. Minha fantasia era de violeta, com um chapéu violeta grande demais de Elsbeth na cabeça. Martin estava fantasiado de morango. O oculista tinha colocado grama artificial nos ombros, fantasiando-se de canteiro. Ele carregava Martin no colo.

— A estante está torta — constatou Frederik, sem tirar os olhos da foto.

— Você está com fome? — perguntei.

— Muita.

— Pensei no seguinte: tem um restaurante japonês aqui que serve um tal "prato budista", talvez...

— Para ser sincero — disse Frederik —, estou com vontade de comer batatas fritas. Batatinhas com ketchup.

***

Passeamos pela capital, Alasca no meio de nós, e me espantei com o fato de as pessoas não ficarem embasbacadas por Frederik e sua beleza, de não ter havido chiliques, de elas não torcerem os pescoços e trombarem contra postes de luz, de o casal que passou discutindo por nós não ter perdido para sempre o rumo da conversa. Algumas pessoas nos olharam de soslaio, mas só por causa da túnica.

Fomos a uma pequena lanchonete. Havia duas mesas altas, onde se come de pé, uma máquina de fliperama e uma TV, que estava ligada sobre uma das duas mesas. O fliperama piscava e fazia barulhos. O cheiro era de gordura velha.

— Como é gostoso aqui — disse Frederik, e ele estava sendo sincero.

Frederik comeu quatro cumbuquinhas de batatas fritas.

— Está servida? — ele perguntava o tempo todo, depois de eu ter terminado com a minha cumbuca, esticando uma batatinha presa num garfo de plástico em minha direção. — Está delicioso. — Na TV acima de nós, Al Bano e Romina Power cantavam "Felicità".

— E como vão as coisas entre sua mãe e o vendedor de sorvete? — Frederik perguntou, espremendo mais um saquinho de ketchup sobre suas batatas.

— Bem. Mas acho que mamãe ainda ama papai.

— Extraordinário — disse Frederik. — E seu pai?

— Está viajando.

— E esse oculista? Ele já se declarou para sua avó?

— Não.

— Extraordinário — disse Frederik, metendo cinco batatinhas na boca de uma só vez.

Sorri para ele.

— O que você come no Japão?

— Arroz com pouca coisa, principalmente — respondeu Frederik, limpando o ketchup dos cantos da boca. — Ainda tem Coca? Vou pegar mais uma para nós.

Frederik se levantou e foi até a geladeira ao lado do balcão, passou pelo homem no fliperama que nem se virou para vê-lo. De repente, fiquei contente por irmos para a cidade, pois lá haveria gente que mais tarde poderia atestar que Frederik realmente tinha estado por ali. O homem do fliperama e o vendedor da lanchonete não eram testemunhas apropriadas, estavam incompreensivelmente mais ocupados com outras coisas, como jogos de azar e fritadeiras, do que com Frederik.

Ao voltar para onde eu estava, Frederik me sorriu com seus olhos claros, que, como o oculista explicaria mais tarde, eram azul-ciano, como se a Coca-Cola fosse um tesouro oculto. Ele me ofereceu uma garrafa, eu a peguei e percebi que não estava mais tremendo. *Que bom que você está aqui*, pensei. Frederik sorriu e se recostou.

— Que bom que estou aqui — ele disse, aliviado, como se não estivesse nem um pouco seguro disso.

Passamos a noite a um braço de distância um do outro, ele no sofá-cama, eu na minha cama. A túnica ficou na cadeira como um fantasma desmaiado. Eu temia que, por baixo dela, Frederik usasse roupas íntimas especiais, budistas, que fossem parecidas com calças de lutadores de sumô, mas ele usava aquilo que pessoas normais usam.

Frederik ajeitou o sofá-cama de tal maneira que não precisasse, de jeito nenhum, olhar para a estante torta. Ambos ficamos encarando o teto, como se alguém tivesse anunciado que em poucos minutos um documentário premiado seria exibido ali. Eu não sabia como era evidente que eu não estava dormindo, até que, em algum momento, Frederik falou:

— Agora você tem de dormir, Luise.

— Mas eu estou bem quietinha — eu disse, e Frederik replicou:

— Dá para ouvir como você está quietinha.

No meio da noite, enquanto Frederik e eu ainda esperávamos pacientemente pelo documentário, mamãe acordou assustada na cama de Alberto.

Eram três da manhã. Alberto não estava deitado ao seu lado – muitas vezes ele se levantava à noite para criar uma nova taça na sorveteria do andar de baixo. Mamãe olhou para o vazio ao seu lado, o lençol afastado. Demorou um pouco para ela perceber que, além de Alberto, havia mais alguma coisa faltando.

Tratava-se da eterna questão sobre se separar ou não de papai. A questão tinha sumido e, de súbito, mamãe soube exatamente que ela nunca mais voltaria, porque tinha deixado papai no instante em que acordou assustada.

Ela se deitou de novo com a cabeça no travesseiro e olhou para a lâmpada escura, sem cúpula, sobre a cama de Alberto.

Era possível passar muitos anos na má companhia de uma questão, era possível sentir-se exaurida por causa dela, e então ela sumia num único movimento, num único instante de um despertar assustado. Mamãe deixou papai e o fato de ele tê-la deixado algum tempo antes não importava. Mamãe vivia em outro fuso horário; portanto, em sua própria opinião, ela o deixou primeiro.

Claro que papai percebeu. Percebeu bem longe, na Sibéria, e ligou para ela de um telefone público no exato instante em que mamãe acordou assustada; não conseguiu falar com ela, pois mamãe estava sentada na cama de Alberto, deixando papai. Por essa razão, papai não tinha nada em mãos na cabine telefônica da Sibéria exceto um sinal de linha que parecia infinito. E Selma, em seu quarto, apertava o travesseiro contra a orelha porque acima dela o telefone não parava de tocar.

Depois de ter acordado assustada, mamãe não conseguiu mais pegar no sono. Ela se vestiu e saiu da sorveteria, passando por Alberto sem cumprimentá-lo, em direção à cidade silenciosa. Ela observou as fachadas fechadas das casas que ela conhecia de cor há décadas e que naquele instante, pela primeira vez, pareciam-lhe próximas. Enquanto andava pelas ruas, abria-se mais e mais o espaço que ela tinha ganhado pelo desaparecimento da questão.

As pontas dos dedos de mamãe, que eram frias desde que ela se conhecia por gente, de repente se tornaram quentes. Mamãe não era boa em separações, mas muito boa em estar separada.

Ela caminhou durante muito tempo pela cidade, percorrendo uma extensão maior do que a da cidade em si, mas ela estava tão feliz pelo espaço que tinha conquistado que, por volta das seis, não conseguiu esperar mais e foi até a cabine telefônica ao lado do mercadinho. O luminoso estava sendo ligado naquela hora sobre a porta do estabelecimento; e o entregador de mercadorias estacionou ali em frente.

Frederik e eu despertamos com susto quando o telefone tocou; eu me assustei porque sabia que o telefone só toca tão cedo no caso da morte improrrogável ou do amor improrrogável, e, como tudo que o amor precisava para não ser prorrogado estava deitado no meu sofá-cama, pensei: *alguém morreu.*

— Desculpe se estou acordando vocês, Luise — disse mamãe. — Preciso te contar: deixei o seu pai — ela disse. — Agora estou sozinha. — Ela falou tão nervosa quanto os outros quando anunciam: "Conheci uma pessoa".

— Parabéns — falei.

— E eu queria te dizer — mamãe inspirou fundo —, eu queria te dizer que sinto muito por nunca ter estado realmente disponível para você.

Passei a mão sobre o rosto. *Mamãe poderia ter se desculpado igualzinho por ter estado ausente durante apenas uma estação do ano*, pensei.

Para dizer alguma coisa, disse:

— Aconteceu.

Mamãe olhou para o carro do fornecedor. O fornecedor do mercadinho estava empurrando naquele instante um carrinho gradeado da altura de uma pessoa cheio de mantimentos e coberto com uma lona cinza para dentro da loja, mas parou na metade do caminho para amarrar o sapato. E se Elsbeth aparecesse de repente ali e dissesse: "Olhe, Astrid, isso se parece com um terrível muro das lamentações, diante do qual todos nos ajoelhamos em algum momento", então mamãe teria concordado: "Sim, exatamente".

— Tenho de conviver com isso, com o fato de que foi assim — disse mamãe no telefone.

— Sim — retruquei —, eu faço isso também. Já faz um tempo. Até que está indo bastante bem.

— Durma mais um pouco, Luli — disse mamãe, e eu adoraria voltar a dormir, Frederik também, não queríamos ficar esperando mais tempo pelo documentário, mas o telefone tocou de novo e novamente não era a morte, mas o amor.

— O que é agora? — perguntei.

— Sou eu — disse papai.

— Aconteceu alguma coisa?

— Não.

— Por que você está ligando tão cedo?
— Não consigo falar com Astrid — disse papai. — E eu queria falar uma coisa para ela.
— Sinto muito por nunca ter estado realmente disponível para você — falei.
— O quê? — espantou-se papai. — Você sempre esteve ao meu lado.
— Foi uma piada.
— Não entendi — ele disse. — Não estou te ouvindo bem, a ligação está ruim. O que eu, o que eu queria dizer...
— Você está bêbado?
— Sim. Eu queria te dizer o seguinte: tive de deixar sua mãe naquela época, não havia escolha. A gente não consegue ficar para sempre com uma pessoa que se pergunta o tempo todo se é o caso de se separar.
— Você realmente não falou com a mamãe?
— Não — exclamou papai —, não consigo falar com ela.
— E por que você quis me dizer isso?
— Porque não consigo falar com sua mãe — ele afirmou com muita estática.
— Eu também estou fora do ar agora, papai.
— Só mais uma coisa, Luli — disse papai. — Quando as pessoas vão à floresta na Sibéria e se dispersam, passam a chamar os nomes umas das outras em intervalos regulares, e os outros respondem: "Estou aqui". Assim todos ficam seguros de que ninguém está sendo ameaçado por um urso siberiano, e agora não consigo falar com Astrid.
— Estou com visita — eu disse —, e não é um urso siberiano.
— Oh, Deus, sinto muito, Luise, eu tinha me esquecido — papai falou. — Mande um abraço.
Desliguei, voltei ao meu quarto, deitei-me na cama, puxei a coberta até o queixo e olhei para Frederik.

— Você está parecendo a pessoa mais cansada do mundo — ele constatou, preocupado.

— Papai não consegue falar com mamãe porque ela o deixou, porque ele a deixou, porque ela sempre se perguntou se deveria deixá-lo — disse eu. — E ele te mandou um abraço.

— Eles não conseguem te deixar fora disso? — Frederik perguntou, deitando-se de novo. — Me dê sua mão.

Escorreguei até a beirada da cama e estiquei o braço o suficiente para Frederik conseguir pegar minha mão.

— Vamos amanhã à cidade? — perguntei.

— Com prazer — respondeu Frederik.

Ficamos deitados assim até Frederik pegar no sono e sua mão soltar a minha.

SESSENTA E CINCO POR CENTO

Frederik e eu ainda estávamos sentados no meu carro, chovia a cântaros e os limpadores do para-brisa deslizavam freneticamente de um lado para o outro.

— Não consigo enxergar quase nada — eu disse.

Frederik se inclinou para o meu lado e esfregou a manga da jaqueta no vidro da frente. Ele entoava baixinho uma canção que eu não conhecia. Pensei na lista com a qual tinha percorrido a cidade e fiquei torcendo para que alguma coisa tivesse dado certo além da calça nova, que realmente comprei. Aproximei-me bastante do para-brisa encharcado, assolado pela chuva, como se devesse decifrar alguma coisa. Alasca dormia no banco de trás, achando tudo bastante confortável.

— Respire, Luise — disse Frederik, abrindo outros buracos de visão. Era o que o oculista também sempre dizia desde que tinha começado a ler livros budistas.

— Respiro desde que nasci — retruquei.

Frederik colocou a mão sobre a barriga.

— Sim, mas leve o ar também para cá — disse ele. — Não devemos respirar apenas em cima.

Selma tinha razão. Eu havia confundido alguma coisa. Frederik não me havia surpreendido feito um oficial de justiça ou um infarto do coração, e meu jeito travado também tinha sido razoavelmente driblado. Eis, pensei, o *valorizado "aqui e agora" ao qual o oculista sempre se refere*. Ali estava eu, embora não conseguisse enxergar nada, no meio do aqui e agora – em vez do "quando" e do "porém" de sempre. Peguei a mão de Frederik e em seguida ouvi um barulho muito alto. Num primeiro momento, acreditei que tinha sido uma amarra, uma amarra que tinha se soltado do meu coração, mas foi o pistão do motor.

Frederik saiu no meio da chuva até uma cabine telefônica para avisar Selma que nos atrasaríamos e para pedir que ela pegasse o cartão do seguro do oculista e chamasse um mecânico. Alasca e eu esperamos no carro e, de repente, percebi que meus pés estavam ficando molhados. Olhei para baixo. Havia se formado uma poça funda ao redor da embreagem, do acelerador e do freio. Virei a cabeça para trás, a fim de enxergar entre os bancos, e notei que havia água lá também. Desci do carro e circundei-o com Alasca, sem saber exatamente o que estava procurando.

Frederik voltou encharcado, a túnica embaixo de sua jaqueta colada nas pernas. Abri a porta do carro e apontei para o chão. Frederik curvou-se sobre o assento do motorista.

— Como isso entrou aqui?

— Não faço a menor ideia — eu disse. — Simplesmente apareceu de repente. Preferi descer, por causa da eletricidade.

Ficamos no acostamento, em meio ao frio de novembro e levando chuva na cabeça, e me lembrei do oculista lendo, para Selma e para mim, que a todo momento há algo bonito a ser descoberto. Toquei no antebraço de Frederik e apontei para o asfalto:

— Veja o jogo de cores naquela poça.

— Acho que é óleo — disse ele.

O mecânico chegou logo, bem-humorado.

— Já estamos no Carnaval? — perguntou, rindo e apontando para a túnica de Frederik.

— Tudo indica — respondeu Frederik e apontou, por sua vez, para a capa de chuva branca do mecânico, que se parecia com a da polícia técnica.

O mecânico avaliou o motor.

— Aqui deu perda total — afirmou ele. — O pistão já era.

— Também tem água no piso — disse eu —, embora o carro estivesse o tempo todo totalmente fechado. O mecânico ergueu as sobrancelhas e deu a volta no carro com uma lerdeza que não combinava com o tempo. Ele checou as janelas, o teto, as portas. Depois se deitou debaixo do carro. Como estava pensando nas frases budistas do oculista, não perguntei se o procedimento não podia ser mais rápido.

— E? — perguntou Frederik, quando o mecânico saiu de debaixo do carro.

— Sinceramente, não sei explicar como a água entrou aí — disse o mecânico, decepcionado. Parecia não haver muitas coisas que ele não conseguia explicar.

Alasca tremia. Eu tremia mais ainda, e Frederik me envolveu nos seus braços. Ele também tremia. Por fim, o mecânico deu de ombros.

— A água acha seus caminhos — disse ele.

— Acho que você tem razão — Frederik disse. — E agora?

— Agora eu levo vocês — respondeu o mecânico, amarrando meu carro ao dele.

Frederik se sentou no meu carro e eu fui com Alasca no do mecânico a fim de lhe mostrar o caminho. Ele tinha colocado uma lona sob mim e Alasca para que não molhássemos tudo.

— A água acha seus caminhos, independentemente da impermeabilização — disse ele.

O sachê em formato de árvore preso no espelho retrovisor se chamava "maçã verde", mas o cheiro era o mesmo do spray de brisa do oceano do senhor Rödder. Ele tentava anular o cheiro do cachorro molhado de maneira tão ferrenha e inútil quanto os limpadores de para-brisa tentavam anular a chuva.

Virei-me e acenei para Frederik, que acenou de volta.

— Afinal, o ser humano é sessenta e cinco por cento água — disse o mecânico.

Eu tirei meus cabelos molhados do rosto.

— Principalmente hoje — retruquei.

À nossa frente apareceu a placa da cidade. O mecânico e Frederik pararam em frente à encosta onde ficava a casa. Diante dela, debaixo de um guarda-chuva, Selma e o oculista nos aguardavam.

MIL ANOS NO MAR

Eles vieram em nossa direção, e Selma abriu mais um guarda-chuva.

— Konnichiwa — cumprimentou o oculista, curvando-se profundamente, e Frederik também se curvou.

Frederik e Selma apertaram as mãos, enquanto se encararam durante um bom tempo.

— Você não se parece muito com o Japão — disse Selma —, mas com Hollywood.

O oculista e eu, naquele momento, pensamos nas várias vidas que temos no budismo, pois a maneira como Selma e Frederik se olharam fazia crer que eles já tinham se visto em pelo menos uma das vidas, e não casualmente, mas sim tinham evitado um apocalipse juntos ou tinham sido criados na mesma família.

— A senhora também não se parece com o que eu tinha imaginado — disse Frederik. — Mas sim com alguém da televisão. Só não estou conseguindo chegar ao nome.

E esse foi o momento em que finalmente também percebemos. *Meu Deus, ele tem razão*, o oculista e eu pensamos, e não conseguimos entender por que isso não tinha ficado evidente durante toda a nossa vida atual.

Selma franziu as sobrancelhas porque o oculista e eu a encaramos como se a víssemos pela primeira vez.

— Entrem logo — ela pediu, e entramos em casa.

***

— Cuidado, não pise aí. — Por medida de segurança, o oculista apontou ainda do corredor para o lugar circundado de vermelho na cozinha. — O piso tem risco de ceder. Eu já assinalei onde. — Frederik olhou para o círculo vermelho através da porta da cozinha.

— O problema existe há tempos — disse o oculista —, sei que isso não é o jeito de resolvê-lo.

E Frederik riu e afirmou:

— Parece que sim.

Depois tirou os sapatos, incentivando-nos a fazer o mesmo.

Selma buscou toalhas e um roupão de banho, e depois fomos à cozinha. Tentei enxergar o espaço como se fosse a primeira vez, como Frederik. O papel de parede amarelo, a cristaleira azul-clara com cortinas cinza e plissadas cobrindo portas de vidro, o banco de canto, a mesa de madeira, antiga e riscada. O linóleo cinza com o lugar redondo, marcado de vermelho, perto da janela, a respeito do qual Martin um dia disse que, no chão cinza, se parecia com o olho de uma baleia – um olho com blefarite –, e o aquecedor sobre a pia, com as figurinhas do biscoito recheado ainda coladas nele: uma maçã mordida, sorridente, que dizia "Hoje estou mordida" e uma noz que exclamava "Vamos botar pra quebrar". Tentei ver de um jeito diferente a coruja de macramê na parede que a mulher do dono do mercadinho tinha dado de presente para Selma, as cortinas de linho branco que chegavam certinho até o peitoril da janela.

Não consegui; foi como a tentativa de perder algo intencionalmente.

Selma estava com suflê de couve-de-bruxelas no forno, que sempre fazia para as visitas que vinham pela primeira vez, porque nada pode dar errado num suflê. Pelos vidros embaçados por causa do calor, vimos a chuva apertando do lado de fora; chovia como se as cachoeiras do mundo tivessem decidido excepcionalmente despejar toda sua água ali.

Sobre a mesa, ao lado de uma caixa de Mon Chéri, havia um livro budista do oculista. Ele o guardou rapidamente numa gaveta de talheres de Selma.

— Posso? — perguntou Frederik, apontando para a caixa de Mon Chéri.

— Claro — respondeu Selma.

— Delicioso — disse ele enquanto balançava a cabeça, sério. E Selma também balançou a cabeça, séria, como se Mon Chéri fosse uma ciência especializadíssima, na qual existiam poucos especialistas pelo mundo.

— Vocês dois estão pingando — Selma disse por fim.

— Oh, desculpe — falou Frederik, pegando o roupão e uma toalha com uma mão e mais um Mon Chéri com a outra.

O oculista começou a limpar a mesa, Selma foi fazer o molho no fogão, mas, quando a porta do banheiro se fechou atrás de Frederik, ambos se viraram e vieram em minha direção.

— Tudo bem? Formigamento no braço? — perguntou Selma.

— Grau de travação? — perguntou o oculista. Eles me olhavam como um caso de emergência hospitalar.

Passei a mão pelo cabelo de Selma, que finalmente tinha sido reconhecido como o cabelo de Rudi Carrell.

— Tudo bem — respondi. — Travação em grau pouco perceptível, estado geral estável.

— Ótimo — disse Selma, e Frederik voltou vestindo o roupão dela e com a túnica molhada sobre o braço.

Era a minha vez de usar o banheiro; parti levando um vestido de Selma.

***

Enquanto o suflê estava no forno, Frederik, vestido com o roupão de Selma, ficou sentado sobre o aquecedor na sala, exatamente no lugar onde eu e minha travação conversamos com ele pela primeira vez.

A sala estava mais ajeitada do que a arrumação habitual na casa de Selma. As prateleiras de livros, retíssimas, tinham sido espanadas, as revistas na mesinha de lado estavam milimetricamente empilhadas, as almofadas do sofá vermelho pareciam que nunca tinham sido tocadas por ninguém.

Frederik viu Selma pendurar nossas roupas molhadas no varal de chão.

— Posso ajudar a senhora? — ele tinha perguntado, mas Selma negou, claro.

— De maneira nenhuma — ela falou. — Primeiro você tem de se secar, está parecendo um pintinho molhado!

Selma pendurou as roupas com tanto cuidado que parecia que elas ficariam ali para sempre, como se as gerações seguintes fossem tirar conclusões importantes a partir da maneira de se pendurar roupa.

— A senhora é uma boa budista — afirmou Frederik.

Selma prendeu o último pregador na minha calça e se virou para ele.

— Que bom que alguém finalmente percebeu — ela disse.

Depois de termos comido duas porções de suflê cada um e Frederik, quatro, o oculista colocou os talheres sobre o prato e pigarreou.

— Eu gostaria de fazer uma pergunta rápida para você — ele anunciou, olhando-me de soslaio. — É verdade que uma coisa pode sumir quando tentamos enxergá-la, mas não pode sumir quando não tentamos enxergá-la?

Chutei o oculista por debaixo da mesa.

— Meu interesse não se deve pelo ponto de vista budista, mas pelo profissional — ele completou rapidamente.

Frederik limpou a boca com o guardanapo.

— Também não sei — disse ele —, tenho de refletir a respeito.

Então Selma apontou para a janela, onde três pessoas com guarda-chuvas vinham subindo a encosta – Elsbeth, o dono do mercadinho e Palm.

Selma abriu a porta.

— Olá — disse Elsbeth, entregando a Selma um mixer de cozinha. — Vim finalmente te devolver o mixer. Por acaso eu estava aqui perto.

— Isso, e a gente também trouxe sorvete — disse atrás de Elsbeth o dono do mercadinho, carregando nos braços uma bandeja gigante embrulhada.

Selma deu um passo para o lado e os três entraram em fila na cozinha. Eu me aproximei do oculista e já não tinha certeza de que me abrir mais para o mundo era realmente uma boa ideia. O oculista sorriu para mim.

— Afinal, o budismo trata também de aceitar toda experiência de maneira incondicional — ele sussurrou.

Elsbeth tinha se arrumado, estava usando um vestido preto com flores roxas gigantes, um chapéu roxo com um véu pequeno, preto e esburacado, e um raminho de violetas na aba. Frederik se levantou e Elsbeth estendeu a mão na direção dele.

— Ah, então é você — ela constatou, radiante. — Todos já o aguardávamos ansiosamente.

— Obrigado — disse Frederik. — Que chapéu bonito.

Elsbeth ficou vermelha.

— Você acha? — ela perguntou e tocou no raminho de violetas. — Aliás, sabia que a pessoa que cheira uma violeta ou fica com sardas, ou fica louca?

— Elsbeth, por favor — sussurrei, e ela ficou ainda mais vermelha.

— Bem, é o que algumas pessoas dizem por aí — ela acrescentou rapidamente —, não é minha opinião. Bem, considero isso... — Elsbeth olhou ao redor, na esperança de alguém ajudá-la a terminar a frase, mas ninguém sabia como. — Aliás, no momento estamos ocupados com as confusões dos preparativos da festa de Natal — ela acabou falando —, no centro comunitário da cidade. Estamos pensando se ela deve acontecer de tarde ou de noite. É uma coisa... — Elsbeth parecia que estava tentando se lembrar de alguma coisa aprendida de cor havia muito tempo. — É uma coisa mesmo muito interessante.

Frederik se curvou para a frente e cheirou o raminho de violetas.

— Estou torcendo pelas sardas — disse ele. — O que tem nesse pacote?

— Bom dia — disse o dono do mercadinho, colocondo-se na frente de Elsbeth. — Sou o dono do mercadinho. — Ele desembrulhou sua bandeja de papelão, revelando copinhos de papel decorados com pequenos guarda-chuvas. — Trouxe da sorveteria. Temos dois *Amor secreto*, um *Desejo ardente* — disse ele, levantando cada um dos copinhos e colocando-os sobre a mesa — e um *Tentação flamejante*. E aqui algo muito especial, a mais nova criação de Alberto: *Taça tropical Astrid*. Ela também vai dar um pulinho aqui em breve.

— Delícia — disse Selma, puxando a mesa. Nós nos juntamos mais um pouco, todos se sentaram e Palm ficou bem na extremidade. Ele ainda não tinha dito nada e estava se parecendo com um garoto tímido de dez anos de idade. Os tufos do seu cabelo estavam eriçados. Para economizar espaço, o oculista colocou os braços sobre o encosto do banco atrás de Palm, tomando bastante cuidado para não tocá-lo.

— Esse é Werner Palm — disse Selma.
Frederik, então, estendeu a mão para ele.
— Prazer em conhecê-lo.
Palm ficou em silêncio, sorriu e fez um movimento simpático com a cabeça.
— Conte para nós — começou Elsbeth —, como são as coisas num convento?
— Por que você foi se tornar justo budista? — perguntou o dono do mercadinho. — Você não pensou em ter uma profissão?
— Há uma budista na sua vida? — perguntou Elsbeth.
— Eu estou interessado em saber como tentação flamejante e desejo ardente combinam com inabalável serenidade — disse o dono do mercadinho. — Você vive em celibato?
— Nosso oculista contou que por vezes quem está meditando acaba sendo surrado por outros monges — disse Elsbeth.
— É verdade?
— Você poderia falar alguma coisa em japonês para nós? — perguntou o dono do mercadinho.
— Agora vocês fiquem todos quietos, por favor — falei em voz alta, e todos me olharam como se essa fosse uma sugestão absolutamente inadequada que era melhor nem ter ouvido, e depois voltaram a encarar Frederik. Ele colocou a colher ao lado de *Desejo ardente* e disse que o convento costuma ser muito silencioso e o budismo realmente não era uma profissão, ele disse que não, não havia nenhuma budista na sua vida, pelo menos nenhuma que estivesse atrapalhando um celibato e, verdade, às vezes as pessoas recebem uma pancada durante a meditação, mas é uma pancada muito bem dada, que relaxa a musculatura dos ombros, e daí ele disse:
— *Umi ni sennen, yama ni sennen.*
— O que significa? — perguntou Elsbeth, ao que Frederik respondeu:

— Mil anos no mar, mil anos nas montanhas.

— Ah, que lindo! — exclamou Elsbeth, tocando minha mão por cima da mesa. — Poderia ser uma frase do seu pai.

Todos sorriram para Frederik como se ele fosse um documentário premiado.

Frederik abriu um sorriso e parecia um pouco constrangido.

— Vocês são todos muito simpáticos — disse ele.

— Não é? — confirmou Elsbeth, aprumando-se.

Frederik se levantou.

— Vou vestir novamente meu robe — disse ele, e nós assentimos, espantados, porque sempre pensamos que o nome daquilo fosse túnica.

Depois de Frederik ter passado pela porta, todos se viraram para mim.

— Bom homem — disse o dono do mercadinho.

— Ele é fantástico — afirmou Elsbeth. — Embora não seja tão bonito quanto você tinha dito, é incrivelmente inteligente.

Eles diziam isso como se eu tivesse inventado Frederik. Palm assentia, em silêncio, e o oculista exclamou, festivo:

— Bioluminescência.

— O que é isso? — perguntou Elsbeth.

— Trata-se de uma substância nos animais que faz com que brilhem por dentro — explicou ele.

Selma não disse nada e passou a mão pelo meu cabelo.

Frederik e eu fomos com Alasca até o Bosque das Corujas. Frederik usava a capa de chuva amarela do oculista sobre sua túnica; eu ainda estava com o vestido de Selma e a capa amarela dela.

— Somos uma sinfonia em amarelo — disse Frederik.

Calçávamos botas de borracha, Selma tinha botas de borracha de todas as épocas e tamanhos. Frederik segurava o guarda-chuva de Selma sobre nós dois, a chuva batia nele.

— Werner Palm não fala muito — constatou Frederik, e eu expliquei que ele não falava quase nunca, exceto quando era o caso de explicar alguma passagem bíblica, mas que ele sempre estava presente e que o ponto era exatamente esse: que Palm estivesse sempre presente e não sozinho na sua casa.

— Você também não fala muito, Luise — disse Frederik.

Não lhe disse que estava ocupadíssima com o fato de, subitamente, ele estar à mesa – quer dizer, com o fato de eu ter me aberto para o mundo. E também pelo fato de ele também ter se aberto para o mundo na forma de Selma, do oculista, do dono do mercadinho, Elsbeth e Palm. Não falei da lista no bolso da minha calça, a cujos pontos ninguém se ateve, e nem que sob essas circunstâncias não é mesmo possível falar muito e o melhor a fazer é só ficar olhando.

— Rudi Carrell — disse eu.

Frederik olhou para cima.

— Onde? — perguntou.

— Selma — respondi —, ela se parece com Rudi Carrell.

— Bingo! — exclamou Frederik. — Era a ele que eu estava me referindo.

A chuva caía tão pesada que mal dava para enxergar alguma coisa; caminho e campina havia tempos eram indistinguíveis, e toda a beleza da paisagem na qual hoje, excepcionalmente, eu não teria passado de maneira desatenta, que eu adoraria apresentar a Frederik como se fosse minha invenção, estava diluída. Segurei na borda do guarda-chuva que ameaçava quebrar sob a tempestade.

Frederik fechou o guarda-chuva desmilinguido e pegou minha mão como se tivesse havido um deslocamento temporal, como se muitos anos tivessem se passado desde a noite passada, quando ele pegou minha mão pela primeira vez, como se fosse absolutamente natural nós andarmos de mãos dadas.

Corremos de volta de um jeito que eu só tinha corrido quando criança, com Martin, quando achávamos que um Cérbero ou outro tipo de morte, que não existia, estava atrás de nós. Alasca corria ao nosso lado; foi exaustivo para ele, que estava muito mais pesado do que de costume pela pelagem encharcada de tanta água.

O oculista levou Frederik e a mim de volta à capital. Palm realmente ficou o tempo todo sem falar nenhuma palavra, só bem no final, quando todos estavam lado a lado diante da porta para acenar efusivamente para nós, Palm deu um passo adiante, pegou a mão de Frederik e disse:

— Que Deus te cubra com as mais ricas bênçãos.

— Desejo o mesmo para o senhor — Frederik respondeu, e ele se curvou tão profundamente diante de Palm que Palm esticou a mão para segurar Frederik caso ele perdesse o equilíbrio, mas não foi necessário.

Quando estávamos chegando à saída da cidade, diante da casa de Marlies, mamãe veio ao nosso encontro. Ela estava carregando um buquê de flores comprido sobre a cabeça, envolto em celofane. O oculista freou e baixou o vidro. Continuava chovendo como antes. Mamãe colocou a cabeça pingando dentro do carro.

— Que droga, estou atrasada de novo — disse ela. — Sinto muito. — Ela esticou o braço por sobre o oculista: — Sou Astrid, a mãe. Além disso, há pouco sou a ex-mulher do pai de Luise.

— Boa noite — cumprimentou Frederik.

Mamãe tirou a cabeça do carro.

— É para você — ela disse, empurrando o buquê pela janela; eram gladíolos de caule muito longo.

— Oh, obrigado — exclamou Frederik —, como são bonitas! — Ele encaixou o buquê desajeitadamente entre as pernas; as flores chegavam ao teto. Mamãe bateu no vidro de trás e sorriu para mim. Ela parecia alegre e muito jovem. Fiz um sinal com a cabeça para ela e enxerguei, atrás dela, uma movimentação na sala escura de Marlies. Mamãe segurava a bolsa sobre a cabeça, embora isso não adiantasse mais de nada, e continuou caminhando. Abri a porta do carro e fui até a casa de Marlies.

— Marlies, sou eu — chamei. — Você não quer dar um alô rápido?

Nenhum movimento.

— Você não precisa ser simpática também. Isso seria uma ideia muito idiota.

Marlies abriu uma fresta na janela.

— Me deixem em paz com a visita ridícula de vocês.

— Tudo bem — retruquei —, então passar bem. — E entrei de novo no carro.

Frederik se virou.

— Vem mais alguém?

— Não — respondi —, agora não vem mais ninguém.

O CORAÇÃO PESADO
DA BALEIA-AZUL

O carro do oculista era um Passat sedã cor de laranja dos anos 1970 e ele também estava apto a participar de uma experiência sobre imortalidade. O oculista havia usado esse carro para levar Martin e eu até a escola, no inverno, quando o trem regional não circulava por causa do excesso de neve, e ele também me levou durante meio ano, todos os dias, quando eu não quis mais entrar no trem depois da morte de Martin.

— Por que a porta do trem não abriu do meu lado? — perguntei ao oculista dois meses depois da morte de Martin, sentada no banco de trás.

O oculista parou no acostamento. Ele tinha ligado o pisca-alerta e ficou me olhando durante um tempo pelo espelho retrovisor. Eu estava sentada sobre dois travesseiros para que o cinto de segurança ficasse corretamente posicionado no meu ombro. Desde a morte de Martin, o oculista colocava o cinto em mim no banco de trás.

Ele se virou em minha direção.

— Você ainda se lembra de quando te ensinei o relógio e o deslocamento de tempo, os fusos horários?

Fiz que sim com a cabeça.

— Também te expliquei quando escrevemos em maiúsculas ou minúsculas no alemão, quando usamos o β e as quatro operações matemáticas. E tudo sobre árvores de folhas perenes e aquelas que ficam nuas. E sobre os animais do mar e da terra.

Assenti de novo e pensei que o oculista conseguia relacionar entre si as coisas mais bizarras, por isso certamente haveria algo em comum entre as quatro operações e uma porta de trem regional.

— E quando você for mais velha — disse o oculista — vou te explicar muito mais. Poderei te explicar a composição e o funcionamento do olho e como dirigir um carro e como embutir alguma coisa. Poderei te explicar a posição da Terra e todas as constelações. E também poderei te explicar o que eu mesmo não entendo. Se você quiser saber algo sobre o que não tenho ideia, então vou ler tudo a respeito e vou conseguir te explicar. Estou à disposição para tudo. — O oculista passou a mão esquerda sobre o ombro direito e afagou meu rosto. — E também estou aqui para essa pergunta.

Ele desceu do carro, deu a volta nele e se sentou ao meu lado no banco de trás.

— Nunca me sentei aqui — ele disse, olhando ao redor. — Mas é gostoso aqui atrás com você, Luise.

Ele olhou para as mãos, como se minha pergunta estivesse ali, como se ele a segurasse, para que pudéssemos observá-la de todos os lados.

— Não há resposta para sua pergunta — disse o oculista —, em nenhum lugar do mundo e nem fora dele.

— Nem em Kuala Lumpur? — perguntei. Era onde papai estava naquele momento.

— Nem lá — disse o oculista. — Quando tentamos achar uma resposta para essa pergunta, então é como se Vassili Alekseiev tentasse levantar cem mil quilos.

— Ninguém consegue isso — respondi.

— Isso mesmo — disse o oculista. — Anatomicamente é impossível. E a resposta à sua pergunta também é anatomicamente impossível.

Ele colocou a mão sobre a minha; minha mão desapareceu em meio à mão grande do oculista.

— Haverá momentos na sua vida em que você vai se perguntar se fez alguma coisa certa na vida — ele disse. — Isso é muito normal. Também é uma pergunta difícil. Por volta de cento e oitenta quilos, acho. Mas é uma que tem resposta. Ela em geral aparece tarde na vida da gente. Não sei se Selma e eu estaremos vivos nessa época. Por isso te digo agora: quando for a hora, quando essa pergunta aparecer e você não souber o que dizer na hora, então lembre que você deu muita alegria à sua avó e a mim, alegria suficiente para dar e vender. Quanto mais velho fico, mais acredito que fomos inventados apenas para você. E se houver um bom motivo para ser inventado, então esse motivo é você.

Encostei-me no ombro do oculista, ele encostou a bochecha na minha cabeça. Durante um tempo, ficamos ouvindo apenas o barulho do pisca-alerta.

— Alguém tem de me levar para a escola agora — disse eu.

O oculista sorriu.

— Então acho que sou eu — disse ele, que me deu um beijo na cabeça e voltou ao banco do motorista.

Frederik tentou por algum tempo ajustar o buquê de gladíolos que estalava, mas depois desistiu. Ele encostou a cabeça na janela lateral, a fim de conseguir enxergar apesar das flores. O oculista olhava de vez em quando para ele, mas o buquê bloqueava sua visão.

Alasca dormia. Ele ocupava quase todo o banco traseiro, e sua cabeça estava pousada no meu colo. Dava para escutar o barulho da chuva do lado de fora, o esforço dos limpadores de para-brisa, de vez em quando o estalar do celofane.

Coloquei as pontas dos dedos na extremidade superior da janela fechada, na qual a água escorria. *Este carro velhíssimo não deixa a água entrar*, pensei.

— Posso lhe dizer uma coisa? — perguntou o oculista de repente, sem tirar o olhar da pista.

— Claro — respondeu Frederik atrás do buquê de flores.

O oculista olhou rapidamente para mim, atrás, depois pigarreou e tudo o que o oculista disse depois foi dito em voz baixa, como se ele torcesse secretamente para que a chuva abafasse a sua voz.

— Você falou daquelas pauladas — disse o oculista. — Li que a gente também as recebe quando os pensamentos nos levam para longe durante a meditação. No meu caso, são meus próprios pensamentos que me dão pauladas. E eu sou composto de muito mais do que sessenta e cinco por cento de pensamentos.

E daí o oculista contou a Frederik das vozes que o atropelavam e faziam-no cambalear, que o acusavam de tudo que ele não tinha feito por causa delas. Ele contou que tinha tentado enfrentar as vozes com frases de cartões-postais e com o budismo, e também que se colocou diante delas como céu e como rio. Frederik não disse nada. Sua cabeça estava perto da janela e as luminárias da rua desapareciam na chuva e formavam uma faixa de luz.

— Você deve estar achando que sou maluco — disse o oculista. — Você certamente acha que eu deveria procurar um médico imediatamente. — Ele limpou o para-brisa com a manga da sua jaqueta. — Já estive no médico — disse ele. — Ele fez um eletroencefalograma.

O oculista olhou para Frederik e depois para os gladíolos mudos.

— Você certamente acha que eu deveria ir a um médico sem aparelhos e instrumentos. Você certamente acha que eu deveria ir a um psicólogo. Mas não quero me consultar com um psicólogo — ele disse, ligando a seta. Estávamos quase chegando. — Psicólogos estalam e mandam os pacientes sair mundo afora. Mas não quero. Sou velho demais para o mundo.

Você tem a idade do mundo, pensei no banco de trás.

— Nunca falei disso para ninguém — disse o oculista para os limpadores, para a chuva, para o celofane, para Frederik.
— Espero não ter sido inconveniente.

Ele parou diante da minha casa e finalmente Frederik falou alguma coisa.

— Já chegamos? — ele perguntou.

— Entre um instante — disse Frederik diante da minha porta. O oculista olhou para mim, e eu concordei com a cabeça.

— Mas só rapidinho — disse o oculista.

No meu apartamento, o oculista circundou o sofá-cama, foi até a foto do Carnaval e tirou-a da parede.

— Estamos todos aqui — disse ele. — Acho que estou bem de canteiro.

Frederik ficou parado junto à porta.

— Esta estante está impossível deste jeito — ele disse, sumindo em direção à cozinha.

— O que está impossível na estante? — sussurrou o oculista.

— Na opinião dele, está torta — eu disse.

O oculista deu um passo para trás e observou a estante com atenção.

— Sim. Agora que você falou...

— Vocês podem dar um pulinho aqui? — Frederik chamou lá da cozinha.

Ele estava sentado numa das minhas duas cadeiras, apontando para a outra. Sobre a mesa, havia os instrumentos de otorrinolaringologia de papai.

— O que você pretende fazer? — perguntou o oculista, e Frederik disse apenas:

— Por favor, sente-se.

O oculista me olhou, eu dei de ombros e ele se sentou. Frederik estava com o espelho frontal de papai na cabeça. Como a cabeça de papai era maior do que a de Frederik porque ele tinha cabelo, Frederik tinha de segurar o espelho com uma das mãos. Com a outra, pegou o espéculo nasal prateado. O oculista olhou para Frederik.

— Agora vou examinar as vozes — disse Frederik.

— Convenhamos — disse o oculista —, isso não vai dar certo.

— Vai, sim — afirmou Frederik. — Trata-se de um novo método, um método japonês.

O oculista olhou para Frederik como se fosse Frederik quem estivesse necessitando urgentemente de um psicólogo.

— Por favor, olhe para a frente e não se mexa — disse Frederik, que se curvou na direção do oculista e examinou seu ouvido.

— Na verdade, esse instrumento é para o nariz — eu disse.

Frederik levantou rapidamente o olhar na minha direção, a lâmpada estava pouco acima de suas sobrancelhas.

— Não no Japão — ele disse, voltando a atenção à orelha esquerda do oculista.

Alasca entrou e ficou farejando o estojo com o restante dos instrumentos; ele ficou contente, talvez ainda tivessem um cheirinho de papai.

— E? — perguntou o oculista depois de um tempo.

— Posso reconhecê-las claramente — afirmou Frederik.

O oculista estava absolutamente imóvel. De repente, ele se lembrou de uma consulta com o médico da cidade vizinha, aos cinco anos de idade. Estava com catapora, cheio de pústulas vermelhas, muita febre e calafrios. A febre trouxe pesadelos, tanto de dia quanto de noite, por isso o oculista chorou muito, mesmo depois de acordar.

Ele tinha medo de ir ao médico. Medo de o médico dizer: "Agora pare de chorar", medo do estetoscópio frio. Mas o médico tinha dito, de maneira muito simpática: "Por favor, sente-se, rapaz pontilhado", esfregando as mãos até aquecê-las e soprando o estetoscópio para que nada estivesse frio. Depois, explicou ao oculista que uma porção de campeões mundiais de boxe entrariam nele com o suco que ele logo iria beber e a pomada que ele logo iria passar. Disse ainda que esses campeões eram tão pequenos que não dava para enxergá-los a olho nu, mas que eram muito fortes e tinham sido criados especialmente para nocautear a catapora. Por causa dos campeões mundiais invisíveis dentro dele, que estavam ao seu lado, que iriam destruir a febre e também os pesadelos, o oculista começou a se sentir imediatamente melhor.

Claro que o oculista não acreditou nem por um segundo que Frederik pudesse ver as vozes. Mas a criança que o oculista tinha sido acreditou com prazer.

— Verdade? — o oculista perguntou. — Você está conseguindo vê-las?

— Estão bem nítidas aqui na minha frente — disse Frederik. — Trata-se de pelo menos três vozes. São realmente... são realmente bastante feiosas.

— Não é mesmo? — o oculista concordou e sorriu para Frederik.

— Fique quieto, por favor — disse Frederik, e logo em seguida o oculista voltou a olhar para a frente.

— Muito feiosas — repetiu Frederik. — E acho que você já está com elas há um bom tempo.

— Isso é verdade — confirmou o oculista. — Verdade.

Frederik segurou a lâmpada com mais força, prendeu o espéculo entre os dentes, com a mão livre segurou a perna da cadeira e girou ao redor do oculista até chegar ao outro lado.

— Agora vou olhar seu ouvido direito — disse ele. — Ah, agora eu as vejo por trás.

O oculista continuava a olhar para a frente, concentrado, mirando os azulejos sobre minha pia.

— Algumas pessoas dão nomes às suas vozes — disse Frederik. — Mas para mim isso não adiantou.

O oculista se virou e encarou Frederik.

— Então você também tem algo parecido?

— Claro — respondeu Frederik. — Por favor, olhe novamente para a frente.

— Dá para fazer algo a respeito? — o oculista perguntou sem se mexer.

— Sinceramente, não — disse Frederik. — Essas vozes vão ficar, muito provavelmente. — Ele bateu no ouvido do oculista com o espéculo de nariz. — E para onde elas iriam? Elas não têm mais ninguém além de você. E elas também não aprenderam outra coisa senão a ficar enchendo sua paciência.

O espelho frontal escorregou sobre os olhos de Frederik e ele empurrou-o para trás.

— Pare de ler para as vozes. Nada de cartões-postais nem de budismo. Elas são muito velhas, já conhecem tudo isso.

Ele colocou o espéculo sobre a mesa da cozinha e encarou o oculista. O oculista pegou o espéculo e ficou observando-o por muito tempo.

— É fantástico o que a tecnologia moderna consegue fazer — disse ele, sorrindo.

***

O oculista foi para casa. Lá ele se deitou de bruços na cama, na cama que dava para uma pessoa certinho, e ele se sentia pesado como o coração de uma baleia-azul, pesado como algo que somos anatomicamente incapazes de levantar. Antes de adormecer, o oculista ainda pensou que era preciso contar para Selma que era possível ser tão sólido e pesado – *mas só se ela ainda não souber*.

Claro que as vozes no oculista não dariam sossego apenas porque alguém tinha feito de conta que as tinha visto. Não era tão simples, mas a partir de então a coisa começou a ficar menos difícil.

O oculista parou de ler para as vozes. Parou de lhes afirmar que ele era um rio ou um céu, afinal isso é muito fácil de ser contestado. Parou de afirmar qualquer coisa; simplesmente não respondia mais nada. E com o tempo o sibilar das vozes transformou-se num balbucio; suas queixas tornaram-se lamúrias. O oculista não perdeu as vozes, mas com o tempo as vozes perderam o oculista. Quando diziam alguma coisa – o que continuavam a fazer com frequência e gosto –, passaram a se dirigir mais e mais ao vazio, como a uma secretária eletrônica quebrada.

BIOLUMINESCÊNCIA

— Fazia tempo que eu não falava tanto quanto hoje — disse Frederik.

Estávamos sentados no peitoril, olhando para o sofá e para a minha cama, onde na noite passada ambos não tínhamos conseguido dormir. Entre nós havia uma tigela com amendoins, que Frederik já tinha esvaziado uma vez e reposto.

— Gostaria de ficar mais — disse Frederik —, mas amanhã tenho de voltar.

Olhei para Frederik e ele deve ter conseguido perceber direitinho que eu achava isso ruim.

— Isso é ruim? — perguntou ele.

Pensei na autenticidade que o budismo preza e que eu havia negado a todo mundo; apesar disso, ela tinha encontrado seus caminhos e não foi ruim. *Autenticidade*, pensei, *vamos, Luise, um, dois, três.*

— Não — respondi, *droga*, pensei —, não, não é ruim.

Um livro, que estava colocado sobre os outros, torto, caiu no chão, *Demolição da psicologia*; tinha sido presente de papai.

— Na sua presença, as coisas vez ou outra acabam caindo — disse Frederik.

Olhei-o de soslaio, do jeito que olhamos quem a gente gosta mais do que gostaria de admitir. Ele parecia cansado. Eu estava acordadíssima, mas fiz de conta que ia bocejar.

— Já está muito tarde — falei —, vou escovar os dentes.

— Faça isso — disse Frederik, e eu fui escovar os dentes. Depois voltei e me sentei novamente ao seu lado.

— Então eu também vou escovar os dentes — disse ele.

— Faça isso — disse eu, e Frederik foi escovar os dentes, voltou e se sentou novamente ao meu lado.

— Ainda tenho de dar o comprimido da noite para o Alasca — disse eu.

— Faça isso — concordou Frederik, e fui até a cozinha, onde Alasca já tinha se enrolado debaixo da mesa, sobre sua coberta. Meti seu comprimido da noite num pedaço de salsicha, coloquei-o na sua frente, voltei e me sentei novamente ao lado de Frederik.

— O que é que ele tem? — perguntou ele.

— Hipotireoidismo e osteoporose — respondi.

Pensei o que ainda era possível fazer.

— Vou ligar rapidinho para Selma — disse eu —, para perguntar se ainda está chovendo forte por lá.

— Faça isso — disse Frederik.

Pensei em como era possível alguém ser tão bonito, e também que no budismo tudo gira em torno do não fazer.

— Aliás, eu não faço outra coisa a não ser não te beijar — falei, levantando rapidamente para ir até o telefone. Frederik me segurou pelo punho.

— Agora eu não aguento mais — ele disse, pegando minha nuca e puxando meu rosto para perto dele. — Em algum momento isso tem de acabar. — E daí começou. Frederik me beijou, eu beijei Frederik e de um jeito como se tivéssemos sido feitos para isso.

Frederik tirou a túnica por cima da cabeça como se fosse um pulôver longo demais, e depois passou a desabotoar o vestido de Selma.

Frederik agia com muita concentração, como se gerações futuras pudessem tirar conclusões valiosas a partir dos seus movimentos. O procedimento demorou muitíssimo, como se Frederik estivesse desabotoando todo o trajeto entre a Alemanha e o Japão, dando oportunidade da minha travação se sentar confortavelmente ao nosso lado junto à janela. A travação me fez pensar que nunca tinha estado tão nua diante de ninguém como logo estaria diante de Frederik depois de ele ter desabotoado todo o trajeto, e que sempre tinha me preocupado em manter a nudez não iluminada e debaixo das cobertas, *por um bom motivo*, pensei, mas felizmente também pensei que as coisas podem sumir quando a gente fala delas.

— Não tenho nem metade da tua beleza — eu disse.

Frederik tinha aberto o último botão, o botão mais embaixo do vestido de Selma. Ele se levantou e tirou o vestido dos meus ombros.

— Você é três vezes mais bonita — disse ele, levantando-me e colocando-me sobre a cama. A travação ficou onde estava, junto à janela.

E tudo o que Frederik passou a fazer então foi feito com absoluta precisão, como se ele tivesse se ocupado durante anos com um mapa do meu corpo, como se um mapa desses estivesse pendurado na parede de Frederik lá no Japão, como se ele tivesse ficado na frente dele decorando exatamente todos os caminhos.

Eu não tinha nenhum mapa do corpo de Frederik. Não sabia onde começar e fiquei tateando seu peito e sua barriga.

Frederik pegou minhas mãos.

— Por enquanto, você fica quietinha — disse ele. E, segurando meus ombros, pressionou meu tronco contra o colchão.

— Frederik? — eu sussurrei, quando ele estava em algum lugar bem embaixo, nos lados de dentro, com a boca e as mãos, que não precisavam procurar por seus caminhos.

— Hã? — murmurou Frederik, como se eu tivesse batido na porta do seu quarto numa hora imprópria, atrás da qual alguma coisa espetacular estivesse acontecendo.

— Você é de uma precisão impressionante.

Frederik me encarou.

— A gente não diz isso de aparelhos de barbear?

Ele sorriu para mim, seus olhos não eram mais azul-ciano ou turquesa, mas quase pretos. Lembrei-me do que o oculista havia me explicado, quando eu era criança, sobre as pupilas: que elas aumentam na escuridão e na alegria.

Frederik se aproximou do meu rosto, pousando a cabeça no meu pescoço e a mão sobre meu peito, atrás do qual meu coração martelava feito alguém do lado de fora que não pode entrar. *Meu coração não tem nada em comum*, pensei, *com o coração de uma baleia-azul.*

— Por que você está tão calmo? — perguntei. Frederik me beijou e disse:

— Estou tão calmo porque você está tão nervosa.

Ele acariciou meu pescoço com o dorso da mão.

— Já te disse que não é para você fazer nada — ele sussurrou.

— Mas eu não estou fazendo nada — me defendi.

— Está, sim — Frederik sussurrou. — Você não para de se preocupar.

Virei a cabeça para ele, minha boca junto à testa dele.

— Você não se preocupa nem um pouco?

— Não — respondeu Frederik junto ao meu pescoço, colocando a mão na depressão entre minhas costelas e minha bacia —, agora não — murmurou ele —, amanhã talvez. — Ele colocou a mão espalmada debaixo do meu umbigo e agora era hora de acabar com o fazer nada e eu o abracei. — Amanhã vou pensar um monte de coisas — sussurrou ele, abrindo com sua perna as minhas —, mas agora não, Luise — continuou, sussurrando, mas eu já não estava ouvindo mais nada.

Por volta das três da manhã, acordei. Frederik estava deitado ao meu lado, os braços cruzados sob a cabeça, o rosto voltado para mim, dormindo. Fiquei observando-o por um tempo e passei o dedo sobre seus cotovelos ásperos.
— Lembre-se bem disso — falei em voz baixa. Falei para mim mesma e para a travação, que estava bem longe, na janela.
Sentei-me na beirada da cama. Por um instante, achei que havia entrado chuva, mas a poça no meio do quarto era apenas a túnica de Frederik.
Minha coberta estava no chão. Ela tinha escorregado havia muito, peguei-a como um pescador muito velho pega uma rede. Demorou. Meus braços eram noventa por cento compostos de água, eu estava grogue de amor.

E, enquanto eu ia puxando a coberta, o oculista dormia profundamente na sua cama, de bruços, sem ter se mexido nem uma única vez durante a noite. Enquanto isso, no sofá de Elsbeth, Elsbeth e Palm dormiam sentados. Elsbeth tinha adormecido primeiro e logo depois despertado de novo:
— Desculpe, Palm, mas você me deixa tão cansada — ela falou. — Todas essas passagens bíblicas e explicações.
Palm sorriu para ela e retrucou:
— Não tem problema, cara Elsbeth.
E Elsbeth adormeceu de novo, e Palm prosseguiu explicando até ele também cair no sono. Enquanto isso, Marlies não

dormia. Ela estava junto à janela, comendo ervilhas direto da lata, totalmente exposta na janela – coisa que só era possível à noite, quando não havia ninguém para perturbá-la. Ela metia as ervilhas na boca sem vontade porque seu corpo havia lhe avisado, timidamente, que naquele dia ela ainda não tinha comido nada. A água das ervilhas escorreu pelo seu queixo e ela limpou a boca. Enquanto isso, papai estava diante de um telefone público em Moscou, tinha consultado as horas no relógio de pulso, fuso da Europa central, e desligou novamente o fone. Enquanto isso, mamãe estava deitada ao lado de Alberto no apartamento em cima da sorveteria, sofrendo um acesso de soluço. Alberto tinha lhe perguntado algumas horas antes se eles não deviam morar juntos, e mamãe tinha começado a rir tão alto e por tanto tempo como há uma eternidade não fazia, como se morar junto fosse a piada mais engraçada do mundo. Alberto ficou magoado, com razão.

— Já deu — ele disse —, agora pare com isso.

Mas mamãe não conseguia parar.

— Desculpe, não tem nada a ver com você — ela tentou se explicar, lágrimas corriam pelo seu rosto. — É só tão, tão engraçado, também não sei por quê.

Ela tentou pegar no sono, mas o soluço não deixava, e, sempre quando mamãe pensava em "morar junto", ela começava a soluçar, até Alberto dizer:

— Basta, vou dormir no sofá.

E enquanto isso Selma estava deitada na sua cama sob o acolchoado florido, quase sonhando com um ocapi. No último instante, felizmente, ela percebeu que ao seu lado no Bosque das Corujas e iluminado pelo pôr do sol havia apenas um boi deformado.

UM ANIMAL SENTE ESSAS COISAS

Dormi até a metade da manhã e acordei com a campainha da porta. Frederik tinha sumido, apenas a túnica e sua mala ainda estavam por ali. Bêbada de sono, fui até a porta e atendi o interfone.

— Desça, por favor — disse Frederik —, você tem de me ajudar a carregar.

Como eu não tinha roupão de banho, vesti a túnica de Frederik e desci a escada.

Frederik estava diante da porta; ao seu redor, seis caixas de papelão.

— Você está parecendo um boneco de biscoito queimado — disse ele.

— E você está parecendo tão normal — disse eu, pois Frederik estava usando o que pessoas costumam usar, jeans e pulôver.

Apontei para as caixas.

— O que é isso?

— Aquela estante torta é simplesmente impossível — disse ele. — Comprei uma nova.

Carregamos as caixas até o corredor e subimos as escadas com elas, Frederik atrás de mim.

— Como você as trouxe até aqui? — perguntei. Frederik parou.

— Carregai todos os dias as dádivas da vida e alcançarás a iluminação — ele disse.

Virei-me e olhei para ele.

— Foi uma piada — disse ele. — Busquei um táxi que aceitasse transportar mercadorias grandes.

No apartamento, ele consultou o relógio.

— Tenho de ir — disse ele. — Você precisa montar sozinha.

— E nenhum de nós sabia que, por oito anos, eu não faria isso.

O aeroporto fervilhava de verdades cuidadosamente guardadas, que queriam vir à luz no derradeiro instante. Por todos os lados havia pessoas que se abraçavam pela última vez e eu gostaria que elas estivessem fazendo isso porque a verdade que tinha vindo à luz não era tão terrível e assustadora como se imaginava. Talvez essas pessoas se abraçassem tão forte apenas para que a verdade abafada não tivesse chance de sair, soltar seu fedor e fazer barulho nos últimos metros.

Estávamos diante do painel dos voos. Frederik colocou a mala no chão e me encarou.

— Vou te devolver — ele disse —, eu te mando. — Ele estava se referindo a cento e vinte e três marcos.

Apenas muito em cima da hora nos demos conta de que não tínhamos carro e por isso tivemos de ir de táxi.

— Precisa mesmo levar esse bicho grande e horrível? — o motorista do táxi esbravejou, e Frederik respondeu:

— Sim, precisa. O bicho grande e horrível tem de estar sempre conosco.

Estávamos sentados no banco traseiro, com Alasca acomodado entre nós – metade no banco, metade no espaço para as pernas. Frederik tinha avisado que ia se preocupar e agora ele estava se preocupando. Fiquei observando.

Passamos a viagem inteira mudos; apenas pouco antes de chegarmos à entrada do aeroporto, Frederik colocou o braço ao redor dos meus ombros, o que significava, em primeiro lugar, colocar o braço ao redor de Alasca.

— Por que você está tão calma? — perguntou ele.

— Estou tão calma porque você está tão nervoso — respondi, e era verdade, eu não estava nervosa, ainda não. Fiquei nervosa apenas ali, naquele instante, no saguão de partida.

— Não — disse eu —, não me devolva o dinheiro. Afinal, você me deu a estante de presente.

Olhamos para cima até o gigantesco painel de anúncios quando ele se atualizava em alto e bom som. As letras caíam umas sobre as outras, dissolviam-se num preto e branco borrado. Nós e todos ao redor ficávamos esperando as letras se reorganizarem, olhávamos para cima na expectativa de o painel nos revelar em instantes os próximos capítulos da vida. As letras se acalmavam e o painel realmente revelava quais seriam os próximos capítulos, mas só dos cinco minutos seguintes, e da maneira sucinta de um painel.

— Portão cinco B — leu Frederik.

No caminho através do saguão, Alasca de repente puxou a guia com tanta força que eu quase perdi o equilíbrio.

Ele puxou na direção de um homem que vinha ao nosso encontro. Apertei os olhos. Nunca o tinha visto, mas sabia imediatamente de quem se tratava.

— Perdoe-me vir falar com você assim de supetão — ele se desculpou com Frederik. — Sou o doutor Maschke, psicanalista. Você é budista, certo? — Ele esticou a mão para Frederik. Sua jaqueta de couro estalou.

— Isso — respondeu Frederik —, sou budista. — Ele me olhou rapidamente. — Ou, pelo menos, acho que sou.

— Me interesso muito pelo budismo. Você pratica o zazen?

Frederik fez que sim com a cabeça, e o doutor Maschke não parava de encará-lo; ele o olhava tão encantado quanto o senhor Rödder olhara para a bolsinha de selim em couro.

Encarei o doutor Maschke. Seu cabelo era arruivado, a barba curta, arruivada, os óculos redondinhos. A idade batia mais ou menos com a de papai.

— Maschke, meu nome — ele disse para mim, apertando-me a mão de leve. Ele queria se voltar rapidamente para Frederik de novo, mas seu olhar ficou preso no meu rosto. — Você me lembra alguém.

— Meu pai — respondi.

— Mas que coisa — disse o doutor Maschke —, você é a filha do Peter! Vocês são parecidíssimos. Que bom a gente finalmente se conhecer.

Alasca não cabia em si de felicidade, provavelmente porque ele próprio tinha sido ideia do doutor Maschke.

— Alasca foi ideia do doutor Maschke — expliquei para Frederik. — E também a viagem ao redor do mundo de papai.

— Não — retrucou o doutor Maschke. — Muito pelo contrário. Naquela época, tentei por várias vezes demovê-lo da ideia. Aconselhei-o enfaticamente a ficar com você. Mas diga uma coisa — ele se dirigiu novamente a Frederik —, eu gostaria de fazer uma pergunta sobre o budismo yogacara.

— Não é verdade — falei, indignada —, foi tudo ideia sua.

E nesse mesmo momento percebi que não tinha a mínima comprovação de que o doutor Maschke tinha mandado papai viajar mundo afora, que Selma e eu apenas havíamos achado isso – e que poderia ser o inverso também.

— Então pergunte — disse Frederik.

Doutor Maschke limpou a garganta.

— Para ser mais exato, tenho uma pergunta sobre os oito Vijñānas.

— O que deu no Alasca? — perguntei, porque ele não parava de se alegrar com a presença do doutor Maschke.

— Passamos um belo dia juntos — disse o doutor Maschke, fazendo um cafuné casual na cabeça do cachorro. — Minha pergunta se refere, mais precisamente, ao Alaya Vijñāna.

— O depósito de consciência — disse Frederik.

— Exato! — O doutor Maschke estava radiante.

— Como assim vocês passaram um belo dia juntos? — perguntei.

— Alasca me visitou num verão desses — disse o doutor Maschke. — Passamos o dia inteiro juntos.

Pensei no dia em que Alasca sumiu e Frederik apareceu.

— Ele estava com o *senhor*?

Frederik olhou para mim.

— Então essa foi a aventura do Alasca — disse ele. — Você está pálida, tudo bem?

Eu estava pálida porque a gente sempre troca de cor quando, de repente, descobre que era tudo o contrário.

— Por que ele foi procurar justamente o senhor?

— Porque estava com saudades do Peter, acho — disse o doutor Maschke —, e eu sou bastante ligado ao seu pai. Um animal sente essas coisas.

— Eu também sou muito ligada ao meu pai — eu disse, e o doutor Maschke continuou:

— Sim, mas, veja bem, uma psicanálise forma um laço bem diferente.

Frederik pôs a mão nas minhas costas. *Vá embora*, pensei na direção do doutor Maschke. Pensei nisso com muita força.

— Infelizmente preciso ir agora — disse Frederik ao doutor Maschke.

— Mas e o Alaya Vijñāna? — perguntou o doutor Maschke.
— Quando sai seu avião? O meu, só em meia hora.

Dei um cutucão de leve no flanco de Frederik. Ele olhou para mim.

— Antes da minha partida, ainda preciso introduzir Luise — ele começou a explicar — nas nobres verdades. O senhor sabe.

O doutor Maschke sabia, claro.

— Foi uma honra conhecer um profissional do seu quilate. Sua decisão por esse caminho é incrível.

— Agora se contenha — disse eu, supostamente apenas para o Alasca, que ainda estava abanando o rabo para o doutor Maschke e ainda puxava a guia na direção para a qual o doutor Maschke estava se afastando.

Acompanhamos seu trajeto com o olhar.

— É tudo o contrário — eu disse baixinho —, não acredito.

Caminhamos até a área de segurança, na qual apenas Frederik podia entrar. O doutor Maschke e o depósito de consciência tinham roubado muito tempo, restavam apenas poucos minutos.

— Sabe de uma coisa — disse Frederik —, se tudo é o contrário, então isso também vale para algumas outras coisas.

— Por exemplo?

— Talvez você tenha sido feita para os sete mares.

— Mais uma vez, obrigada pela estante — disse eu, e Frederik pediu:

— Respire, Luise.

— Como mesmo?

— Com a barriga.

— A propósito — disse eu, tirando um saquinho da bolsa. Eu havia trazido muitos amendoins.

— Obrigado — agradeceu Frederik. Ele passou a mão na cabeça, como se tivesse esquecido que não havia cabelo por lá.

— Eu sei, Luise, há muitas perguntas em aberto — ele disse.
Eu não conseguia ver as perguntas em aberto de Frederik. As minhas estavam diante dos meus pés, como lugares circundados de vermelho, com perigo de ceder. Lá estavam, por exemplo, "Como vai ser daqui para a frente?" e "O que vamos fazer agora?".

— Não sei te dar nenhuma resposta já — disse Frederik. — A não ser que você queira fazer uma pergunta sobre o budismo yogacara.

Ele sorriu e pegou meu rosto com as mãos.

— Você está tão desfocada de novo, Luise.

E eu queria dizer para ele que tanto fazia quantos "tudo é o contrário" estavam em jogo, de modo algum eu tinha sido feita para os sete mares, mas sim para ele, embora isso também estivesse circundado de vermelho.

— Você tem de ir agora — eu disse.

— É.

— Vá tranquilo — eu disse.

— Para isso você teria de soltar minha mão — disse Frederik, e eu a soltei.

— Agora você consegue — eu disse, e Frederik passou pela porta de vidro que se fechou atrás dele, sem que eu pudesse pôr um pé no meio, porque é impossível quando se é composto de noventa por cento de água.

Frederik foi embora, eu segurei a guia do Alasca porque ele tinha voltado a puxá-la, Frederik se virou e acenou, e em seu aceno havia um espanto súbito, ele olhou por cima da minha cabeça como se atrás de mim estivesse se aproximando uma tempestade. Virei-me. Bem atrás de mim estava o doutor Maschke.

— Ele vai voltar — ele disse.

Doutor Maschke falou isso como um cientista condecorado que apresenta uma sensação mundial. Ele falou de maneira tão festiva que por um instante não entendi se estava se referindo a Frederik ou a alguém que não podia voltar de maneira puramente anatômica, como meu avô, como Martin.

— Vá embora — eu disse. Eu nunca tinha me dirigido a alguém dessa maneira, e pensei em Marlies, que passava o dia inteiro repetindo essa frase.

O doutor Maschke sorriu para mim de um jeito bondoso.

— Tudo bem ficar brava — ele disse. — Quem nunca solta a raiva não consegue se atualizar.

— Vá embora e pare de ficar perturbando todo mundo com sua jaqueta de couro — eu exclamei, e funcionou.

Por cento e vinte e quatro marcos fui de carro de volta com Alasca para a cidade, direto para a livraria. Paguei o motorista do táxi; o dia tinha sido tão dispendioso como nenhum outro antes. Pensei no agente oficial que um dia foi até a casa do camponês Ledig, marcou com um adesivo oficial tudo o que o camponês Bauer tinha e avisou: "Agora nada disso é mais do senhor".

VEJA NO ALTO

A bem organizada festa de Natal no centro comunitário da cidade transcorreu sem maiores problemas e foi realizada de tarde. Palm ficou em silêncio durante quase a festa inteira, embora muitos trechos bíblicos pudessem ter sido abordados. Ele falou apenas duas palavras durante toda a tarde, que foram as seguintes: "Ao Martin".

No encerramento de todas as festas de Natal no centro comunitário da cidade, o oculista erguia sua taça, toda a cidade repetia "Ao Martin" e olhava para cima, para o teto decorado, acima do qual Martin estava sentado numa nuvem no céu, bem próximo do Senhor, e acenava para nós. Palm, que brindava não com vinho, mas com groselha, nos explicou assim.

Depois, o oculista, Palm e Elsbeth foram até a casa de Selma. Mamãe tinha decorado todo o andar de Selma com coroas e galhos, o lugar cheirava a floresta. Tínhamos tentado de tudo, mas a árvore de Natal não queria ficar reta; por essa razão, o oculista calçou luvas de jardinagem e segurou-a enquanto cantávamos. Segurou-a com o braço estendido bem embaixo da ponta como se fosse um ladrão pego em flagrante com risco de fuga.

Cantamos uma canção natalina. Tinha sido desejo de Palm, que cantava em voz alta e com gravidade. Papai estava ao telefone, em Bangladesh. O fone ficou ao nosso lado na mesinha do sofá e papai se juntou ao coral.

Depois de terminada a cantoria, de as velas terem sido apagadas e de a árvore estar apoiada na parede, o oculista falou de repente:

— Tenho uma coisa a dizer para vocês. Não consigo mais manter segredo.

Selma estava com o assado de Natal nas mãos, Elsbeth carregava seis pratos, mamãe e eu, ao lado de Palm no sofá, estávamos prestes a brindar com o licor de ovos de Selma. Todos paramos imediatamente, como que encantados. *Agora, pensamos, agora ele vai revelar o que todos sabemos há tempos.*

Selma parecia enraizada com o assado de Natal, como se lamentasse ter acabado de dar um passo largo sobre o lugar circundado de vermelho em vez de pisar ali bem no meio e desaparecer no chão.

O oculista foi na direção de Palm. Palm encarou-o com os olhos arregalados.

— Eu? — perguntou ele.

— Sim, você — disse o oculista.

Palm se ergueu. Ficamos com a impressão de que já era possível se mexer de novo.

— Werner Palm — falou o oculista com as mãos tremendo —, eu serrei as pernas do seu observatório. Eu quis matá-lo. Sinto muitíssimo.

Selma suspirou aliviada. Todo seu corpo magro se tornou um único suspiro.

— Mas não aconteceu nada — Elsbeth exclamou rapidamente, ela ainda tinha os pratos na mão. — E já se passaram doze anos.

— Mesmo assim. — O oculista olhou para Palm. — Peço perdão. — O oculista tremia. Não sabíamos que a questão era tão pesada para ele.

Palm levantou os olhos para o oculista, apertando-os como se quisesse decifrá-lo.

— Não tem problema — disse ele. — Consigo até entender.

O oculista suspirou aliviado, seu corpo alto e fino se tornou um único suspiro. Apesar da proibição, ele quase abraçou Palm, mas Palm ergueu as mãos e disse:

— Eu também preciso dizer algo a vocês.

Selma colocou o assado de Natal no parapeito da janela.

— Bem, eu tenho algo a dizer pra você, Selma. — Ele cruzou as mãos atrás das costas. Nós outros, que continuávamos contando impassíveis com o amor, pensamos rapidamente se o amor seria despejado sobre Selma de um lado totalmente inesperado, se agora haveria a revelação de que Palm a amava secretamente, e o que Selma faria caso Palm lhe confessasse seu amor – afinal, desde a morte de Martin, Selma não conseguia mais negar nada a ele, exceto o cervo.

Coloquei o licor de ovos sobre a mesinha lateral e peguei a mão de mamãe.

— Eu quis te matar, Selma — disse Palm em voz baixa. Ele olhou para os pés metidos nos sapatos de domingo. — Antes da morte de Martin. — Ele ergueu rapidamente o olhar. — Por causa dos sonhos. Pensei que então ninguém mais iria morrer.

Todos olharam para Selma. Não conseguíamos avaliar se ela deixaria tudo passar em branco ou se agora se rebelaria contra Palm de uma só vez, parando de se dedicar a ele, recusando todas as suas explicações. Palm, dava para sentir, contava com isso.

Ela deixou passar.

— Você acabou não fazendo — ela disse e seguiu na direção de Palm.

— Eu já tinha carregado a arma — ele sussurrou. Selma queria passar a mão sobre o ombro de Palm, mas, já que não era possível, passou a mão pelo ar, alguns centímetros acima dos ombros dele.

— Que bom que você não me assassinou — ela disse.
— Fui tão idiota — disse Palm, soluçando. — Só o Senhor é imortal.
— O assado está esfriando — Selma lembrou. — Há mais tentativas de assassinatos ou vamos comer agora?
— Comer, sem dúvida! — exclamou mamãe. — Aliás, o Peter ainda está na linha.
— Ai, meu Deus — Selma disse e pegou o telefone.
— Não entendo nada, a ligação está muito ruim — disse papai. — Vocês já terminaram de cantar?
— Já — respondeu Selma —, todos já terminaram de cantar.

Mais tarde, de noite, fui com Alasca até a casa de Marlies carregando um pedaço de assado de Natal embrulhado em papel-alumínio. Antigamente Marlies ao menos estava presente nas festas, mas até isso ela tinha passado a evitar.
A noite estava clara, muito fria.
— Olhe como é bonito aqui — eu comentei com Alasca —, uma sinfonia composta de claro, frio e escuro.
Friedhelm passou com seus passinhos de dança, cantarolando outra canção natalina. Ele tirou o chapéu, eu o cumprimentei com um aceno de cabeça. Perguntei-me se a injeção contra pânico, que papai lhe ministrara doze anos antes, tinha sido uma injeção de efeito prolongado, que garantia felicidade e satisfação durante décadas.
Já que Marlies não iria abrir a porta mesmo, fui logo dando a volta pela casa até a janela da cozinha aberta.
— Feliz Natal, Marlies — eu disse. — Estou deixando um pedaço de assado aqui. Está maravilhoso.
— Não quero — Marlies exclamou. — Vá embora.
Apoiei-me na janela da cozinha.

— Você perdeu uma — eu disse. — Palm quase matou Selma e o oculista quase matou Palm.

Deu para escutar o barulho de uma cadeira empurrada abruptamente para trás.

— O quê? — Marlies perguntou.

— Quer dizer, não hoje. No passado.

Marlies ficou em silêncio.

— Você ainda se lembra da minha visita do Japão? — perguntei. — Ele esteve há algumas semanas aqui. E agora não entra mais em contato.

Marlies ficou em silêncio.

— Acho que vou ter de me conformar com isso — eu disse. — Ah, aliás... passei no período de experiência. Embora você tenha sempre se queixado.

— Suas sugestões são uma merda — Marlies disse.

— Provavelmente é por isso que ele não entra em contato — eu disse.

Coloquei o assado perto da janela. A folha de alumínio brilhava como a luz da lua refletida numa vasilha de alumínio.

Em janeiro, o oculista, Selma e eu fomos à capital ver um médico. Os membros de Selma continuavam a se deformar, e, para comprovar o que todos viam, suas mãos, pés e joelhos foram colocados sob um aparelho de raio X. Ela teve de ficar imóvel – o que fez de olhos fechados, e também não os abriu quando, nos intervalos, alguém vinha reposicionar seus membros para a próxima radiografia. Selma estava sentada ali, vendo por trás das pálpebras a imagem em preto e branco; ela via Heinrich, como se virava pela última vez, seu sorriso congelado. Enquanto isso, o aparelho de raio X tirava fotos em preto e branco do corpo congelado de Selma, e Selma, imaginando Heinrich, tentava não tremer enquanto o aparelho fazia seu trabalho.

O oculista e eu ficamos sentados na frente da sala de raio X.

— Uma carta do outro lado do mundo demora seu tempo. Ele já vai dar notícias — disse o oculista no mesmo instante em que Selma apareceu com uma coisa nas mãos que parecia ser uma mistura entre calçador de sapatos e garfo.

— Vejam só o que eles me deram de presente! — ela exclamou, feliz. Nos últimos tempos, Selma estava com dificuldade em erguer os braços até a cabeça e aquilo que ela segurava era um tipo de pente para o cabelo.

— Aliás, *você* também poderia mandar um alô — disse Selma mais tarde, no carro do oculista.

Visto que ela tinha razão, comuniquei no dia seguinte ao senhor Rödder:

— Vou dar uma ajeitada nas coisas aqui. — Empurrei a porta do quartinho dos fundos com o corpo, saltei sobre todas as coisas danificadas e cheguei até a mesa de armar; abri uma garrafa de licor de avelã que havíamos recebido de um cliente, de nervoso enchi pela metade uma xícara de café com a bebida e escrevi uma carta para Frederik.

Escrevi que a carta que Frederik certamente havia escrito não tinha chegado. Em seguida, escrevi muitas outras frases dizendo que, na verdade, era impossível uma carta do Japão chegar até Westerwald, dadas todas as armadilhas e da sempre provável falha humana às quais uma carta dessas está sujeita em seu trajeto; certamente, escrevi, a primeira carta de Frederik do Japão foi a única, em todos os tempos, que conseguiu chegar até aqui.

E depois de eu ter tomado a terceira meia xícara de licor de avelã, comecei com os "nunca" e os "sempre". Escrevi a Frederik que ele tinha revirado toda minha vida e que desde o primeiro instante eu o amei e que, para sempre, nunca nada atrapalharia esse amor. Escrevi que o budismo não é uma coisa lá muito bem pensada, pois é absolutamente claro que as coisas também desaparecem quando não tentamos enxergá-las, como demonstra o fato de eu há semanas não estar tentando enxergar Frederik, e que, apesar disso, ele tinha sumido totalmente. Devido ao licor de avelã, a seguinte frase me pareceu de uma perspicácia exemplar. Escrevi: "Muitas lembranças também de Selma, Elsbeth e do oculista". Escrevi que no dia anterior o oculista tinha se decidido, pela milionésima vez, reformar com Palm os pontos que perigavam ceder na casa de Selma. "Não era para ser assim", o oculista dizia, embora tivesse sido assim por anos. Escrevi que também não era para ser assim de Frederik não mandar notícias, e escrevi que talvez fosse o contrário e que possivelmente ele já tivesse escrito sete cartas, todas infelizmente não entregues, porque, veja acima.

Fechei a garrafa de licor de avelã, coloquei-a debaixo da mesa e meti quatro pastilhas de violeta na boca. O senhor Rödder tinha espalhado pastilhas de violeta por todos os cantos, até no bule da cafeteira descartada.

Abri a porta com esforço, desviei do senhor Rödder, que estava desembalando os livros recém-chegados, fui ao balcão e achei uma folha intacta de selos. Eu não fazia ideia de quanto custava enviar uma carta para o Japão. Por questão de segurança, recobri o envelope de selos.

Depois o oculista entrou na livraria. Ele queria apenas me chamar, mas ainda ergueu um livro sobre artesanato que eu supostamente havia lhe indicado e que mudara sua vida.

— Já entendi — o senhor Rödder falou às minhas costas.

— Você está completamente desconjuntada — constatou o oculista no carro. — Andou bebendo? Você está cheirando a algo que não sei o que é... licor de violeta.

— Dê uma paradinha na caixa de correio — eu pedi quando fomos à cidade. — Escrevi uma carta para o Frederik.

— Agora? — o oculista perguntou. — Nesse estado?

— Perfeitamente — confirmei.

— Talvez fosse melhor você pensar melhor no assunto — o oculista sugeriu. — Ou mostrá-la primeiro para Selma.

— Sempre mostrávamos as cartas importantes para Selma antes de enviá-las. Quando o oculista tinha de enviar lembretes de pagamento para seus pacientes, ele sempre os colocava diante de Selma e perguntava: "Está rude de menos?". "Está simpática demais", era a opinião de Selma na maioria das vezes.

— Bobagem — eu disse —, vou enviá-la já. Não adiantam de nada todos esses cuidados.

Coloquei meu braço ao redor dos ombros do oculista como um instrutor de direção muito abusado.

— Espontaneidade e originalidade são tudo nesta vida — afirmei, e eu deveria ter escolhido duas palavras fáceis de serem pronunciadas, mesmo se embebidas em licor de avelã.

Daí eu desci e coloquei a carta na caixa.

Às sete da manhã seguinte eu estava novamente junto à caixa de correio. O carteiro abriu a portinhola e encaixou o saco.

— Por favor, me devolva minha carta — pedi.

O antigo carteiro tinha se aposentado um ano antes e o novo era um dos gêmeos da cidade vizinha.

— Não — disse ele.

Eu tinha ficado meia hora diante da caixa. Estava com frio e com dor de cabeça. Imaginei como seria bom ter a arma de Palm naquela hora. "Me passe minha carta, pentelho", eu diria, apontando a arma. "Faça o que eu mandar!"

— Por favor — pedi.

O carteiro sorriu. Pequenas nuvenzinhas de frio saíam de sua boca.

— O que recebo em troca?

— Tudo o que eu tiver — eu disse.

— Que seria?

Tirei minha carteira da bolsa.

— Dez marcos.

O carteiro arrancou a nota da minha mão, meteu-a no bolso da calça, abriu a boca do saco e segurou-o diante da barriga.

— Sirva-se.

Curvei-me sobre o saco do correio, ele era muito grande e muito fundo para o par de cartas que continha. Revirei o conteúdo com dedos dormentes.

— Feliz ano, Luli — disse o carteiro.

Na manhã seguinte, apareceu uma carta de Frederik na minha caixa de correio. Era um envelope azul de correio aéreo. Segurei-o no alto, em direção à luz do corredor. Dessa vez o papel de dentro era mais encorpado, não dava para ler nada. As palavras estavam desfocadas como as letras nos painéis de aviso do aeroporto quando são atualizados.

> *Querida Luise,*
>
> *desculpe eu escrever só agora. Estive muito ocupado (não dá para acreditar, mas é verdade). Por essa época recebemos visitas, e sou responsável por elas. Eu lhes explico tudo. Como comer no convento, como se sentar, quando se fica em silêncio e por quanto tempo se dorme. Quando se chega ao convento, é preciso reaprender tudo. Assim como depois de um acidente grave.*

Pensei muito em você. Foi bom estar contigo. E foi também exaustivo. Não estou acostumado a estar junto de tanta gente por tanto tempo. Afinal, não se conversa muito aqui do outro lado do mundo.

E, como você pode imaginar, também não estou acostumado a ser tão íntimo de uma pessoa como fiquei de você.

Mas isso de ficar íntimo é complicado. Você é um enigma para mim, Luise. Às vezes você parece muito determinada e mete o pé na porta quando estou prestes a fechá-la e depois você parece muito sem foco novamente. Nesses momentos, fiquei com a impressão de que você está atrás de uma vidraça opaca, e só me resta adivinhar o que se esconde aí.

Quando estive contigo, com vocês, me apaixonei por você. Pelo menos, por aquilo que eu pude enxergar de você (veja acima, vidraça).

Mas essa paixão tem de se transformar. Pois, Luise, não fomos feitos um para o outro. Eu me decidi por esta vida aqui no Japão, foi um caminho longo que me custou toda minha coragem.

E, apesar de soar muito pouco romântico, digo que não quero bagunçar tudo isso. Para mim, é importante que cada coisa esteja em seu lugar.

E o meu é aqui, sem você.

Não sei o que você pensa sobre isso, ou seja, sobre a gente; você também não concorda que não fomos feitos um para o outro?

Teu Frederik

Eu só tinha a carta nas mãos, mas, quando abri a porta de casa e fui caminhando devagar até a livraria, ela tinha o peso de muitas malas.

Como atrás de uma vidraça, pensei. Plantação, campina. A granja do maluco Hassel. Campina, floresta. Observatório um. Plantação. Floresta. Campina. Pasto, pasto.

Passei o dia carregando a carta, carreguei-a para fora da livraria e até a avenida principal, onde havia combinado de me encontrar com o oculista na loja de presentes. Como eu não enxergava nada além das palavras de Frederik, trombei com o doutor Maschke que de repente se materializou no meio da calçada.

— Opa! — ele exclamou. — Mas que alegria revê-la! — Ele apoiou as mãos nos quadris e me analisou como se tivesse acabado de me fabricar. — É incrível — ele disse —, você realmente parece uma cópia do seu pai.

Olhei para a loja de presentes. O oculista já estava esperando por mim, a fumaça subia por detrás do mostruário de cartões-postais.

O doutor Maschke começou a me recitar todas as perguntas que queria fazer a Frederik; ele falou do não fazer e do não se apegar, e do não isso e não aquilo. *Está repleto de nãos*, pensei, e mal prestei atenção ao doutor Maschke. Eu estava atrás de uma vidraça embaçada e me espantei por não ter ouvido nenhum barulho de vidro sendo quebrado quando atropelei o doutor Maschke.

Repeti diversas vezes que tinha de ir embora, mas o doutor Maschke continuou falando sem parar até que subitamente Marlies apareceu, dobrando a esquina.

— O que você está fazendo aqui? — perguntei. — Qual a reclamação desta vez?

Embora não estivesse muito frio, Marlies usava um gorro enterrado no rosto e um cachecol que cobria a metade inferior de seu rosto ainda jovem.

Perguntei-me o que conservava Marlies. Talvez ela não envelhecesse porque todos os seus dias eram completamente iguais e, portanto, o tempo achava desnecessário agir em seu rosto.

Ela carregava um pacote comprido nas mãos e o apontou na direção do doutor Maschke feito uma arma.

— Comprei uma trava para a minha porta — ela disse.

— Mas você já tem uma dessas — eu exclamei.

Marlies contava quatro cadeados diante da sua porta. Eu queria saber como uma única porta aguentava tantos cadeados e, por causa da carta de Frederik, uma porta se quebrando sob o peso dos seus cadeados de segurança me parecia uma imagem tão triste que quase comecei a chorar.

— Cadeados nunca são demais — Marlies retrucou. — E agora vou voltar para casa.

O doutor Maschke olhou fascinado para Marlies e seu pacote, como se ela fosse uma beldade atrás de um véu.

— Faça isso — ele disse. — Blaise Pascal falou certa vez: "Toda a infelicidade do ser humano vem do fato de ele não conseguir permanecer tranquilo num quarto".

Marlies prendeu o pacote debaixo do braço e sorriu. Nunca na vida eu a vira sorrir, não sabia que era anatomicamente possível.

— Tem razão — concordou Marlies. Ela também nunca na vida tinha dado razão a algo ou alguém.

— Bem, então também estou indo — falei.

Mas o doutor Maschke me segurou pela manga e sua jaqueta de couro estalou.

— Falando em ficar em casa — ele disse —, você sabe por que motivo seu pai está sempre viajando?

Olhei para o suporte de cartões-postais, do outro lado da rua, atrás do qual o oculista havia acendido mais um cigarro.

— Mas o senhor pode falar com estranhos sobre seus pacientes? — perguntei. — Não é proibido?

— Considero seu pai mais amigo do que paciente — o doutor Maschke afirmou —, mas é claro que não quero impingir-lhe minhas opiniões. — Não estava tão claro assim, pois ele continuou falando sem parar. — Bem, eu acredito — ele começou, empurrando os óculos para o alto — que ele está sempre viajando porque procura o pai.

— Hã? — espantou-se Marlies. — Ele já morreu.

— Esse é o aspecto prático da coisa — disse o doutor Maschke, exultante. — Por esse motivo dá para procurá-lo em todos os lugares.

Ele olhou para nós como, no passado, Martin me olhava depois de imitar um campeão mundial de levantamento de pesos, aguardando pelos aplausos.

O fumo cessou atrás do suporte de cartões-postais do outro lado da rua; por um instante deu para ver o pé do oculista apagando a bituca.

— Tenho de ir agora — falei. — Você quer carona para voltar, Marlies?

— Agora você está exagerando — disse ela, colocando o pacote sobre o ombro.

— Você poderia me passar o endereço do seu budista? — perguntou o doutor Maschke.

— Agora você está exagerando — eu disse e saí correndo com minha carta e atravessei a rua em direção ao oculista para abraçá-lo.

Tarde da noite, Selma, Elsbeth, o oculista e eu estávamos sentados na escada diante da nossa casa; havíamos esticado o forro do sofá de Selma sobre os degraus. O oculista tinha lido que a noite estava excepcionalmente favorável para se avistar estrelas cadentes.

Selma, o oculista e Elsbeth tinham colocado seus óculos, juntado as cabeças e se curvado sobre a carta de Frederik durante muito tempo, como se ela fosse difícil de ser decifrada.

— Não quero assinar embaixo — eu disse. — Que ideia idiota! E também não posso mudar a situação. O que ele está achando?

O oculista se levantou e buscou da cozinha um de seus livros sobre o budismo, na esperança de encontrar ali uma frase que ajudasse quando o caso era negar um "não concorda?".

Ele colocou os óculos e folheou.

— Na vida, importa uma coisa — ele disse, afinal. — Importa criar intimidade com o mundo. Intimidade com o mundo — ele repetiu —, não é bonito? — E reforçou a frase mais uma vez, embora ela já estivesse reforçada.

Elsbeth meteu um Mon Chéri na boca.

— Podemos tentar enfiar o amor às escondidas nele — ela disse, pois achava que, se não era possível transformar o amor, então que se transformasse Frederik. — Há muitos métodos para isso. Por exemplo, jogar pedacinhos de unha numa taça de vinho: quem bebe dessa mistura fica enlouquecido de amor. O mesmo efeito se dá quando se mistura língua de galo na comida da pessoa. Ou a gente pendura um colar de ossos de coruja em seu pescoço. — Elsbeth parou e pensou. — Talvez funcione também com ossos de canários. Estou lembrando do Piupiu — ela finalizou.

Piupiu era o canário de Selma que havia morrido naquela manhã.

— Ou — ela pegou mais um Mon Chéri — você dá um pedaço de pão achado por aí para Frederik comer. Daí ele vai perder a memória. Daí ele vai esquecer que não quer misturar as coisas.

Imaginei enfiar o amor às escondidas em Frederik como eu enfiava às escondidas o comprimido da noite de Alasca numa salsicha.

— Também dá para carregar por aí uma verbena desenterrada com colher de prata. — Elsbeth se lembrou. — E então todas as pessoas passam a amar a gente. E também as especiais, evidentemente.

Ela ficou olhando os muitos papeizinhos rosa-claros amassados sobre seu colo.

— O problema, claro, é que para tudo isso ele precisa estar presente — ela disse. — Mas nisso também se dá um jeito. Se a gente meter três vassouras num forno, vem visita. E também as especiais, evidentemente.

— Uma estrela cadente — exclamou Selma, e todos olhamos para o alto.

— Ah, estrela cadente é bobagem — disse Elsbeth. — Não adianta para nada.

— Acho que só uma coisa adianta — disse Selma. — Se você não quiser dar seu "de acordo", é preciso se despedir dele.

O oculista pigarreou.

— Para ser sincero, não acho que esse assunto já tenha chegado aos finalmentes — ele murmurou, e Elsbeth disse:

— Todos nós já estamos apaixonados por ele.

— Tem razão — concordou Selma —, mas mesmo assim.

— Vocês sabiam — começou o oculista, lendo seu livro — que somos todos apenas excrescências provisórias no tempo?

— E daí? — perguntou Elsbeth, metendo os papeizinhos num vaso de flores vazio.

Em seguida, ninguém falou mais nada. Em silêncio, ficamos olhando para o céu, onde mais cinco estrelas cadentes inúteis passaram por nós.

Apenas Elsbeth não ficou olhando para o alto, mas para mim, e ela viu que as lágrimas estavam começando a brotar de novo, por causa do maldito "de acordo", por causa da transformação impossível.

Podíamos fazer de tudo com o amor. Podíamos escondê-lo com mais ou menos sucesso, podíamos puxá-lo atrás de nós, podíamos erguê-lo, carregá-lo por todos os países do mundo ou guardá-lo em arranjos de flores, podíamos colocá-lo na terra e lançá-lo ao céu. O amor participava de tudo, flexível e compreensível como era, só não conseguia se transformar.

Elsbeth afastou cuidadosamente uma mecha de cabelo da minha testa. Ela colocou o braço ao redor dos meus ombros e disse baixinho:

— Aquele que come o coração de um morcego não sente mais dor.

Em seguida ela se levantou.

— Estou indo — ela disse —, preciso estar na capital amanhã cedinho. — A liquidação da butique especializada em tamanhos grandes começava no dia seguinte.

— Até amanhã — dissemos, e Elsbeth, uma excrescência provisória do tempo em sapatilhas gastas, virou-se e partiu.

— Vou tentar achar uma língua de galo... — Ainda escutamos ela murmurar.

Selma acariciou minhas costas.

— Você deveria fugir disso, Luise — ela disse.

Selma e o oculista se encararam por cima da minha cabeça. Eles tinham muita familiaridade com o amor que não pode ser transformado.

NADA MAIS ESPECÍFICO

Durante toda a noite achei que era impossível concordar com aquilo e fiquei me perguntando como fugir, e continuei me perguntando isso na manhã seguinte, quando comecei a organizar na estante de encomendas os livros solicitados por ordem alfabética dos nomes dos clientes. O senhor Rödder cutucou meu ombro.

— Desde quando o F vem antes do A? — ele perguntou, e daí a porta da livraria se abriu e o oculista entrou correndo.

— A Elsbeth sofreu um acidente — ele disse.

O tempo congelou por um instante depois de ele ter dito isso, para então começar a voar. Ele voou ao nosso lado quando Selma, o oculista e eu estávamos a caminho do hospital, freou e começou a andar de uma maneira absurdamente lenta quando estávamos sentados no corredor do hospital, esperando, com copos bege de café de máquina, que nenhum de nós conseguia segurar sem tremer.

Os médicos não paravam de passar correndo, seus passos no linóleo soavam como o soluço de uma criança. A cada vez, nós três levávamos um susto e a cada vez ouvíamos que não era possível dizer nada mais específico.

— Aliás, não sonhei com nada na noite passada — disse Selma. Assim ela respondeu à pergunta que estava engasgada na garganta do oculista e na minha, e pensei que então não podia ser tão terrível assim, e tentei acreditar nisso. O que não era fácil, pois Elsbeth tinha sido atropelada por um ônibus, por um ônibus de linha da capital – e como isso não seria terrível?

O motorista desesperado disse que Elsbeth tinha aparecido do nada, diante do ônibus em marcha, testemunhas disseram que ela simplesmente atravessou a rua, sem olhar para a direita nem para a esquerda, mas concentrada numa folha de papel nas mãos. Uma testemunha recuperou a folha, que havia voado para longe de Elsbeth no asfalto; tratava-se de uma lista escrita com a letra trêmula de Elsbeth.

- Vinho
- Perguntar ao Häubel sobre língua de galo
- Cozinhar os ossos do Piupiu
- Verbena
- Coração de morcego
- Vassoura

Quando a noite se aproximava e ninguém conseguia dizer nada mais específico, o oculista se levantou.

— Vou ligar para o Palm — ele disse, de maneira tão abrupta e decidida como se tivesse se dado conta naquele instante de que Palm era um médico reconhecidíssimo.

Selma olhou intrigada para ele.

— Para que ele reze por Elsbeth?

— Não — respondeu o oculista —, mas porque ele conhece os animais.

***

Depois do telefonema, Palm foi imediatamente para o carro. Ele dirigiu até bem longe, até o castelo grande, caindo aos pedaços, que havia visitado algumas vezes com Martin, nos poucos dias em que ele não estava totalmente bêbado.

E, enquanto Selma e eu agarrávamos nossos copos de café e o oculista fumava um cigarro atrás do outro diante da entrada do hospital, Palm estacionou o carro, tirou uma de suas lanternas do porta-malas e prendeu-a no cinto. Palm tinha boas lanternas, ele era bom em iluminação.

Depois, ele procurou por uma porta que não estivesse trancada e não achou nenhuma. A porta baixa na parte de trás da torre parecia podre, mas o cadeado ainda resistia. Palm começou a sacudir a porta.

Depois da morte de Martin, a fúria tinha abandonado Palm – e, com sua fúria, também se foi a força, pois para Palm fúria e força só existiam juntas. Palm olhou ao redor e pigarreou.

— Abra, por favor, a porta! — ele pediu e sacudiu, mas a porta era uma porta boa, que apesar da aparência apodrecida não cedia assim tão fácil. "Você precisa se levantar mais cedo", ela parecia dizer, "é preciso vir com mais força, seu caçadorzinho fracote".

Palm começou a sacudir cada vez com mais força; ele sacudiu a porta como um enlouquecido detetive de seriado policial sacode os ombros de um criminoso que não quer revelar o esconderijo da vítima do sequestro, e de repente Palm sentiu muito calor.

— Desista, sua porcaria — ele exclamou de um jeito rouco, pois sua voz não estava mais acostumada a soar tão alto. — Abra imediatamente, seu pedaço de merda — berrou Palm —, ou furo você todinha! — ele terminou de berrar. O cadeado ainda se mantinha intacto, mas a porta se desfez em dois pedaços.

Palm deu um suspiro e secou a testa com a manga da jaqueta. Acendeu a lanterna, passou por cima dos escombros da porta e subiu a escada que levava até bem no alto da torre. Ele tocou o bolso da calça, certificando-se de que estava portando sua pequena faca afiada.

Uma hora mais tarde, ainda estávamos esperando. Palm apareceu no corredor do hospital e veio em nossa direção. Um médico também se aproximava, pelo outro lado. Ele não estava com pressa, andava devagar para ganhar tempo, antes desse tempo congelar totalmente.

O ofegante Palm e o médico lento chegaram juntos até nós. Selma, o oculista e eu nos levantamos, porque alguém invisível disse: "Por favor, levantem-se".

— Não conseguimos — disse o médico.

Selma tapou a boca com a mão, o oculista despencou na cadeira e escondeu o rosto nas mãos e Palm abriu o punho, que, como notamos naquele instante, estava sangrando.

Um pedacinho minúsculo de carne caiu da sua mão sobre o linóleo, bem ao lado do sapato branco do médico, que soltou um som estranhíssimo, um guincho.

— Que é isso, pelo amor de Deus?! — o médico exclamou.

Claro, como ele poderia saber, quem reconhece assim de pronto o coração de um morcego?

Choveu durante o enterro de Elsbeth. Choveu como no dia em que Frederik me visitou; do alto, todos os guarda-chuvas pretos abertos no enterro de Elsbeth pareciam-se com uma mancha preta gigante.

A mão de Selma segurava a minha, seus ombros tremiam, ela soluçava.

— Elsbeth me contou certa vez que para aquele que está sendo enterrado é bom chover sobre o caixão — sussurrei eu no ouvido de Selma. Selma olhou para mim, o rosto inchado e molhado.

— Mas não tão forte — ela disse.

A chuva martelava sobre os ornamentos do tampo do caixão. Selma tinha feito questão de um caixão bastante trabalhado, porque Elsbeth também sempre tinha sido muito cuidadosa com a própria aparência. Quando o agente funerário disse o preço do caixão, o oculista perguntou se não era possível achar uma opção mais barata, e o agente funerário declarou, triunfante, que não era possível negociar na hora da compra do caixão porque senão o morto não iria descansar nunca.

— Foi Elsbeth quem me ensinou — ele disse.

A bem da verdade, a casa de Elsbeth há tempos já não era sua, mas do banco da capital, e agora, depois de sua morte, a casa tinha de se livrar dos pertences de Elsbeth o mais rapidamente possível.

Meu pai também ajudou a esvaziá-la. Ele tinha acabado de voltar de um deserto qualquer e logo em seguida partiria para outro deserto. Alasca atrapalhava o trabalho, pois ficava o tempo todo saltando ao redor de papai carregado de caixas, fazendo-o tropeçar.

Ao embalar as coisas, achei os álbuns de fotos de Elsbeth. Lá havia fotos de Elsbeth, Heinrich e Selma, jovens e em preto e branco. Esses retratos eram meus velhos conhecidos, Elsbeth os mostrava constantemente para Martin e para mim. Um deles trazia Selma e Heinrich apontando para um lugar vazio, onde mais tarde seria construída nossa casa. A cada vez Martin e eu não conseguíamos acreditar que, em algum momento, Elsbeth e Selma tinham sido tão jovens, que meu avô tivesse estado neste mundo e que nossa casa um dia não existira.

Mamãe também nos ajudou, e parecia que meus pais estavam competindo para ver quem carregava mais coisas. Se mamãe via papai carregando duas caixas ao mesmo tempo, ela pegava três. Se papai via mamãe carregando três caixas, ele dava conta de quatro. Por fim, quando mamãe tentou carregar cinco caixas de uma só vez, a que estava no topo caiu no jardim e se abriu. Cadernos com capas de girassóis se espalharam no gramado de Elsbeth e um se abriu.

O dono do mercadinho tirou o ferro de passar de Elsbeth da mão e levantou o caderno.

— "O sexo com Renate me tira do sério" — ele leu. — O que é isso?

O oculista tirou o caderno da mão dele e fechou-o.

— Nada — ele respondeu. — Não é nada.

Ele empilhou os cadernos, cobriu-os com folhas secas e pegou o isqueiro do bolso da jaqueta, colocando fogo naquilo. Enquanto as chamas lambiam os cadernos de girassóis, o papel todo recoberto pela escrita, o oculista olhou para o céu.

— Veja, Elsbeth — ele sussurrou —, logo Renate se tornará somente um tanto de pó.

Selma saiu da casa de Elsbeth. Ela tinha estado o dia inteiro anestesiada; a falta de qualquer emoção tinha sido útil na hora de guardar coisas e carregá-las para fora. Ela só perdeu a calma quando colocou as pantufas de Elsbeth, que como sempre estavam ao lado da mesinha do telefone, num saco plástico.

Selma empurrou sua cadeira de rodas; o assento estava coberto por vidros com pós e ervas, e não tínhamos a menor ideia do que se tratava. Selma refletiu por um instante e depois jogou tudo na pequena fogueira aos pés do oculista – as coisas que serviam contra o coração partido, contra o intestino preso e pessoas que não querem morrer depois de terem falecido, contra dor de dente, pés suados, falência e pedras nos rins, as coisas que serviam para partos tranquilos, para uma boa noite de sono e para que alguém amasse outro alguém que não podia amar.

— Sem Elsbeth, nada disso adianta — ela disse.

Selma guardou os álbuns de fotografias de Elsbeth, o pedaço de tapete que Elsbeth sempre colocava entre o volante e a barriga na hora de andar de carro e as pantufas. Ela colocou as pantufas na sala, debaixo do sofá, no qual eu não consegui dormir na noite depois do enterro de Elsbeth.

Acendi a luminária e peguei uma das pantufas. Não dava mais para reconhecer a cor original. Observei a paisagem da pantufa de Elsbeth, formada no decorrer de anos. A sola de borracha torta, esburacada, as marcas do interior provenientes do joanete de Elsbeth, o círculo escuro, brilhante, formado pelo seu calcanhar.

Não fugi. Devolvi a pantufa de Elsbeth para debaixo do sofá, ao lado do seu par. Peguei um papel e escrevi: "Pela presente, concordo que não fomos feitos um para o outro". Escrevi com a mesma solenidade com que os outros assinam uma certidão de casamento.

TERCEIRA PARTE

DISTÂNCIAS INFINITAS

Desde que papai começara a viajar o tempo todo, a cada aniversário de Selma ele a presenteava com um livro de fotos sobre o país em que se encontrava naquele instante. Selma deixou de guardá-los na prateleira sem nem os abrir, como fazia antes, e passou a estudá-los cuidadosamente; queria aprender tudo, queria visualizar onde o filho estava.

Toda vez que o aniversário passava, Selma sentava-se com seu novo livro na poltrona e o oculista tomava assento à sua frente, no sofá vermelho. Os textos dos livros eram, geralmente, em inglês, e o oculista era tido como especialista no assunto desde a época em que traduziu letras de música para mim e Martin. Ele observava Selma lendo ou assistia aos antigos pinheiros diante de janela, cujos galhos se movimentavam ao vento que era habitual dali, e esperava. Esperava até Selma erguer o olhar, procurar o oculista por sobre a lente de seus óculos pequenos de leitura e lhe dizer palavras que não conhecia. Ele as conhecia.

No aniversário de setenta e dois anos, quando Selma estava sentada na poltrona com um livro ilustrado sobre a Nova Zelândia no colo, ela ficou com a sensação de que havia desembrulhado o seu último livro de presente havia apenas alguns dias.

Era verdade, refletiu Selma, que o tempo passa mais rápido à medida que envelhecemos, e ela achou que isso não era algo inteligente. Selma queria que a percepção do tempo ficasse um pouco mais lenta com a idade, mas era o contrário. A percepção de tempo de Selma se comportava feito um cavalo de corrida.

— O que significa *New Zealand's amazing faunal biodiversity?* — Selma perguntou.

— Incrível diversidade de espécies — respondeu o oculista —, no que se refere à fauna.

E, na cidade, o dono do mercadinho ajeitava os pacotes de leite longa vida da prateleira bem ao fundo à direita para a prateleira bem ao fundo à esquerda; papai veio de visita, trouxe lenços de veludo genovês; escrevi para Frederik, Frederik escreveu para mim; e o porco que era do prefeito fugiu, mas o oculista conseguiu caçá-lo novamente. E, enquanto isso, as árvores do Bosque das Corujas perderam o verde de suas folhas para depois soltá-las, e logo em seguida o telhado do depósito do dono do mercadinho cedeu sob a neve pesada, apesar de essa neve ter derretido – segundo a percepção temporal de Selma – logo em seguida, e num piscar de olhos as árvores do Bosque das Corujas estavam cheias de folhas novas, e num mesmo piscar de olhos Selma já estava fazendo setenta e três anos, no colo um livro ilustrado sobre a Argentina.

— E o que significa *untamed nature?* — ela perguntou.

— Uma natureza indomada — o oculista respondeu.

Escrevi para Frederik, Frederik me escreveu, e nós nos escrevemos apesar – ou talvez exatamente por causa disso – do meu "de acordo", e, embora nossas cartas tivessem de percorrer metade do mundo, embora estivessem à mercê de falhas técnicas e humanas, chegavam de maneira confiável aos respectivos destinatários, mas com atrasos. "O gêmeo da cidade vizinha, que é o carteiro, meteu gatinhos recém-nascidos no saco de cartas e afogou-os no riacho da Macieira", escrevi para Frederik, e duas semanas mais tarde sua resposta chegou: "Afogar gatos resulta num carma muito ruim".

"Podemos nos falar por telefone?", escrevi a Frederik e, como esperado, ele me respondeu que fazer uma ligação telefônica era muito complicado.

Embora fosse anatomicamente impossível, tentei transformar o amor num amor administrável e prático, ao menos, e isso também era complicado, mas como eu não via Frederik e nunca falava com ele, podia usar o tempo para imaginar que tinha chegado a um resultado razoável.

O oculista sempre perguntava em que pé estavam as coisas com Frederik. "Estamos nos correspondendo", eu dizia, e o oculista retrucava afirmando que isso não era resposta à sua pergunta. "Mas você o ama", ele dizia quando me sentava na sua cadeira de exames para testar os olhos, que sempre incomodavam quando tinha de ler letras miúdas.

"Não", eu contestava, "não mais".

Uma vez, o quadro com as letras caiu no chão atrás do oculista e ele foi até o quartinho dos fundos buscar um novo.

— Este eu fiz especialmente para você — ele disse. Era assim:

> **NEM SEMPRE É POSSÍVEL**
> **ESCOLHER AS AVENTURAS**
> **PARA AS QUAIS**
> FOMOS
> FEITOS

Curvei-me para a frente.

— Preciso de óculos — eu disse.

O senhor Rödder borrifou Blue Ocean Breeze sobre Alasca, Marlies reclamou com o dono do mercadinho sobre as verduras congeladas e papai veio de visita. Ele estava cada vez mais parecido com Heinrich. Aos poucos, as proporções do rosto de papai tinham se movimentado como uma placa tectônica, lentamente se aproximando daquelas do rosto de seu pai.

— Que curioso — ele disse, tocando o nariz —, embora agora eu seja muito mais velho do que ele chegou a ser.

E no meu aniversário de vinte e cinco anos, quando as velas cobriam densamente o bolo, o oculista disse:

— Meus parabéns. Fique feliz por elas ainda caberem sobre o bolo. No meu caso, preciso de meia confeitaria.

— Feche os olhos — pediu Selma, colocando um colar de pedras azuis ao redor do meu pescoço.

— Aliás, as pedras são azul-ciano — explicou o oculista.

— Obrigada — respondi.

"Felicidades, querida Luise", escreveu Frederik. "Tenho a sensação de que alguém, espero que com a melhor das intenções, sentou-nos nas extremidades de uma mesma mesa. Só que a mesa tem nove mil quilômetros de comprimento (nesse caso, talvez seja apropriado falar de uma mesa gigante), e, embora a gente não se veja, sei que você está do outro lado dela."

O oculista olhou para mim.

— As pedras são *azul-ciano* — ele repetiu.

— Certo — eu disse —, já entendi.

— O que significa *the impressive Greenland ice deposits?* — perguntou Selma no aniversário seguinte, e o oculista respondeu:

— A impressionante quantidade de gelo na Groenlândia.

Palm citava trechos bíblicos, o oculista juntava mentalmente as coisas que não combinavam (cascalhos e penteados, suco de laranja e Alasca) e Marlies recobria a janela já opaca da porta de sua casa com papel pardo. Eu ficava transportando a prateleira que Frederik tinha me dado de presente, e que ainda estava na caixa, de um canto da sala para outro. A filha do prefeito e o bisneto do camponês Häubel tiveram seu sexto filho e eu comecei a usar óculos, e daí veio o eclipse solar total.

Nunca em toda sua vida a clientela do oculista tinha sido tão grande. Vinha gente da capital e das cidades das redondezas nas quais os óculos de eclipse logo começaram a faltar. Ajudei o oculista nas vendas; de tantos clientes, ele ficou rouco e com as bochechas vermelhas. O gêmeo da cidade vizinha, o que não era carteiro, tentou revender seus óculos de eclipse por oitenta marcos, mas ninguém aceitou.

Fomos ao Bosque das Corujas observar o eclipse solar. A cidade inteira estava lá, o prefeito fez uma foto coletiva. Quando o Sol ficou totalmente escurecido, Palm tirou os óculos e olhou diretamente, sem proteção, para o círculo preto.

— O que você está fazendo? — exclamou Selma, assustada, segurando a mão diante dos olhos de Palm.

— Os óculos não deixam passar luz — Palm explicou.

— Mas é assim que tem de ser — retrucou Selma. Mas, como seus dedos estavam tão deformados, Palm conseguiu enxergar bastante bem entre eles, e daí o tempo saltou de um século a outro.

— Ah, estou viva para testemunhar isso — disse Selma. — Mas, se o tempo continuar correndo desse jeito, provavelmente vou chegar ao próximo século também.

"Tenho medo de que a gravidade cesse na passagem do século", Frederik escreveu. Festejamos no centro comunitário da cidade e, mesmo sem permissão, o oculista e o dono do mercadinho soltaram fogos. Do alto, nossa cidade se parecia com um barco à deriva, e atrás da casa, junto aos banheiros, eu beijei bêbada o gêmeo bêbado da cidade vizinha que era carteiro, beijei-o apesar do seu carma ruim e porque tudo girava de tanta champanhe barata, mas parei imediatamente quando ele disse:

— Luise, seu corpo é um verdadeiro estouro.

A gravidade permaneceu, nada mudou, apenas a atriz, que há séculos fazia o papel de Melissa na série de Selma, foi trocada às pressas por outra. Selma aceitou isso com um resmungo irritado. Depois olhou para mim e disse:

— Algo tem de acontecer.

— O quê? — perguntei.

— Saia para passear com aquele rapaz simpático que foi seu colega no curso de livreiros. Como ele se chamava mesmo?

— Andreas — respondi.

Selma perguntou ao oculista o que significava *enourmous population density*, e o oculista respondeu "alta densidade populacional"; tratava-se de Nova York. O oculista comprou emplastros para a base das costas, o fornecedor empurrou seu carrinho gradeado cinza diante do mercadinho e papai veio de visita, trazendo-me uma cimitarra, com a qual presenteei o senhor Rödder. O gêmeo da cidade vizinha, que não era carteiro, colocou fogo na granja do maluco Hassel e não foi pego, e Selma e eu ficamos um tempão diante de uma árvore perto do riacho da Macieira nos perguntando se Elsbeth tinha razão ao afirmar que o musgo no tronco da árvore era um ser humano se erguendo em direção à salvação – e, se sim, quem era. O oculista constatou que era pena nenhum dos nossos conhecidos ser filatelista, visto os selos maravilhosos que a gente tinha, selos do Japão e dos envelopes dos livros ilustrados do mundo todo.

Nos degraus diante de nossa casa, ensinei um dos filhos de Häubel a amarrar o cadarço, e Friedhelm se casou com a viúva da Morada da Contemplação; seguindo seu desejo explícito, cantamos "Oh, meu lindo Westerwald" diante do cartório, e, durante a festa de casamento, o gêmeo que era carteiro perguntou se a gente não devia continuar se beijando, pois estava descompromissado, e no inverno Palm deu uma de inventor. Ele estava a caminho da casa de Selma com seus trechos bíblicos quando a viu tentando descer a encosta cheia de neve diante de sua casa sem escorregar, amparada pelo meu braço. Palm ficou observando, refletiu e foi embora. À noite, voltou com dois raladores de verdura. Ele os prendeu nas solas dos sapatos de inverno de Selma usando arames de floricultura.

— Genial, Palm! — exclamamos.

"Genial", escreveu Frederik duas semanas mais tarde. E quase demos uns tapinhas no ombro de Palm, mas era proibido.

— Distâncias infinitas — respondeu o oculista a Selma; ela estava sentada com seu livro ilustrado na poltrona e havia lhe perguntado o significado de *vastness*.

Selma empurrou sua cadeira de rodas através do Bosque das Corujas, Marlies reclamou de uma indicação de leitura, Palm citou trechos bíblicos e o oculista perguntou, cuidadosamente, se eles já não tinham repassado a Bíblia inteira.

— Faz tempo — disse Palm —, mas cada trecho pode ser interpretado de mil maneiras.

E certa noite o gêmeo que não era carteiro invadiu a livraria. Ele não contava que o senhor Rödder ainda estivesse na loja, ajoelhado debaixo da mesa do caixa, tentando conectar o modem. Sem ser notado, o senhor Rödder foi engatinhando até o setor de literatura de viagem e então conteve o gêmeo da cidade vizinha com a cimitarra de papai até a polícia chegar.

A partir daí, o senhor Rödder ficou muito mais tranquilo e também suas sobrancelhas, sempre agitadas, se acalmaram. O senhor Rödder começou a xingar menos, deixou de ficar se esgueirando pelas estantes; assumiu a postura de alguém com consciência de ter realizado algo importante.

"Você sempre tem novidades para contar", escreveu Frederik, e eu lhe perguntei se, por acaso, ele não tinha também um endereço de e-mail, pois o contato seria mais rápido; de outro modo, as coisas acabavam demorando muito, e Frederik respondeu, desanimado, que evidentemente não tinha um e-mail, e mais: "Aliás, eu também não canso de me alegrar pelo fato de a gravidade ainda existir. E nós também".

Mamãe, que começara a escrever poemas, recebeu o segundo lugar no concurso de poesia do jornal da capital, e o observatório de Palm se partiu sem Palm estar em cima dele. Surpreendentemente, as pernas danificadas foram as que o oculista não tinha serrado. As pernas serradas se mantiveram em pé para sempre porque o oculista e Elsbeth as tinham reforçado muitíssimo bem.

O oculista deu de presente um álbum de selos ao terceiro filho dos Häubel e o prefeito morreu, seu coração parou justo no instante em que ia prender a coroa da festa da primavera; ele caiu duro da escada.

— Por favor, não me diga que você sonhou com um ocapi — pediu a mulher do prefeito para Selma. E Selma não o disse.

— O que significa *enchanting oasis towns*? — Selma perguntou com um livro ilustrado sobre o Egito no colo, e o oculista respondeu:

— Cidades de oásis que são estonteantes.

Friedhelm passava cantando pela cidade, tirando o chapéu para todos que encontrava pelo caminho, o oculista metia a cabeça no campímetro e sinalizava pontos que via, papai chegou de visita trazendo um pôster com uma foto muito brilhante de uma gôndola veneziana que era tão feio que me perguntei se ele o havia comprado em Veneza mesmo ou na loja de presentes da cidade. O senhor Rödder deu entrevista ao jornal da capital na sorveteria. Acompanhado por uma taça de *Tentação flamejante*, ele discorreu sobre coragem heroica e, para Selma sossegar, fui jantar no italiano com o Andreas da escola profissionalizante. Depois, Andreas veio até meu apartamento e, como eu não havia contado com isso e não tinha arrumado nada, todas as cadeiras e o sofá estavam tomados por roupas e jornais. Andreas queria se sentar sobre o pacote embrulhado no canto.

— Não — eu disse —, aí não, por favor.

— Mas então onde? — Andreas perguntou, e eu não fazia ideia de onde eu haveria de colocá-lo.

Alasca teve de passar por uma operação no quadril, o veterinário nos preparou dizendo que talvez ele não suportasse a cirurgia, pelo simples fato de que teoricamente nem deveria mais estar vivo, e na noite anterior à operação escrevi para Frederik: "Foi tudo bem com o Alasca. Ele aguentou maravilhosamente a cirurgia e já está bem animado". No dia da operação, papai ligou a cada meia hora, justamente do Alasca, para saber se sabíamos de detalhes, e só parou quando lhe dissemos que a linha tinha de ficar livre para o veterinário.

Alasca não morreu. Alasca iniciou outra de suas inúmeras vidas, sem morrer nos intervalos, e quando coloquei um pedaço de assado diante da casa de Marlies, no Natal, e já estava me virando para dar meia-volta e ir embora, escutei o ruído dos cinco cadeados sendo destrancados e a porta se entreabrindo.

— Como era o nome daquele sujeito que disse que as pessoas deviam mesmo é ficar em casa? — ela perguntou.

— Blaise Pascal — respondi.
— Não, o outro.
— Ah, sei — eu disse. — Doutor Maschke.

O dono do mercadinho arranjou uma máquina de café e pendurou um cartazete na porta onde tinha escrito "Café para viagem", mas logo despendurou de novo, pois ninguém queria um café desses. "Para onde vou com o café?", perguntou a mulher do falecido prefeito.

Na série de Selma, Melissa traiu Matthew com Brad, o meio-irmão dele – Selma nunca a perdoaria por isso –, e, embora eu não soubesse onde colocar Andreas, nós começamos a namorar, aconteceu. E, depois de ter beijado Andreas pela primeira vez, aconteceu também de eu escrever para Frederik dizendo que havia conhecido alguém muito simpático e com quem provavelmente me casaria, e fiquei irritada quando Frederik, que em geral comentava tudo, não falou nada a respeito de Andreas na carta seguinte. Ele escreveu do musgo sobre o telhado, do trabalho no campo, da meditação, dos visitantes no convento, e, apenas bem no final, no pé da página, estava escrito: "PS: Ah, quase ia me esquecendo, felicidades".

Andreas era muito simpático, todos eram unânimes quanto a isso, tínhamos os mesmos interesses, todos eram unânimes quanto a isso também, pois Andreas igualmente era livreiro, e, quando alguém perguntava de Frederik, eu respondia que não tinha dado certo.

— Não é sempre que podemos escolher as aventuras para as quais fomos feitos — eu dizia.

— Não foi isso que eu quis dizer, Luise — corrigiu o oculista.

Depois de uma visita de papai, o senhor Rödder ficou um tempão analisando a estante de literatura de viagem. Ela estava decorada com um buda, uma máscara marroquina, uma corrente com uma pedra típica da Groenlândia, um tapetinho de Lima, uma placa de Nova York, uma camiseta emoldurada com a estampa Hard Rock Café Pequim, uma cimitarra, uma cruz celta, uma bolsa para selim, um pau de chuva chileno, o pôster da gôndola veneziana, um didjeridu dos aborígines australianos.

— Entrementes já temos mais decoração de viagem do que literatura de viagem — disse o senhor Rödder. Ele me perguntou se eu conseguia me imaginar assumindo a livraria caso ele não estivesse mais presente.

— O senhor ainda está presente — eu disse, e, duas semanas mais tarde, Frederik escreveu: "A oferta é ótima, mas é realmente a sua vontade? Acho que, na verdade, você foi feita para os sete mares".

Eu estava a caminho da livraria quando li isso. Voltei ao apartamento e respondi a Frederik que ele não estava apto a avaliar quem era feito para o quê, afinal ele tinha se retirado completamente da vida real para um telhado de convento recoberto de musgo, e que a partir dali era fácil falar. Visto que na última carta Frederik tinha retomado o assunto da minha opacidade, escrevi ainda que alguém que nunca está presente não está apto a avaliar graus de visibilidade, e enquanto eu escrevia percebi o quanto isso era errado, que Frederik e eu podíamos nos enxergar muito bem a nove mil quilômetros de distância, talvez melhor do que se estivéssemos próximos.

"Querida Luise, gostaria de saber o que é a vida real segundo sua opinião", Frederik respondeu.

— O que significa *scenic* e *craggy*? — perguntou Selma com um livro ilustrado sobre a Irlanda no colo.

— Pitoresco e craquelado — disse o oculista, que no escuro diante da janela da sala de Selma só conseguia enxergar o próprio reflexo. — Como meu rosto.

Selma pendurou suas roupas com tanto cuidado como se estivesse fazendo aquilo para a próxima geração, Marlies comia ervilhas direto da lata, à noite, na frente da TV e segura de que ninguém estaria observando, e volta e meia alguém na cidade se comprometia a ter mais gratidão, a se alegrar também pelas coisas mais simples ou simplesmente por ainda estar vivo, até acontecer o vazamento de um cano ou chegarem as contas de consumo.

O riacho da Macieira secou porque o verão foi muito quente. Já que estava esturricado, o oculista passou uma tarde inteira saltando sobre ele com a criançada dos Häubel, e no meu aniversário de trinta anos Andreas me deu um vale para uma viagem até o mar. Ele propôs que, como mais tarde iríamos assumir a livraria juntos, poderíamos então também morar juntos. Na hora da proposta – estávamos na cama – tocou o telefone. Fui até o corredor e atendi, e, embora a ligação viesse do outro lado do mundo, não havia nenhum ruído, estava claríssima.

— Sou eu — anunciou Frederik. — Feliz aniversário.

Era a primeira vez que eu escutava a sua voz em oito anos. Fechei os olhos, e atrás das pálpebras enxerguei Frederik em preto e branco no Bosque das Corujas, entre os monges em preto e branco, seus olhos claros eram muito escuros atrás das minhas pálpebras; ele estava ali, dizendo: "Aliás, me chamo Frederik".

Eu não estava preparada para seu telefonema, mas a travação estava. Ela tinha se preparado maravilhosamente, durante oito anos.

— Obrigada — eu disse —, mas a hora não é boa.

Frederik ficou em silêncio por um instante. Depois, falou:

— Você nem imagina como é complicado ligar daqui. Agora ao menos me diga rapidamente como vai você.

— Bem — respondi, e daí não falei mais nada até Frederik dizer:

— Obrigado, também estou bem. Eu só tenho fome o tempo todo.

— Bom — eu disse, e depois Frederik perguntou como estavam as coisas com Alexander. — Andreas — eu corrigi, e que tinha mesmo de desligar.

— Luise, não seja tão chatinha — ele disse —, eu só queria ouvir você.

— Bem — disse eu —, muito bem — disse a travação, e eu desliguei.

Deitei-me ao lado de Andreas e não dormi a noite inteira só porque Frederik quis me ouvir, e duas semanas mais tarde ele escreveu: "Telefonar não é complicado só do meu lado".

Selma perguntou ao oculista, cujo rosto realmente estava todo craquelado, se ele não estava pensando em se aposentar. Mas o oculista – que era quase tão velho quanto Selma, ou seja, estava com quase setenta e sete, não sofria de nada, sentia falta apenas de uma musculatura forte na base da coluna que pudesse aliviar seus discos vertebrais – afastou a ideia.

— Vou trabalhar até morrer — ele disse. — Gosto assim. Você vai ver, Selma, vou morrer com a cabeça metida no campímetro.

E foi exatamente assim, muitos anos mais tarde, e o único erro foi que Selma não chegou a ver.

— O que quer dizer *merciless drought*? — perguntou Selma, erguendo um livro ilustrado sobre a Namíbia.

— Seca inclemente — disse o oculista. — Como você está vendo aí.

O oculista continuava ocupado com o sentido da frase que afirmava que aquilo que não se enxerga também não some;

ninguém conseguia explicá-la para ele. "Sinto muito", escreveu Frederik. "Por favor, diga ao oculista que eu também não compreendo a frase." O dono do mercadinho perguntou como estava Frederik, o oculista disse mais uma vez que era realmente preciso consertar os lugares que tinham risco de ceder na casa de Selma porque não dava para continuar assim, embora há décadas desse, e em seguida o oculista se esquecia disso novamente, e a viúva da Morada da Contemplação separou-se de Friedhelm porque preferia ser viúva, e a mulher do falecido prefeito mudou-se para a capital onde vivia a filha e depois o terceiro filho dos Häubel desapareceu.

A cidade inteira pôs-se a procurá-lo. Procuramos nas casas, nos estábulos, nos celeiros, no Bosque das Corujas. A criança se chamava Martin, se chamava Martin por causa de Martin, e tinha dez anos.

— Não — respondeu Selma quando perguntamos a ela sobre seus sonhos na noite anterior. — Não, com certeza.

Nenhum de nós temia os perigos comuns, e sim os absolutamente estapafúrdios. Temíamos que uma porta houvesse se aberto num lugar qualquer e o filho dos Häubel pudesse ter sido arrancado da vida. Mas o filho dos Häubel voltou para casa três horas mais tarde, ileso. Ele tinha se escondido no antigo estábulo de vacas do falecido prefeito, bem nos fundos das máquinas velhas de ordenha. Passamos várias vezes por perto, procurando-o, e quando o menino ouviu nossos gritos de pânico e sentiu nossa angústia ficou sem coragem de sair do esconderijo.

Certa manhã, quando Andreas me deu um beijo na testa antes de ir à capital, um beijo fugaz, como faziam os personagens (naquela altura, quase todos já substituídos) da série de Selma, eu lhe disse que precisava me separar. Andreas tirou a mochila e me olhou, nem um pouco surpreso, como se já estivesse contando com aquilo fazia tempo.

— E por quê? — ele perguntou mesmo assim e listou os planos que havia feito. — Por quê? — ele perguntou mais uma vez, e, como não me veio nada melhor à cabeça, respondi:

— Porque fui feita para os sete mares.

Andreas pegou da minha escrivaninha o vale para a viagem ao mar, que ele me havia dado de presente e que ainda não tinha sido trocado.

— Você não quis viajar nem para um mar — ele disse.

Em seguida, Andreas saiu e eu não coloquei o pé na frente da porta quando ela se fechou.

Fiquei tonta. Raramente havia me contraposto a uma situação que simplesmente aconteceu na minha vida.

E, enquanto eu ainda pensava o que tinha de fazer a seguir, estava com uma faca de sobremesa na mão diante da estante de livros, embalada havia nove anos. As instruções de montagem vinham em vinte e seis passos e eram absolutamente incompreensíveis; apesar disso, tentei segui-los, e enquanto montava pensei na carta de Frederik, na qual ele perguntava sobre o que era a vida real na minha opinião. Pensei em Martin e na vidraça embaçada na qual ele tinha se encostado, altamente concentrado e de olhos fechados, na mecha de seu cabelo que não dava para domar com pente. Pensei na touca de banho de Elsbeth, com hortênsias, no hálito do senhor Rödder, que cheirava a violeta, na pele senil de Selma que se parecia com cortiça. Pensei nas mesas da sorveteria de Alberto, nas quais ganhei um *Amor secreto* pela leitura trôpega de um horóscopo no saquinho de açúcar. Pensei em Alasca e em como ele erguia a cabeça quando eu deixava um ambiente, como ele pensava se valia a pena se levantar e me acompanhar e em geral ele achava que valia. Pensei no oculista, que durante toda a vida esteve à disposição de tudo e de todos, pensei em Palm, no seu olhar selvagem de outrora, e agora em como ele balançava a cabeça e fazia silêncio, balançava e fazia silêncio.

Pensei no relógio da estação de trem, sob o qual o oculista nos ensinou o tempo e os seus fusos. Pensei em todos os tempos do mundo, todas as zonas horárias às quais eu fui apresentada, nos dois relógios no pulso de papai. *Isso é a vida real*, pensei, a vida grande, abrangente, e depois do ponto dezessete amassei as instruções e montei o móvel a partir da minha cabeça. O resultado foi uma estante razoavelmente reta.

No caminho para a livraria, fui à sorveteria.

— O que você quer? — perguntou Alberto.

— Eu quero o *Amor inquietante*, grande.

O livro ilustrado do aniversário de oitenta anos de Selma era sobre a Islândia, e Selma não perguntou nada ao oculista.

O oculista tinha ficado feliz com a escolha da Islândia, porque sabia que Selma iria gostar. A Islândia era aconchegante e as pessoas dali acreditavam em coisas absurdas. Elsbeth também teria gostado.

— Você não está me perguntando nada — disse o oculista.

— É que também não estou lendo nada — respondeu Selma, sorrindo para ele. — Estou ansiosa demais.

Selma tinha passado batom nos lábios e rímel nos cílios, as bochechas estavam vermelhas e sua aparência era incrivelmente jovem.

E quando deu para ouvir os primeiros convidados chegando – pois no aniversário de oitenta anos a cidade toda comparece –, Selma fechou o livro.

ESPANTAR O CERVO

— E então? — perguntou o senhor Rödder depois de nos apertarmos para passar pela porta até o quartinho dos fundos. — Você pensou no assunto?

— Não — respondi —, mas o senhor ainda está presente.

O senhor Rödder balançou o corpo para a frente e para trás na ponta dos dedos dos pés.

— Ora — ele disse me olhando com seriedade —, quando a gente corta uma árvore e ela começa a tombar, não dá para dizer que só pode ser considerada cortada quando estiver no chão. Afinal, já está caindo.

— O senhor não está bem?

— Estou caminhando a passos largos para os sessenta e cinco — o senhor Rödder murmurou. — Idade suficiente para vestir o pijama.

Ele tinha razão, mas isso não mudava em nada o fato de ele certamente superar em muito os sessenta e cinco. O senhor Rödder alcançaria os cento e um, sempre caminhando a passos largos, ele ficaria tão velho que o jornal da capital certo dia acabaria por perguntar qual era o segredo de sua saúde inabalável, e o senhor Rödder diria: "Acho que são as pastilhas de violeta".

— Senhor Rödder — eu disse —, preciso de alguns dias de folga.

— Visita do Japão?
— Não. Mas minha avó não está muito bem.
— Oh. Claro que você pode se ausentar. E mande lembranças à sua avô, embora eu não a conheça.

Algumas semanas antes, Selma havia me esperado em sua cadeira de rodas diante do mercadinho, porque a rampa tinha estragado com o peso de uma entrega de sabão em pó. Ao lado dela, na vitrine, havia um saco com pãezinhos. Selma não sabia que eles eram da nova mulher do prefeito, que tinha entabulado uma conversa longa sobre os prós e contras das lentes de contato com o oculista e se esquecido dos pãezinhos. Selma estava com fome e a compra tinha demorado. Ela abriu o saco, tirou um pãozinho de passas, quebrou um pedacinho e devolveu o saco rapidamente ao lugar.

Logo em seguida, Selma se esqueceu dos primeiros nomes. "Como se chama mesmo o filho de Melissa e Matthew, que acabou se metendo naquela terrível história de drogas?", ela perguntava, por exemplo, e, quando a gente ia responder, ela dizia rápido: "Não diga!", porque queria se lembrar. Ou porque achava que era suficiente que a cabeça mais próxima soubesse do nome.

Ela também se esqueceu dos aniversários e das consultas médicas.

— Por acaso você comeu pão esquecido por aí? — perguntei.
— Não — respondeu Selma, porque também disso ela tinha se esquecido.

Ela também perdeu um brinco do par que Elsbeth lhe dera pelo aniversário de setenta anos. Eram pérolas falsas e um tantinho grandes demais. Quando percebeu que o brinco estava faltando, Selma começou a chorar e não parou pela próxima meia hora. A princípio, achei que ela não estava chorando exatamente pelo brinco, mas pelo desaparecimento das suas forças, por Elsbeth, por todas as pessoas que vão desaparecendo ao longo das nossas vidas. Mas Selma não tinha senso para metáforas. Ela estava chorando simplesmente pelo brinco.

Ela começou a falar coisas estranhas.

— A floresta está entrando em mim — ela disse, quando o oculista e eu a empurrávamos pelo Bosque das Corujas. — Sabem de uma coisa? Acho que a floresta pensa os meus pensamentos.

O oculista e eu fizemos de conta que Selma não tinha dito nada, mas sim a floresta que tivesse produzido um ruído especialmente alto.

Selma passou a dizer muitas frases que continham "nunca" ou "sempre" e ela as dizia como alguém que viveu até o fim e que a partir desse ponto se dá realmente o direito de proferir julgamentos sobre o que sempre ou nunca aconteceu.

— Eu, na verdade, nunca saí daqui — ela disse, tateando um flanco da sua casa ao regressarmos do Bosque das Corujas. "Sempre gostei muito de geleia de amora silvestre", ela dizia ao passá-la num pãozinho pela manhã.

— Não é surpreendente — perguntou Selma, enquanto registrava os aniversários de nascimento e morte em seu novo calendário — que a gente cruze pela vida inteira com o dia de nossa morte? Um dos inúmeros vinte-e-quatro-de-junho ou oito-de-setembro ou três-de-fevereiro que vivi será o dia de minha morte. Inacreditável, não?

— Hum — dissemos.

— Vocês também não se perguntam às vezes qual é o sentido que desaparece primeiro quando a gente morre? — perguntou Selma, enquanto tentava, com as mãos deformadas, pregar um botão na jaqueta do oculista que se mantinha preso por apenas um fio muito fino. — Será o tato? Ou a visão? Talvez a gente perca primeiro a capacidade de sentir cheiros. Ou será que todos os sentidos desapareçam ao mesmo tempo?

— Não — dissemos —, não nos perguntamos isso.

Certo dia, quando oculista me buscou na livraria, após o fim do expediente, para irmos à cidade, do nada Selma perguntou do banco de trás:

— Vocês acreditam que é verdade que a vida inteira passa diante de nossos olhos no instante da morte?

Eu estremeci, como se não soubesse que Selma estava sentada no carro.

— Na minha cabeça, acho que se parece com uma projeção de slides montada pela morte — disse Selma. — Como não dá para apresentar a vida inteira, é preciso fazer escolhas. Quais são os critérios? Quais são as cenas mais importantes da vida? Segundo a visão da morte, quero dizer.

— Acho que esta cena aqui não entra na lista das melhores — eu disse.

E o oculista completou:

— Agora pare com isso, Selma.

Selma queria conversar sobre a morte conosco, mas não permitíamos, como se a morte fosse um parente distante que tinha se comportado mal e que estava sendo ignorado por causa disso.

Olhei para Selma pelo espelho retrovisor, ela sorriu.

— Vocês se comportam como crianças que acreditam que ninguém as vê quando elas fecham os olhos — ela disse.

Nessa noite, dormi no sofá de Selma e acordei às três e meia da manhã. Fui ao quarto de Selma, a cama estava vazia, a coberta no chão. Encontrei Selma na cozinha. Ela, com sua camisola florida, estava sentada à mesa. Aos seus pés, sete Mon Chéri ainda fechados, um oitavo estava em suas mãos.

— Não consigo mais desembrulhar os chocolates — ela disse. — Minhas mãos parecem enrijecidas.

Fui até ela e abracei-a da maneira desajeitada que se abraça alguém sentado numa cadeira. Meus braços cruzados por detrás do tronco magro de Selma pareciam executar uma manobra de ressuscitação.

— Luise, acho que está chegando a hora — Selma disse, e eu fechei os olhos, desejando que meus ouvidos também tivessem pálpebras, pálpebras que se fechassem. Então Selma se virou para mim, pousou as mãos sobre meus ombros e me empurrou um pouco para longe, a fim de conseguir me enxergar melhor.

— Você assina a permissão para o fim, minha querida? — perguntou ela.

A *sensação de ter uma cimitarra cravada na barriga deve ser parecida com isso*, pensei.

Selma fez um carinho no meu rosto. Por um instante, pensei em Frederik.

— Vocês estão todos malucos — eu falei, alto demais na cozinha absolutamente silenciosa, noturna, de Selma. — Eu tenho de ficar assinando coisas absurdas o tempo todo.

— Alegre-se por ser ao menos perguntada a respeito — disse Selma. — Geralmente essas coisas são válidas mesmo sem assinatura.

Encarei-a e somente então percebi que alguma coisa terrível havia se passado atrás de suas pálpebras.

— Você sonhou com um ocapi — sussurrei.

Selma sorriu e encostou a mão na minha testa, como para checar se eu estava com febre.

— Não — ela respondeu.

— Você está mentindo para mim! — exclamei. — Por quê? Afinal, você pode tranquilamente me falar — e eu disse isso de maneira nada calma.

— Pensei muito a respeito, mas não me lembro de mais nada que eu devesse ainda ajeitar na minha vida — afirmou Selma, passando a mão no meu joelho. — Exceto talvez esse lugar aí — ela disse apontando para o círculo vermelho ao lado da janela. — Mas eu gostaria de ter ajudado a ajeitar a sua vida, Luise.

— Minha vida está ajeitada — eu disse, e a coruja de macramê, que a mulher do dono do mercadinho tinha mandado para Selma, caiu da parede diante dos meus pés.

Selma olhou para a coruja, depois de novo para mim.

— Você está notando algo? — ela perguntou.

— Não — respondi. E não era mentira.

— Abra — ela disse, entregando-me o Mon Chéri.

No momento em que ela voltou para a cama, por volta das quatro e meia da manhã, a campainha tocou. O oculista estava diante da porta. Ele carregava um cobertor sobre os ombros e um colchão inflável enrolado debaixo do braço.

— Estou com uma sensação ruim — ele disse.

O oculista se deitou do lado do sofá. Adormecemos os três, e, enquanto dormíamos, Frederik escreveu: "Luise, por favor, entre em contato. Estou com uma sensação ruim", mas só fui ler a carta duas semanas mais tarde.

Na manhã seguinte, Selma acordou com um pouco de febre e seus olhos brilhavam. Levei o oculista até a frente da porta do quarto.

— Acho que temos de chamar o médico — eu disse.

— De jeito nenhum — Selma exclamou do quarto. — Se vocês chamarem um médico, não falo mais com vocês.

O oculista e eu nos encaramos.

— Até o fim da minha vida — Selma exclamou e caiu na gargalhada.

O telefone tocou e torci para ser papai, e era.
— Você tem de vir — eu falei. — Selma está mal.
Isso soou falso, pois Selma não estava mal, mas não dava para dizer: ela está ótima, só que morrendo.
— Vou pegar o próximo voo — papai falou. — Estou em Kinshasa.

E, enquanto eu falava com papai na sala, o telefone tocou no meu apartamento da capital. "Luise, mande notícias", Frederik deixou registrado na secretária eletrônica, e a secretária eletrônica cortou a ligação. Frederik disse: "É muito complicado telefonar e essa maldita secretária eletrônica não facilita as coi" e a secretária cortou. "Estou ligando porque estou preo", disse Frederik e a secretária cortou-o e uma voz feminina metálica soou: "Sua mensagem está gravada, sua mensagem está gravada", e daí Frederik ficou cheio e a secretária eletrônica declarou: "Fim das mensagens, fim das mensagens, fim das mensagens".

Na hora do almoço, mamãe fez canja de galinha, que Selma sempre gostou de comer, mas agora não mais. O dono do mercadinho trouxe um saco cheio de Mon Chéri, todos já desembrulhados, mas até esses Selma recusou polidamente.

No comecinho da noite, fui até a garagem, pois era terça-feira e eu tinha de enxotar o cervo. Ele realmente estava na campina, na borda da floresta, o cervo que há várias gerações de cervos não era mais o cervo original. Abri o portão da garagem e fechei-o com estrondo, repeti a operação várias vezes, continuei enxotando o cervo quando ele já tinha desaparecido havia tempo. De repente, Palm apareceu atrás de mim.
— Não se preocupe com o cervo — ele disse.

Bati o portão uma última vez e olhei para Palm, que segurava a Bíblia diante do peito.

— Como está ela? — ele perguntou.

— Bem — respondi. — Mas acho que não há mais muito tempo. Você vem comigo?

Palm me acompanhou de volta para casa, mas ficou parado diante da escada. Virei-me.

— Venha — eu disse.

Mas Palm ficou parado como se temesse outras partes de chão possivelmente podres na casa e que ainda não tinham sido descobertas. Ele ficou parado ali por horas. E ninguém no mundo tinha um semblante mais perdido do que Palm, que não entrava.

— Estou com calor — disse Selma. Como a janela não era basculante, entreabri-a e calcei-a com um livro ilustrado para que não se abrisse de todo. Ventava muito.

O oculista estava sentado na beirada da cama de Selma. Ele não tinha se sentado mais ali desde a conversa sobre a baleia-azul, depois da morte de Martin.

Nada ali havia mudado desde então. O despertador com o couro sintético cor de diarreia, seu tique-taque alto demais, os acolchoados e as grandes estampas florais, as ovelhas gordas no quadro com o menino pastor despreocupado, a luminária da mesinha de cabeceira de bronze e vidro leitoso na forma de gorrinho de gnomo, tudo continuava lá. E mais uma vez o oculista não tomou conhecimento desse conjunto, e mais uma vez o conjunto seria de uma beleza especial para seus olhos caso ele o enxergasse, caso seus olhos não estivessem dirigidos exclusivamente para Selma.

— Quero alguma coisa para ler — ela disse.

Eu lhe trouxe todos os tipos de livros e álbuns, mas nada a satisfez.

— Mas o que você quer ler? — perguntei. — Posso trazer de tudo.

— Não sei — disse Selma.

O oculista se levantou de repente.

— Preciso dar uma saída — ele disse.

Fui com o oculista até a porta de casa, a fim de dar uma olhada em Palm, mas ele havia desaparecido. Fiquei observando o oculista descer a encosta rapidamente e me perguntei se ele voltaria com um coração de morcego, embora Selma não reclamasse de nenhuma dor.

Ao voltar, o oculista veio carregando duas malas enormes. Abri a porta para ele, que passou ao meu lado com sua bagagem em silêncio, pelo corredor, pela sala, até a cama de Selma.

Durante todo o caminho de volta até a casa de Selma, as vozes ficaram tão agitadas como havia muito não acontecia; o oculista estava sendo ultrajado. "Você está maluco", elas gritaram, enquanto o vento batia no cabelo do oculista e faziam as malas pesadas trombarem contra as canelas. As vozes guincharam que a reserva sempre foi uma boa atitude, que o medo é um bom conselheiro, que a coisa acabaria de uma maneira fatal, caso o oculista – no instante derradeiro – resolvesse revelar seu amor sempre oculto, há décadas abafado. "Não o faça", elas gritavam, em pânico, "não o faça", continuavam gritando enquanto o oculista colocou as malas diante da cama de Selma e as abriu.

Elas estavam entupidas de papel. O oculista sorriu para Selma.

— Isso é tudo — ele disse.

> *Querida Selma, por ocasião do casamento da*
> *Inge e do Dieter, queria finalmente te*

Querida Selma, é maravilhoso o quão rápido Luise aprendeu a ler. Há pouco, quando estávamos sentados na sorveteria e o "Amor secreto" médio

Querida Selma, será que você acredita que Marlies tem um parafuso solto? Assim como o maluco do Hassel? Quero dizer: que ela tem uma doença mental? Me perguntei isso hoje, mais uma vez. A propósito de parafuso solto. Você também vai me achar maluco quando eu te

Querida Selma, hoje se completa o primeiro ano e você tem razão: precisamos tentar animar Paul para a vida. A propósito de animar, o que me anima nesta vida

Querida Selma, o eclipse solar de hoje foi espetacular. A propósito de escuridão. Para mim, você é o oposto de

Querida Selma, como conversamos longamente hoje na hora do almoço, também não acredito que Luise ame Andreas de verdade. A propósito

Selma tirou uma folha depois da outra das malas. Enquanto lia, pegou a mão do oculista sem levantar os olhos dos papéis. O oculista ficou sentado ao seu lado, como se Selma estudasse um livro ilustrado, como se o oculista estivesse esperando que Selma lhe dissesse uma palavra que ela não compreendia.

— O que significa incondicional? — perguntou Selma.

O oculista riu.

— Incondicional significa incondicional.

— Minha vida está passando diante de meus olhos — Selma murmurou enquanto lia. Nós levamos um susto, pensando que tinha chegado a hora, mas Selma disse: — Não, não, mas nestas cartas. Ela passa por mim nestas cartas.

Ela leu até não aguentar mais. Depois pousou a cabeça no travesseiro, encarou o oculista e pediu:

— Leia para mim.

O oculista continuou lendo até a meia-noite, quando ficou rouco.

— Preciso de uma pausa, Selma — ele disse.

Ela olhou para o oculista com os olhos brilhando. Em seguida, puxou-o para perto de si e levou a boca bem perto do ouvido dele.

— Obrigada por me trazer, no final, tantos começos — ela sussurrou. — E obrigada por não ter me dito nada durante toda a vida. Senão talvez não pudéssemos tê-la passado juntos. Imagine só.

— Não quero nem imaginar, Selma — disse o oculista. Seus olhos também brilhavam, pois o oculista também estava com febre, mas uma que não se mede.

— Nem eu — disse Selma —, de modo algum. — E daí o livro não conseguiu mais segurar a janela. Ela se abriu de repente, o vento entrou com força, levantou as cortinas, soprou a pilha de papéis ao lado das malas, fez com que todos os começos saíssem voando.

— Tenho de tomar ar — disse o oculista uma hora mais tarde, quando Selma estava dormindo. Antes de sair, ele foi à cozinha.

O número de telefone de Frederik ainda estava anotado sobre a geladeira de Selma. O oculista olhou para ele como se os números pudessem significar mais alguma coisa além de uma conexão telefônica. Ele pegou a anotação, dobrou-a e meteu-a no bolso interno da jaqueta.

No caminho para sua casa, o oculista sentia-se muito mais leve do que no caminho para a casa de Selma. Ele havia carregado duas malas cheias de papel e uma comunidade de vozes em pânico; agora, carregava apenas um bilhete, e também o vento que havia açoitado o oculista no caminho de ida tinha amainado.

Em casa, ele pegou o telefone e o número e sentou-se na cama, que era suficiente para uma pessoa apenas. Fez as contas de oito horas à frente. Daí discou a sequência aparentemente interminável e demorou mais um tempo interminável até o primeiro monge atender, e somente seis monges mais tarde o oculista conseguiu se conectar com o monge que queria.

— Alô? — disse Frederik.
— Bom dia, Frederik, aqui quem fala é Dietrich Hahnberg.
Um breve silêncio se seguiu no outro lado da linha.
— *Quem* está falando, por favor? — Frederik perguntou por fim.
— O oculista.
— Ah, sim! — Frederik exclamou. — Desculpe. Que surpresa. Como vai o senhor?
— Você poderia dar um pulinho aqui? — o oculista fez a pergunta como se Frederik não estivesse do outro lado do mundo, mas na cidade vizinha.
— Claro — respondeu Frederik.

Sentei-me no parapeito da janela no quarto de Selma. Olhei para o menino pastor despreocupado com sua charamela e me perguntei quando exatamente Selma havia sonhado com um ocapi na noite anterior e quanto tempo ainda restava, no melhor dos casos.

Selma despertou brevemente e me encarou. Estava deitada de costas e puxou a coberta até o queixo. Seu olhar estava tão febril quanto antes, mas também mais corajoso.

— Até agora está tudo sob controle — ela disse como se se tratasse dos preparativos para a festa da primavera.

A INTIMIDADE COM O MUNDO

Era uma e meia da manhã quando o oculista retornou à casa de Selma. Pouco antes de chegar, apesar da escuridão ao redor, ele percebeu alguma coisa se mexendo já quase fora de seu campo de visão. Ele olhou para a esquerda, para a campina, através da qual fluía o riacho da Macieira. Havia algo ou alguém sobre a pequena ponte. O oculista passou por cima da cerca e foi em sua direção.

Tratava-se de Palm. O oculista chegou à ponte e parou perto dele. Palm estava com o olhar vidrado e os braços caídos. Numa das mãos carregava sua Bíblia, na outra, uma garrafa pela metade de aguardente.

Palm esteve sóbrio por tantos anos que o oculista havia esquecido que ele parecia mais alto quando bebia. Embriagado, Palm se tornava mais encorpado – seus ombros, mãos, rosto.

O oculista esticou cuidadosamente uma mão. Palm estremeceu e soltou a Bíblia, que caiu na beirada da ponte. O oculista esticou um pé e empurrou-a para o meio.

O riacho, que via de regra só murmurava, soava muito ruidoso aos ouvidos do oculista. Naquela noite, o riacho da Macieira se transformara num rio caudaloso. Por causa do ruído, o oculista não ouviu Palm chorando, mas viu. Ele viu lágrimas correrem pelo rosto de Palm, por seu rosto subitamente tornado vermelho de novo, inchado, selvagem.

O oculista inspirou profundamente. Em seguida, deu um passo à frente e meteu os braços sob as axilas de Palm. Palm tropeçou para trás, mas o oculista prendeu-o com toda força em si, sem se importar com a possibilidade de Palm se desfazer em pó com qualquer toque. Ali e naquele instante, junto ao ruidoso riacho da Macieira, era preciso aceitar esse risco.

Palm não se desfez e o oculista ergueu-o. Ele deixou a cabeça pesada de Palm tombar sobre seu ombro; Palm fedia a aguardente e suor e soluçava, todo seu tronco tremia e o corpo do oculista também tremia devido ao esforço. Os braços de Palm, que pendiam à direita e à esquerda do oculista, ergueram-se e o abraçaram, a garrafa escorregou da mão de Palm e caiu na ponte. Os cabelos suados de Palm grudavam no pescoço do oculista, os ombros de Palm pressionavam-lhe o nariz e erguiam os óculos até a testa.

O oculista conseguiu erguer Palm no ar por quase um minuto, depois não deu mais. Ele o baixou, sem soltá-lo, e Palm também não se soltou. Abraçado a Palm, o oculista primeiro ficou de joelhos e depois se deitou.

Eles ficaram por um longo tempo assim: o oculista de pernas esticadas, encostado na mureta da ponte, Palm com o tronco deitado na transversal sobre o peito do oculista. Palm estava de olhos fechados e não se mexia. A posição do oculista era torta, estava meio que sentado sobre a Bíblia de Palm, um pesadelo para seus discos vertebrais, mas o oculista não viu possibilidade de mudar de posição sem assustar Palm.

Ele passou a mão sobre o cabelo de Palm. A garrafa de aguardente estava entre seus pés, era fácil ler o rótulo, e só nesse momento o oculista percebeu que estava surpreendentemente claro, pois a Lua – em cuja órbita Palm era especialista – estava brilhando.

FOI VOCÊ

E depois as coisas não deram mais certo. Selma ficou inquieta, revirando-se na cama. Eu tinha preparado compressas para suas panturrilhas e estava tentando colocar as toalhas molhadas sob as pernas dela; Selma as chutava para longe, e os inícios de cartas que ainda permaneciam sobre a cama saíram do lugar.

Alasca estava sentado aos pés da cama de Selma, observando. Seus olhos me acompanhavam andando de lá para cá, sentando na beirada da cama de Selma e andando de lá para cá mais uma vez. Ele me olhava como se tivesse uma pergunta importante, lamentando-se por não poder fazê-la.

O oculista voltou. Eu não percebi como ele parecia estar se desmanchando, porque eu só tinha olhos para Selma, na beirada de sua cama nos sentávamos, da beirada de sua cama levantávamos de novo e de novo, para fazer algo que não podia ser feito.

A sensação de tempo desapareceu, talvez fossem duas horas da manhã, ou talvez o tempo também tivesse se deslocado, para a frente ou para trás, nós não sabíamos.

Os olhos de Selma estavam aguados. Talvez a primeira coisa que se perca na morte seja a cor dos olhos. Ela adormeceu, acordou novamente, agarrou as laterais da cama como se conseguisse se segurar ali. Depois nos olhou de repente, irritada, como se não soubesse quem éramos, e disse:

— Quero falar com meu filho, por favor.

Coloquei a mão diante da boca e comecei a chorar. Eu daria tudo para ser alguém diferente naquela hora, uma secretária que poderia imediatamente colocá-la em contato com o filho.

Selma ficou se debatendo na cama durante quatro horas, até amanhecer, durante quatro horas ela alternou estados de consciência e de não consciência, e no último instante em que me reconheceu ela pegou minha mão e eu coloquei os dedos sobre seu pulso, sobre as veias, como antes. A pulsação de Selma estava acelerada, o mundo andava acelerado pouco antes de parar.

Selma colocou uma mão na minha nuca, puxou minha cabeça até seu peito, sobre a camisola puída, e acariciou meu cabelo.

— Você inventou o mundo — eu sussurrei.

— Não — Selma respondeu —, foi você. — E isso foi a última coisa que disse.

HEINRICH, O CARRO VAI QUEBRAR

Selma estava no Bosque das Corujas. Usava sua camisola florida, comprida, observando os pés velhos na grama. Estava na mesma posição em que costumava ficar junto ao ocapi nos sonhos que significavam que uma vida próxima logo chegaria ao fim. Mas não havia ocapi nenhum, apenas as árvores, as plantações e o vento de sempre.

E justamente quando Selma se perguntava por que tinha ido parar naquele lugar sem um ocapi, alguém apareceu por entre as árvores, alguém que não se anunciou, com ruído nenhum, que simplesmente se materializou. Ele se aproximou e Selma o reconheceu. Ela correu em sua direção o mais rapidamente possível, não se espantando com sua velocidade, com o fato de que conseguia correr com uma sensação de tempo de quando era jovem.

Mas parou de repente, pois pensou que depois de mais de cinquenta anos era impossível cair nos braços de alguém assim, mesmo se o desejo fosse irreprimível. Afinal, certamente a pessoa se esfarelaria.

— Aí está você — disse Heinrich. — Já estava mais do que na hora.

O cabelo de Heinrich, que nas últimas décadas, atrás das pálpebras de Selma, sempre foram claros, agora estavam escuros, como na vida real, e seus olhos, claros novamente.

— Você está em cores — disse Selma, e em seguida, depois de alguns instantes de silêncio: — E tão jovem.

— Infelizmente não foi possível evitar isso — disse Heinrich.

Selma olhou para baixo, mirando-se.

— Sou velha — ela constatou.

— Ainda bem — disse Heinrich, sorrindo.

Ele sorriu igualzinho como no dia em que se virou para acenar a Selma uma derradeira vez, no dia em que disse a ela: "Não se preocupe, a gente logo se vê, eu sei disso, Selma, eu sei muito bem".

— E acabou demorando um pouco mais — constatou Heinrich.

Selma olhou por sobre o Bosque das Corujas, a luz tinha um tom prateado, semelhante àquela do eclipse solar.

Ela se aproximou de Heinrich.

— Você me ajuda? — perguntou Selma, que nunca tinha pedido ajuda. — Você me ajuda com isso?

Ela perguntou como se estivesse pedindo que Heinrich a ajudasse com o sobretudo.

Heinrich esticou os braços e Selma caiu neles. Ela abraçou o corpo permanecido jovem de Heinrich, Heinrich abraçou o corpo de Selma, que subsistiu por mais de oitenta anos, com tanta força como ele a abraçava no passado, e naquele instante Selma sentiu apenas os lugares do corpo em que o corpo de Heinrich também estava. Por exemplo, Selma não sentia mais o ombro direito, o ombro que ela não sentiu durante um tempo, quando me carregou depois da morte de Martin, entra dia, sai dia. Naquele instante era diferente. Naquele instante o ombro não estava mudo. Naquele instante o ombro simplesmente parecia faltar.

— Não sinto mais meu ombro — Selma disse junto ao pescoço de Heinrich, que cheirava igualzinho antes, a menta e um pouco a Camel sem filtro.

— É assim que funciona — disse Heinrich, a boca na nuca dela. — É exatamente assim que funciona, Selma. — E as mãos dele acariciaram as costas dela, o cabelo, os braços. Selma tremia. Era um tremor vago, ela não sabia o que estava tremendo, simplesmente tremia.

E foi então que Heinrich disse o que Selma havia dito para mim quando eu, aos cinco anos, tinha subido alto demais numa árvore no Bosque das Corujas. Daquele lugar, Selma via bem a árvore. Eu não sabia como descer. Selma ficou na ponta dos pés, ergueu os braços e me segurou, enquanto eu ainda me mantinha enganchada no galho.

— Solte — ela tinha dito —, eu te seguro.

OKAPIA JOHNSTONI

"Querido Frederik, Selma morreu", eu quis escrever, logo na manhã posterior à morte de Selma, mas parei depois de "Querido Frederik", pois ninguém podia dar essa notícia, ninguém podia escrevê-la enquanto papai não estivesse sabendo.

Achei que não era a pessoa certa para contar isso a papai, e que mamãe tinha de assumir a tarefa.

— Claro — mamãe disse. Só que quando papai ligou, na tarde posterior à morte de Selma, ela não estava em casa, mas organizando o enterro de Selma, então não me restou outra coisa a fazer senão ser a pessoa certa.

Quando ouvi o telefone tocar, enxerguei papai à minha frente, em algum lugar distante, na frente de um telefone público, numa ligação ruim, da qual ele não conseguia compreender nada exceto "Selma" e "morreu".

— Sou eu — disse papai. — Boa notícia, Luli, acabei conseguindo um voo para esta tarde.

— Papai — eu disse.

— Você está me ouvindo bem? — perguntou papai. — Preciso te contar uma coisa.

— Eu também preciso te contar uma coisa.

— É que eu vi, Luise — papai falou de um jeito festivo. — Eu vi um ocapi. Um ocapi de verdade. Aqui na floresta tropical. Trata-se de um animal inacreditavelmente bonito.

Tampei a boca com a mão que estava livre para que papai não me escutasse chorar. Senti-me como alguém que assiste a uma árvore ser cortada e pensa que a árvore só estará finalmente cortada quando estiver tombada e até então há tempo.

— O nome completo do ocapi é *Okapia johnstoni*, em homenagem ao seu descobridor, Harry Johnston — explicou papai. — E sabe mais o quê? Ele não o descobriu! Ele não viu nenhum ocapi durante toda a sua vida, só partes, ossos da cabeça e pelo. Mas ele nunca viu um ocapi inteiro.

— Papai — eu disse por entre os dedos da minha mão espalmada, e pensei: *Papai, fique em silêncio. Chegou a hora de se abrir para o mundo.*

— Não é o máximo? — perguntou papai. — Em sua vida, Selma viu mais ocapis inteiros do que seu descobridor. Talvez tenha sido ela a descobridora do ocapi — papai disse e riu. — E como vai ela? Chego amanhã à noite.

Tirei a mão de frente da boca e falei:

— Ela morreu ontem à noite.

E depois só deu para ouvir o ruído que se sucede quando se profere uma frase dessas num lugar que é muito distante do lugar onde deve ser ouvida.

— Não — exclamou papai. Escutei como o fone caiu de sua mão, como ele o ergueu novamente, escutei a voz baixa de papai:

— Mas eu chego amanhã à noite — disse ele —, mas amanhã à noite eu estou aí.

JÁ QUE VOCÊ ESTÁ DEITADO AQUI

"Querido Frederik", escrevi sentada à mesa da cozinha de Selma, "Selma morreu. Ela gostava muito de você. A única coisa de que ela não gostava era do fuso horário. Provavelmente nós não fomos feitos para ficarmos juntos. Isso não é problema. Um ocapi também não fica junto de nada, e apesar disso ele é um animal extraordi", e não consegui avançar, pois o oculista parou na minha frente e disse:

— Está na hora.

O oculista e eu nos postamos diante do espelho de parede de Selma no corredor, eu de vestido preto, o oculista com seu terno verde, que foi aumentando de tamanho com o passar do tempo. O oculista tinha virado o crachá que dizia "Funcionário do mês" de costas.

— Devo? — ele perguntou e me olhou com olhos lacrimosos pelo espelho. — Você acharia engraçado?

— Sim — respondi e tentei limpar o delineador que tinha se espalhado por todo o rosto por causa de tanto chorar. — É muito engraçado.

Choveu no enterro de Selma, mas foi uma garoa. Toda a cidade esteve presente, metade da cidade vizinha também. Mamãe fez as coroas. Durante a pequena fala do pastor da capital, mamãe e papai ficaram de mãos dadas, porque em enterros é natural que seguremos a mão daqueles que nos amaram por muito tempo, e um enterro não leva em consideração se esse não é mais o caso.

Como sempre, Alasca estava felicíssimo em rever papai, ele não conseguia se acalmar, ficou o tempo todo saltando em papai, balançando o rabo, e porque era um animal não dava para lhe explicar que alegria pura às vezes é inconveniente.

Fiquei entre Palm e o oculista. Palm parecia ter sido esfregado com escova, o rosto estava vermelho, o cabelo loiro grudado na cabeça, um tufo levantado. Era difícil se aproximar do túmulo de Selma, era como se caminhássemos contra a correnteza de um rio. Palm jogou uma rosa no túmulo, o oculista e eu jogamos terra.

Mais tarde, a cidade se reuniu na casa comunitária. Eu tinha passado três dias fazendo bolos de tabuleiro, os pedaços estavam partidos e empilhados em mesas altas, mas fiquei envergonhada porque tinham ficado secos demais. O dono do mercadinho tocou no meu ombro.

— Não se preocupe — ele disse —, Selma morreu, então até que combina a gente comer uma coisa meio sem graça.

Mamãe estava em pé junto a papai ao lado de uma mesa alta quando Alberto se juntou a eles. Ele se postou ao lado de mamãe e colocou o braço ao redor dos ombros dela. Olhei para papai. O fato de alguém que nos amou durante muito tempo não nos amar mais se torna secundário somente ao lado de um túmulo aberto.

Sentei-me ao lado do oculista num dos bancos próximos à parede. À sua esquerda estava Palm, com um copo, e ninguém sabia se de suco de laranja ou outra coisa. Encostei-me no ombro do oculista, ele encostou o rosto na minha cabeça.

Parecíamos duas corujas que tinham passado o verão inteiro dormindo na nossa chaminé, protegendo-nos do vento.

— Agora nós estamos sozinhos — eu disse.

O oculista me envolveu com o braço e me puxou para mais perto dele.

— Nenhuma pessoa está sozinha enquanto puder dizer nós — ele sussurrou. Depois, me deu um beijo na cabeça. — Vou respirar um pouco de ar puro, tudo bem?

Assenti com a cabeça.

— Venha, Alasca — chamou o oculista, e Alasca se ergueu. Demorou até que algo tão grande, algo tão velho conseguisse se levantar totalmente.

O oculista foi com Alasca até o limite da cidade, passou pelo Bosque das Corujas e entrou na floresta; lá, se deitou.

Ele ficou deitado com seu terno bom na folhagem antiga, úmida. O oculista cruzou os braços atrás da cabeça, olhou para o céu desenhado por galhos e coroas e piscou por causa da garoa.

E mais uma vez o oculista pensou na frase que vivia dizendo para si e para os outros: "Quando olhamos para uma coisa qualquer, ela pode sumir de nossos olhos; mas quando não tentamos enxergá-la, ela não pode sumir". Suas vozes internas nunca haviam tentado lhe explicar a frase, por que deveriam? "Já que está deitado aqui, então você bem que podia morrer também", elas diziam, "isso não vai mais fazer diferença".

E daí o oculista se sentou, de maneira tão abrupta e ortopedicamente errada, que sentiu uma fisgada terrível na base da sua coluna.

— Entendi! — ele exclamou.

Alasca também se sentou, talvez percebendo que se tratava de um momento festivo.

— Trata-se de diferenciar — disse o oculista. — Olhar significa diferenciar. — Ele deu uma batidinha na cabeça de Alasca. — Eu poderia ter entendido isso antes, Alasca, por causa da minha profissão — disse o oculista. — Preste atenção: quando não tentamos diferenciar uma coisa de todas as outras que nos rodeiam, então essa coisa não vai sumir. Isso porque não é diferenciável. Por não se dissociar de todo o resto, está sempre presente — disse o oculista. E, por estar tão excitado, ele realmente perguntou: — Você entendeu? — E se espantou por Alasca não responder: "Claro, entendi perfeitamente, por favor, prossiga".

Selma não vai desaparecer enquanto eu não tentar vê-la, pensou o oculista. E o que ele mais queria era sair correndo até Selma para lhe contar isso.

O CONTRÁRIO É O CERTO

— Posso fazer alguma coisa por você? — mamãe perguntou depois de a cidade ter esvaziado o centro comunitário. — Você quer um sorvete?

— Não, obrigada — eu disse. — Vou dar um passeio.

Fui até o fim da cidade, até a casa de Marlies. Ela não esteve presente ao enterro. Fiquei com medo de que algo tivesse se passado com ela, pois nem mesmo Marlies seria capaz de cabular o enterro de Selma – disso eu tinha certeza.

Atravessei o portão do jardim, passei pela correspondência molhada e desviei da colmeia de abelhas. Nem toquei a campainha, fui direto para os fundos da casa, até a janela da cozinha, que como sempre estava semiaberta. Olhei para dentro. Meu coração disparou imediatamente, desviei o olhar e coloquei a mão sobre o peito. *Acalme-se*, pensei, *isso não pode ser sério*, e voltei a olhar para dentro.

Marlies, usando o pulôver estilo norueguês, estava sentada numa cadeira da cozinha. Nas mãos, segurava a espingarda de Palm. E, na extremidade do cano, havia o seu queixo.

— Marlies — falei pela fresta da janela —, o que você está fazendo?

Ela não ficou nem um pouco espantada em ouvir minha voz; era como se eu estivesse havia horas por ali.

— Marlies? Você está me ouvindo? Já se morreu o suficiente. A morte até que foi bem presente nos últimos tempos. Eu te aconselharia enfaticamente a não se aproximar dela tão rápido.

— Suas sugestões são sempre uma droga — Marlies disse.

Ela estava sentada bem embaixo do gancho onde sua tia ficou pendurada, aquela pessoa insuportável, sempre de mau humor.

— Como você conseguiu a arma de Palm?

— Palm bebeu — ela disse. — Ele estava dormindo tão profundamente que eu poderia ter limpado a casa inteira. E agora vá embora. O fim precisa chegar em algum momento. — Marlies olhou rapidamente para mim, seu olhar estava tão desesperado quanto o de Palm antigamente.

Claro, pensei, o fim precisa chegar em algum momento quando você é a triste Marlies. O fim precisa chegar em algum momento quando você faz muita força para ninguém querer te visitar; quando você não escolheu nada daquilo que te cerca; quando você não gosta de nada, nenhuma indicação, nenhuma comida congelada, nenhuma sugestão da loja de presentes. O fim precisa chegar quando tudo está sempre errado.

Sempre pensei que o tempo não passava para Marlies porque os dias de Marlies eram todos tão vazios e iguais. Mas não era isso. O tempo passava para ela também, e este era o problema: que ele passasse de maneira tão indiferente.

Encostei a cabeça na janela semiaberta:

— Por favor, me deixe entrar.

— Vá embora — ela disse. — Vá embora, basta.

Pensei em Martin e naquilo que ele havia escrito no meu caderno de recordações. Ele havia folheado até a última página e registrado cuidadosamente com sua letra infantil: "Meu nome no fim vim plantar / para que ninguém o queira arrancar".

Quando Elsbeth nos mandou até Marlies, pois afinal alguém tinha de dar atenção à triste Marlies, Martin mostrou sua anotação para ela e lhe disse: "Como você, certo? Você também se plantou bem no fim".

Marlies não compreendeu. Martin, porém, estava convencido de que Marlies tinha se plantado no fim da cidade e que era tão insuportável porque tinha sido feita para afastar possíveis ladrões de nos atacarem por trás.

Naquela época, eu também havia pedido a Marlies que escrevesse no meu caderno de recordações. Sem vontade, ela abriu o caderno e passou pelo registro do oculista: "Do céu caiu uma estrela / na palma da minha mão. / Nela estava escrito, / Luise do meu coração". O registo de papai: "O urso-polar gosta do gelado / e o camelo gosta do calor. / O peixe vive molhado / e eu de você, meu amor". Depois passou pelo registro de Elsbeth: "Você disse que me amava / e eu achei muito gentil. / Fui olhar na folhinha / era primeiro de abril". E o do dono do mercadinho: "Por que ir tão distante? / O bom está no teu semblante / Agarre a felicidade / não deixe para a saudade". E o registo de mamãe: "O amor é um eterno desabrochar / enquanto se divide, acaba por se multiplicar". Folheou o registro de Selma: "Nem sempre é domingo / Mas e daí? Sê feliz e bingo!", e quando Marlies finalmente encontrou uma página em branco, escreveu a lápis: "Lembranças, M".

— Martin achava que você iria salvar a todos nós — eu disse em voz baixa.

— Sim, deu supercerto! — exclamou Marlies. — Principalmente para o Martin. E para Selma.

— Mas Selma passou dos oitenta anos.

— Ela me deixava em paz — disse Marlies, e logo em seguida sua voz falhou, ela deu um pigarro. — Selma era a única de vocês que sempre me deixava em paz.

— E vai continuar assim — eu disse.

— Suma — disse Marlies baixinho. — Já consigo ver a morte. Ela vem em minha direção.

Nessa hora, cheguei ao meu limite.

— Ok, Marlies — retruquei —, o fim tem de chegar em algum momento. Você está coberta de razão.

O varão da cortina de Marlies despencou. A fixação esquerda tinha se soltado. O tecido ficou pendurado, torto, diante da janela.

As coisas caem com bastante frequência, pensei. Há muitas coisas que não estão bem fixadas. E, de repente, pensei em Selma, que tinha me perguntado: "Você está percebendo alguma coisa?", bem no instante em que a coruja de macramê caiu da parede da sua cozinha depois de eu dizer que estava tudo bem na minha vida.

Marlies olhou de modo fixo pela janela, pensei que ela estava daquele jeito por causa do varão caído, mas não.

— Verdade — ela disse —, a morte está vindo em minha direção.

Virei-me e vi o que Marlies estava vendo: um homem com uma túnica preta longa atravessando o jardim, caminhando em nossa direção. Dei um passo para trás e tropecei na parede da casa.

— Não é a morte — constatei. — É o Frederik.

Ele parou alguns passos à minha frente.

— Cheguei numa hora inapropriada? — ele perguntou.

— Frederik — eu disse.

— Sou eu — ele assegurou e sorriu. — Você está de óculos.

— Frederik — eu disse mais uma vez, como se uma pessoa se tornasse mais real quanto mais nos dirigimos a ela.

— Estava com uma sensação muito ruim e, assim que o oculista me ligou, vim para cá — ele disse como se estivesse estado na cidade vizinha.

— Até aqui — eu disse.

— Sim. E é menos complicado do que telefonar. Luise, sinto muito pela morte de Selma.

Eu queria ir até ele, mas tinha medo de me mexer, pensando que, no instante em que me afastasse um centímetro da janela, Marlies fosse atirar.

— Tenho de ficar parada aqui.

— Tem nada — retrucou Marlies.

Frederik se aproximou de mim. Sua aparência era a mesma de dez anos antes, apenas o fino entretecido de rugas que se tornava visível quando ele sorria era novidade. Apontei com a cabeça para o que acontecia atrás de mim, para a janela. Frederik olhou para dentro.

— Não olhe — exclamou Marlies. — Isso aqui não é absolutamente da sua alçada.

— Devo chamar alguém? — Frederik sussurrou, assustado, mas só consegui pensar em Selma.

— Ela não vai fazer nada enquanto eu estiver parada aqui — eu disse —, por isso estou parada aqui.

— Mas nós não podemos ficar parados aqui para sempre — disse Frederik, e eu fiquei feliz por ele dizer "nós".

Peguei na sua mão.

Uma placa de sinalização em vermelho e branco tinha caído da plataforma da estação quando eu disse a Martin que não acreditava no sonho de Selma. Um quadro com letras tinha caído da parede quando o oculista disse: "Mas você o ama", e eu respondi "não, não mais".

Olhei para Marlies, que atrás da cortina semicaída parecia como que riscada ao meio. Ela não tinha mudado de posição, sentada com o queixo sobre o cano, a mão próxima ao gatilho. Marlies não me deixaria entrar, não abriria nem um dos cinco cadeados, e também não aceitaria nenhum argumento para sair de casa, já que minhas recomendações eram sempre uma droga.

Marlies tem de ser tirada dali de outro jeito, pensei, e também que nem sempre conseguimos escolher as aventuras para as quais somos feitos. Inspirei fundo.

— Frederik — eu disse —, que bom que você veio. Mas o momento não é muito apropriado.

Atrás de Marlies, um aromatizante daqueles em forma de arvorezinha, colado com fita adesiva na parede, se soltou e caiu. Caiu sem fazer barulho.

— O quê? — perguntou Frederik.

Ele quis soltar a minha mão, mas não deixei.

— Podemos nos ligar dia desses. Afinal, você gosta muito de telefonar pra mim — eu disse.

Um bordado emoldurado, que Marlies havia feito quando criança para sua tia, caiu no chão e o vidro estilhaçou. Marlies deu uma olhada, depois voltou a pousar a cabeça sobre a espingarda.

Frederik me olhava como alguém que não compreende mais o mundo e por essa razão imagina que o melhor a fazer é ficar longe. *Fique aqui*, pensei, *não vá agora*, pensei com muita intensidade, e Marlies disse:

— Pare de conversa mole e suma.

— Marlies é minha melhor amiga — eu falei.

Nada caiu.

Falei mais uma vez, com mais ênfase ainda:

— Marlies é minha melhor amiga. — E nada se mexeu.

— Você, Frederik, é uma pessoa muito grosseira — disse eu, e as frigideiras penduradas sobre o fogão, atrás de Marlies, caíram no chão. Marlies se virou, eu segurei a mão de Frederik com toda minha força.

— Estou absolutamente convencida de que não fomos feitos um para o outro — eu disse, e a prateleira da cozinha de Marlies despencou com todas as latas de ervilha estocadas. Ela soltou a espingarda e levantou-se, e Frederik, que tinha ficado o tempo todo olhando ora para Marlies, ora para mim, agora só olhava para mim, olhava para mim e a cada vez que alguma coisa caía ele parecia sentir uma fisgada breve, mas depois não despregou mais o olhar.

— Nunca não amei tanto uma pessoa como não amo você — eu disse, e o armário com toda a louça melada caiu com um ruído ensurdecedor. — Gosto do *Amor secreto* pequeno e sem chantili — eu disse, e a luminária pendurada ao lado do gancho onde a tia de Marlies havia se enforcado espatifou-se no chão, caquinhos de vidro voaram pelos ares, e Marlies, cuja porta estava fechada com muitos cadeados, correu para a janela, escancarou-a e, passando por baixo do varão da cortina, pulou para fora.

Por um instante, pareceu que ela queria fugir, entrar às cegas na floresta, mas ficou parada perto de nós, com seu pulôver estilo norueguês e calcinha.

— O que foi isso? — ela perguntou enquanto todo seu corpo tremia. — E por que parou?

— Você me ouviu, Frederik? — perguntei.

— Sim — ele respondeu. Frederik também estava pálido. — Não sabia que você me amava. Pelo menos, não desse jeito.

Marlies abraçou o próprio corpo.

— Eu, sim — ela disse.

— Tenho de respirar um pouco de ar puro — disse Frederik em voz baixa. Ele se virou, sem dizer mais nada, e atravessou a campina na direção da floresta.

Acompanhei-o com o olhar. Eu me sentia como se tivesse erguido algo que, anatomicamente, não era para ser erguido.

— Venha, Marlies — eu disse —, vamos pegar uma calça. E sapatos.

— Não entro mais ali — ela sussurrou —, nem você.

— Tudo bem — concordei. Peguei as botas de borracha de Marlies, que estavam nos degraus diante da porta da frente da casa. — Calce — eu disse.

Marlies apoiou-se com uma das mãos no meu ombro e meteu os pés descalços nas galochas.

— Agora vamos procurar o oculista, certo? — perguntei, colocando meu braço ao redor dos ombros de Marlies.

— Me solte — reclamou Marlies, mas ela me acompanhou.

— Agora vamos achar o oculista — eu disse, enquanto a noite caía e andávamos pela rua. — E depois vamos comer alguma coisa na casa da Selma. E esta noite você dorme por lá. E Frederik também. Ele certamente vai voltar logo. Primeiro precisa ficar um pouco sozinho. E o oculista também pode dormir na casa da Selma. Vamos montar um alojamento de colchões enorme na sala. Selma iria gostar. Não sei se temos travesseiros suficientes. Papai dorme no andar de cima e mamãe na casa do Alberto. Podemos usar as almofadas do sofá como travesseiros. Frederik deve estar voltando logo. Também podemos perguntar para Palm se ele quer vir. Você gosta de batatas coradas? Onde será que Palm está? Talvez o dono do mercadinho também queira dar uma passada. Você está com frio? Ele poderia trazer uma garrafa de vinho. Embora não combine muito com Palm. Por falar nisso, onde será que ele está?

Marlies, de braços cruzados, caminhava aos tropicões ao meu lado.

— Você poderia fazer a gentileza de fechar a matraca? — ela perguntou.

FREDERIK

Frederik voltou apenas de noite, e eu o esperei na cozinha.

— Onde você esteve? — perguntei e, em seguida, imaginei que ele poderia ter ido visitar o doutor Maschke, como Alasca, naquela época.

— Por todo lado — Frederik respondeu.

Em silêncio, ele comeu três pratos de batatas coradas. Não se ouvia quase nada exceto os passos de papai no andar de cima. Papai tinha se retirado para lá logo após o enterro de Selma. Ninguém exceto Alasca podia subir, afinal Alasca tinha se tornado aquilo para o que fora inventado, anos antes, pelo doutor Maschke – uma dor peluda, externalizada. "Como vai ele?", eu perguntava para o Alasca vez ou outra quando ele descia para que alguém o levasse para passear. Nessas horas, Alasca me olhava como se estivesse muito de acordo com seu dever profissional de manter sigilo.

Frederik lavou seu prato e em seguida me acompanhou pelo corredor até a sala. Pouco antes da porta, ele segurou meu pulso. Virei-me.

— Você sempre faz confusão — ele disse.

Olhei para ele. Frederik estava nervoso e segurava meu pulso com muita força.

— Sempre é um certo exagero — retruquei. — Afinal, estamos nos vendo pela terceira vez na vida.

Claro que isso não queria dizer nada. Pessoas que não vemos podem muito bem fazer a diferença numa vida que transcorre longe, e promover desordens, como os fantasmas, que deixam cair coisas valiosas. Além disso, Frederik e eu havíamos nos correspondido pelo menos uma vez por semana durante dez anos.

Ele soltou meu braço e abriu a porta da sala. O oculista e eu havíamos construído um alojamento de colchões. O oculista estava esticado no sofá e, ao seu lado, no chão, havia três colchões. No do meio, dormia Marlies. Ela estava completamente enrolada no acolchoado de Selma, parecendo uma taturana, e roncava.

Algumas horas antes, quando Marlies havia se deitado, o oculista tinha se agachado ao seu lado com seu pijama listrado azul e branco, observando-a se enrolar.

— Você vai repetir o que fez, Marlies? — ele perguntou. — Pois, se houver o mais mínimo risco de você repetir o que fez, vamos aparecer na sua casa a cada cinco minutos, querendo saber se está tudo bem. — O oculista tinha se curvado até ela, tentando se passar por um trasgo muito bravo. — A gente nunca mais vai te deixar em paz — ele continuou. — Vamos soltar todos os seus cadeados. Vamos enxotar as abelhas da sua caixa de correio. E a partir de agora — e nesse instante o oculista teve de se superar — você terá de dormir em nossas casas, cada dia em uma. — Ele se curvou ainda mais, a ponta do nariz quase tocando o cabelo malcuidado de Marlies. — Daí, para ser mais exato, você vai ter de se mudar para a casa de alguém — ele disse, finalmente.

Marlies se levantou, e por um triz o oculista conseguiu evitar que as cabeças batessem.

— Nunca — disse Marlies.

— Então estamos combinados — o oculista decretou, ajeitando-se no sofá.

Deitei-me do lado direito de Marlies, Frederik do esquerdo. O oculista, no sofá, sentou-se e pegou os óculos.

— Que bom que você deu um jeito de vir, meu caro Frederik — ele sussurrou. — Aliás, eu descobri o significado da frase do desaparecimento. Posso explicar rapidinho?

— Com prazer — disse Frederik em voz baixa, e o oculista explicou que olhar significa diferenciar, e que uma coisa não pode desaparecer quando não tentamos diferenciá-la das outras.

Frederik assentiu com a cabeça, mas manteve silêncio. O oculista olhou para ele atentamente, mas não conseguia avaliar se Frederik também tinha entendido a frase ou se ele continuaria sendo o único. Resumindo, o oculista se sentia muito solitário, como se vivesse bem longe, num planeta minúsculo, na companhia de uma única frase grata por ele ser o único a compreendê-la.

O oculista percebeu que Frederik estava ausente, tão ausente que ficou com medo de que, passada a noite, o monge pudesse sumir. Ele esperou até Frederik ajeitar o travesseiro para falar:

— Se você quiser, amanhã posso dar uma olhada nas vozes da sua cabeça. Há um método revolucionário que vem do Japão.

Frederik sorriu.

— Não é tão grave assim — ele retrucou.

E, em algum momento, o oculista caiu no sono; todos, exceto Frederik e eu, estavam dormindo. Eu podia pressentir – apesar de Marlies estar no meio – que Frederik não estava dormindo.

Levantei-me, passei por Marlies e fui até ele. A cabeça de Frederik estava bem ao lado da porta aberta do quarto de Selma. Eu a fechei, sentei e me encostei nela.

— Você não está opaca, Luise — disse Frederik sem olhar para mim. — Agora consigo vê-la de maneira cristalina.

— Você está opaco — eu sussurrei. Frederik concordou com a cabeça e passou a mão pela careca.

— Além disso, travado — sussurrou ele.

Pensei no nosso primeiro telefonema, em como ele me ajudou a sair da travação em que me encontrava.

— Seu nome é Frederik — eu sussurrei. — Você é de Hessen. Está com trinta e cinco anos. Você vive num convento no Japão. Alguns dos monges dali são tão velhos que provavelmente conheceram Buda em pessoa. Eles te ensinaram como fazer faxina, como sentar, como andar, como semear e colher, como fazer silêncio. Você sempre sabe o que é para fazer. Em geral, você está sempre bem. E, principalmente, você sabe como lidar com nossos pensamentos. Você sabe falar "mil anos no mar, mil anos nas montanhas" em japonês. Você está quase sempre com fome. Você não suporta que alguma coisa esteja torta. Para você, é muito importante que tudo esteja no seu devido lugar. Você está a nove mil quilômetros de distância. Você está sentado comigo a uma mesa.

Frederik tirou os braços de trás da cabeça, me puxou para si e encostou a testa na minha.

— Eu também te amo, Luise, e há bastante tempo — ele disse baixinho. — Talvez não seja há mil anos, mas quase isso. O que não é difícil, quando se está do outro lado do mundo. E agora estou com medo de que toda minha vida vire de cabeça para baixo. — Ele me olhou, estava parecendo a pessoa mais cansada do mundo. — Três vezes basta, Luise — ele sussurrou —, acredite em mim.

A completamente enrolada Marlies sentou-se de repente.

— Vocês podem fazer silêncio? — ela pediu em voz alta, acordando também o oculista.

— Já amanheceu? — ele perguntou, desorientado, procurando pelos óculos.

— Não — respondi —, ainda é noite.

Marlies se largou de costas sobre o colchão, o oculista voltou a se acomodar, desajeitado. Frederik desligou a luminária sobre si que estava na mesinha do sofá. Olhamos um para o outro, embora não nos víssemos.

— Vou dormir agora — ele disse —, acho que não fecho os olhos há três dias.

Ele se deitou de costas para mim. *Talvez também seja uma das artes que se aprende num convento*, pensei, *conseguir adormecer embora a vida esteja prestes a virar de ponta-cabeça*. Encostei-me na porta do quarto de Selma e esperei até meus olhos se acostumarem à escuridão e àquilo que Frederik tinha me dito. Escutei Frederik pegar no sono, ele estava tão enrolado quanto Marlies, apenas um pouco menos florido, e eu disposta a passar de bom grado a noite inteira sentada ao lado de Frederik e do amor revelado, e em algum momento a mão do oculista, dormindo, caiu do sofá sobre a cabeça careca de Frederik e ficou por ali.

Quando fomos à cozinha de Selma, depois de acordar e nos dar conta de que nunca na vida nos acostumaríamos com o fato de não sermos recepcionados naquele cômodo por Selma, o oculista disse:

— Quero me refugiar no meu campímetro.

— Quero dar um passeio — eu disse. — E vocês?

Olhei para Marlies e Frederik. Frederik, de túnica, estava encostado no batente da porta da cozinha, Marlies encontrava-se diante da mesa como se alguém a tivesse colocado lá pelo duvidoso motivo de não ter lugar melhor.

Marlies cruzou os braços diante do peito e falou:

— Eu não quero nada.

E o oculista revirou os olhos. Ele havia nutrido uma ligeira esperança de que Marlies pudesse ter se tornado uma nova pessoa da noite para o dia, porque a vida recomeça quando, no derradeiro instante, alguém não apertou o gatilho. Ele pensou que então a pessoa começaria imediatamente a se alegrar pelas pequenas coisas, como o jogo de luzes no galho da macieira, por exemplo, mas Marlies parecia, como sempre, estar às voltas com um vazamento e as contas a pagar. Na opinião do oculista, Marlies tinha escapado da morte, mas não de si própria, pois ele não previu que algumas mudanças não acontecem mesmo diante de uma espingarda engatilhada e apontada.

— Nada não existe mais, Marlies — ele afirmou de um jeito um pouco brusco. — É como se ele tivesse se nadificado.

Marlies fulminou o oculista com o olhar, e ele a fulminou de volta. Frederik se soltou do batente e disse:

— Eu gostaria de fazer uma faxina agora. Posso?

Antigamente, a cozinha de Selma sempre fora impecavelmente limpa. Desde que suas mãos começaram a se deformar, Selma não conseguiu mais garantir a limpeza impecável, mas também não aceitava ajuda. Por isso, o chão estava manchado e aos pés da mesa tinham se formado bordas de migalhas pisadas. Debaixo do banco da cozinha, havia bolas de pelos, fios, cabelos, poeira. Manchas escuras cobriam os pegadores dos armários e da geladeira; o entorno dos botões do fogão e os vidros da cristaleira estavam cheios de impressões digitais.

— Mas não agora — eu disse. — Você não quer comer alguma coisa de café da manhã primeiro? Você vive com fome.

O oculista tirou a mim e Marlies da cozinha nos puxando pelas mangas.

— Deixe ele — o oculista disse, no corredor —, vai lhe fazer bem. — Ele pegou seu sobretudo no vestíbulo de Selma. — "Cada iluminação começa e termina com a faxina do chão"

— ele continuou. — Talvez depois ele consiga associar coisas que não foram feitas umas para as outras.

O oculista sorriu para mim pelo espelho de parede de Selma.

— E você vai poder então aceitá-las ou não, a seu bel-prazer. — Ele, então, fez um carinho no meu ombro e disse: — Até mais tarde.

Marlies veio comigo e isso já foi prova suficiente de que o oculista não tinha razão, pois Marlies nunca havia passeado com ninguém. Ela estava usando um vestido de Selma, uma blusa de Selma, um sobretudo de Selma. Quando entramos no Bosque das Corujas, hesitei, porque era a primeira vez que passava por lá sem Selma. Marlies me olhou de soslaio.

— Vou na frente — ela disse, como se a questão fosse espantar criminosos que atacavam pela frente.

Ela parou no meio do Bosque das Corujas, onde era possível enxergar a cidade.

— Foi um terremoto — ela disse, olhando para sua casa. — Um terremoto que aconteceu apenas na minha casa. — Ela me olhou. — Não é muito estranho?

Assenti com a cabeça. Em seguida, prosseguimos até a Morada da Contemplação e, mais adiante, andei em fila sem falar nada, fazendo exatamente a vontade de Marlies.

E enquanto isso Frederik se postou no meio da cozinha e inspirou profundamente diversas vezes. Finalmente o lugar estava tão, tão silencioso que ele imaginou conseguir escutar o despertador de viagem de Selma no quarto, o despertador de viagem que nunca tinha viajado e que talvez por isso tiquetaqueava tão alto para chamar atenção à sua vida desperdiçada.

Frederik começou a limpar a cozinha. Ele tirou toda a louça do lugar, todos os talheres, todas as frigideiras, panelas e tigelas, todos os mantimentos da despensa de Selma. Buscou a escada da garagem e limpou o lustre por dentro e por fora. Dentro dele havia três mariposas mortas. Frederik retirou-as com cuidado, carregou-as com as mãos em concha até o jardim e as enterrou ali.

Ele limpou os armários por dentro, por fora e no alto. Ele se debruçou para dentro da geladeira e do forno. Ele tirou uma pilha de papéis do banco da cozinha, um livro budista do oculista, listas de compras abandonadas e folhetos de propaganda nos quais Selma assinalava ofertas interessantes. Entre tudo aquilo havia uma carta.

"Querido Frederik", ele leu, "Selma morreu. Ela gostava muito de você. A única coisa de que ela não gostava era do fuso horário. Provavelmente nós não fomos feitos para ficarmos juntos. Isso não é problema. Um ocapi também não fica junto de nada, e apesar disso ele é um animal extraordi".

Frederik dobrou a carta e meteu-a no bolso de sua túnica. Ele colocou o livro e os folhetos sobre a mesa e sacudiu as almofadas de sentar.

Ele lavou a louça, os talheres. Limpou os potes de farinha, açúcar e as latas de conservas, poliu vidros, esfregou panelas e frigideiras. Secou tudo cuidadosamente e arrumou de volta nos armários. Limpou as janelas e as esquadrias, todos os lados da porta. Depois, retornou pela escada à garagem.

Quando fechou a porta da garagem, olhou involuntariamente para a campina às margens da floresta, a fim de checar se por acaso o cervo estava por lá, que – para seu próprio bem – era preciso enxotar. Frederik sabia exatamente o que era para se fazer ou deixar de se fazer na casa de Selma. Ele tinha aprendido pelas cartas, por mais de setecentas cartas.

Ele voltou para a casa. Durante todo esse tempo, sua cabeça tinha estado vazia, tão sem pensamentos quanto somente

Frederik conseguia ficar. No instante em que abriu a porta, uma pergunta instalou-se em sua mente, a saber, se quando adentramos numa casa antiga também somos como que adentrados por ela.

Frederik encontrou um aspirador de pó no quartinho no final do corredor. Ele estava apoiado no varal onde Selma pendurava as roupas exatamente como as roupas devem ser penduradas.

Frederik voltou à cozinha e estava aspirando o chão quando mamãe apareceu de repente junto à porta.

Ele desligou o aspirador.

— Oi — ela disse —, onde estão todos?

— Não tem ninguém aqui no momento — disse Frederik, apontando para o teto. — Apenas o seu marido. Ele está lá em cima.

— Então estou atrasada de novo — constatou mamãe. Ela se apoiou no batente e suspirou. — Você conhece essa sensação? De estar atrasada?

— De antes — respondeu Frederik. — No lugar onde vivo agora, todos somos muito pontuais.

— Imagino que sim. — Mamãe esquadrinhou a cozinha com o olhar. — Você também chegou no momento certo.

O olhar dela recaiu sobre o livro do oculista, sobre a mesa da cozinha. Ela o pegou.

— Estou escrevendo poemas agora — disse mamãe —, vou lhe trazer alguns na próxima vez — completou, partindo do pressuposto de que Frederik permaneceria tanto tempo que seria possível lhe trazer algo numa próxima vez.

Ela abriu o livro do oculista. Geralmente ele se abria no lugar em que o oculista já tinha aberto muitas vezes, porque lá havia uma de suas frases preferidas, muitas vezes sublinhada.

— "Um erro interrompido também pode ser zen." — Mamãe leu em voz alta. — Meu Deus, acho que também sou budista.

— Ela consultou o relógio. — Se sair agora, vou conseguir me encontrar com Alberto pontualmente.

Frederik sorriu.

— Então vá — ele disse.

Mamãe hesitou.

— Ou seria melhor dar uma espiada no Peter? O que você acha?

Frederik estava seguro de que não era preciso se preocupar com papai. "Seu marido está enlutado e é melhor não incomodá-lo", Frederik quis dizer, mas, como mamãe não sabia que Frederik conhecia papai tão bem a partir das cartas, ele ficou com medo de que ela achasse essa frase muito fria. Naquele instante, enquanto tentava pensar no que dizer, é que Frederik percebeu o quanto sabia sobre nós todos a partir das cartas.

— Estou por aqui, caso aconteça alguma coisa — ele disse —, estou aqui fazendo faxina.

— É bom saber disso — disse mamãe —, das duas coisas.

— E foi embora.

Faltava a peça que permitia ao aspirador alcançar os cantinhos. Frederik passou uma vassourinha de mão ao redor do fogão, da geladeira, da pia, da despensa, ao redor das pernas da mesa. Depois, se meteu embaixo do banco da cozinha e varreu bem no fundo.

Num lugar debaixo do banco da cozinha, o rodapé tinha se soltado da parede, e no espaço entre parede e madeira havia uma pérola. Era o brinco perdido de Selma, mas, apesar de todas as cartas, Frederik não tinha como saber disso. A pérola era um tanto grande demais e artificial demais. Dava para ver a junção das duas metades de pérola, como num globo. No ponto onde o pino do brinco tinha estado grudado havia um restinho quase imperceptível de cola. Frederik girou a pérola entre o polegar e o indicador. Um globo pequeno, branco perolado.

Ele colocou a pérola falsa de lado e quis voltar a varrer ao lado do rodapé, mas a pérola começou a rolar. Ela saiu rolando decidida, atravessou a cozinha e chegou embaixo da despensa.

Frederik acompanhou-a com o olhar. Ele saiu debaixo do banco, ajoelhou-se diante da despensa e tateou o chão embaixo dela, mas teve de se deitar e esticar o braço até a axila sob o móvel para pegá-la novamente. Ele se levantou, olhou para a pérola, em seguida para o linóleo.

— O piso está torto — ele disse, porque algumas coisas de repente ficam tão claras que é preciso dizê-las em voz alta, mesmo se ninguém as escutar. Ele deu um passo para a direita como se o piso estivesse tão torto a ponto de fazer a pessoa perder o equilíbrio.

E porque a inclinação do piso ocupou tanto a mente de Frederik, ele não percebeu que estava com uma perna bem no meio do lugar marcado com o círculo vermelho, do qual todos desviavam automaticamente, para o qual o oculista sempre chamava a atenção, precavido, como se a queda não fosse somente até o porão, mas até o Japão, até o nada ou até o início do mundo.

Durante muito tempo ninguém tinha pisado naquele lugar. Tanto tempo que o lugar no chão nem sabia o que era isso.

Selma tinha estado de pé ali quando meus pais me apresentaram a ela pela primeira vez. Mamãe me colocou nos braços de Selma, e todos – o dono do mercadinho, Elsbeth, Marlies e o oculista – ficaram em volta de Selma e de mim, curvados sobre mim, como se eu fosse um aviso escrito em letras miúdas. Todos estavam em silêncio, até Elsbeth dizer:

— Ela se parece com o avô. Sem dúvida.

O oculista achou que eu era parecida com Selma, o dono do mercadinho disse que eu me parecia com Elsbeth, e num ato contínuo Elsbeth enrubesceu e disse:

— Verdade? Você acha mesmo?

Marlies, à época ainda estudante, disse:

— Ela não se parece com ninguém.

Papai disse que tinha de concordar com Elsbeth, eu parecia sem dúvida com o pai dele, e Selma olhou para mamãe, que estava mais distante e não dizia nada.

— Ela parece com a mãe — disse Selma, e daí a campainha tocou. Palm materializou-se diante da porta, sem fôlego e com o cabelo desgrenhado.

— É um menino! — ele exclamou, abraçando o oculista. — Ele se chama Martin. Venham todos conhecê-lo.

Papai tinha estado em pé ali, papai muito jovem, olhando pela janela à procura das respostas certas. Atrás dele, Selma estava sentada no banco da cozinha fazendo perguntas sobre tópicos de medicina que cairiam nas provas. De repente, papai se virou e disse:

— Quando me formar, vou abrir um consultório aqui. — Ele sorriu para Selma. — Vou me estabelecer aqui, na sua casa.

Quando não havia uma propriedade rural a ser herdada, Selma sabia, era preciso encorajar os filhos a sair para o mundo. Selma não tinha terras, ela tinha apenas uma casa torta, que certamente acabaria ruindo antes de ser herdada, e sabia que sair para o mundo teria sido a coisa certa a se fazer, principalmente no caso de papai. Ela sabia que devia encorajá-lo, mas se sentiu aliviada pelo fato de o filho querer ficar em casa, junto a ela, e por essa razão ela tinha se levantado, sentado diante da TV ao lado de papai, feito um afago nas suas costas.

— Faça isso, Peter — ela disse —, estabeleça-se aqui, é o certo a fazer.

Pois isso era a única coisa de que Selma tinha certeza: ficar era sempre a coisa certa a fazer. Ficar.

Selma tinha estado em pé ali, Selma muito jovem, com o filho no colo, Selma que ainda não tinha absolutamente nenhuma deformação no corpo. Dali ela viu Elsbeth subindo a encosta, Elsbeth ainda muito jovem, Elsbeth ainda magra, subindo de maneira estranhamente lenta, estranhamente curvada, como se caminhasse contra uma correnteza pela qual ela preferiria se deixar levar. E então Selma soube que Heinrich tinha morrido, ela soube ainda antes que Elsbeth tivesse chegado à cozinha e anunciado "Selma, sinto em te dizer que meu irmão", e não falou mais nada.

Selma tinha estado em pé ali, apenas alguns dias antes, quando – com o filho no colo – observou uma fotografia no jornal que Heinrich havia pendurado na parede da cozinha.

— Esse é um ocapi, meu filhinho — ela disse. — Seu papai foi quem descobriu. Quer dizer, no jornal. É o animal mais engraçado do mundo. — Ela tinha dado um beijo na cabeça dele e dito: — Hoje de noite sonhei com um. Sonhei que estava com um ocapi no Bosque das Corujas. De camisola. Imagine só... — ela disse, apertando o nariz contra a barriga do bebê, e ambos riram.

Heinrich tinha estado em pé ali, de onde observou o dono do mercadinho ir embora – o último dos convidados da sua festa de aniversário –, e bastante bêbado. Tinha sido o primeiro aniversário em sua própria casa. Heinrich acendeu um cigarro e assoprou a fumaça para fora, na noite. Ele olhou para a campina na encosta que chegava no alto até a floresta, as árvores que balançavam pelo vento, onipresente naquele lugar.

Atrás dele, Selma estava arrumando garrafas e copos da mesa de cozinha. Ao passar, ela meteu um pedaço de chocolate na boca e esvaziou o copo de Elsbeth, que ainda estava sobre a mesa; Elsbeth tinha tomado licor de cereja.

— Que delícia — disse Selma para Heinrich, foi até ele e abraçou-o pelas costas. — Existe isso? Chocolate com gosto de licor de cereja?

Heinrich jogou a bituca do cigarro pela janela, virou-se e envolveu Selma em seus braços.

— Não sei — ele respondeu —, mas, se não existir, você tem de inventar sem falta.

Ele puxou-a para mais perto de si, Selma beijou-o na boca, no pescoço, na nuca.

— Meu coração disparou — ela disse e sorriu.

— Faz parte — afirmou Heinrich, erguendo-a, uma mão nas costas dela, uma mão na dobra de seus joelhos, e Heinrich quis carregá-la até o quarto, mas chegou apenas até a sala.

E Heinrich tinha estado deitado ali, de barriga para baixo, olhando concentradamente para o piso, o piso recém-colocado. Com o queixo quase tocando o chão, ele olhava de um canto da cozinha para outro. Depois ergueu o olhar até o melhor amigo, que estava ao lado, totalmente coberto pela poeira, e que tinha dado uma mão em tudo: na medição, na compra, na colocação, tudo.

— Ei — Heinrich falou de baixo para cima —, será que está torto? Dê uma olhada. Como futuro oculista, acho que você sabe avaliar melhor.

O oculista tentou limpar os óculos empoeirados no colete empoeirado, deitou-se ao lado de Heinrich e olhou de um lado a outro do piso.

— Agora que você está falando... — ele disse. — Mas quem não souber também não vai notar.

Ambos olharam o piso como se ele fosse uma paisagem única. Em seguida, o oculista bateu no lugar onde eles estavam deitados.

— Na minha opinião, porém — ele disse —, acho que as tábuas são finas demais aqui.

— Onde? — perguntou Heinrich, como se não soubesse disso, como se o oculista não tivesse repetido várias vezes: "As tábuas são finas demais".

— Aqui — disse o oculista —, onde estamos deitados agora.

Heinrich tinha se levantado e começado a dar pulinhos no lugar.

— Ora, aguenta — ele disse sem parar de pular para reforçar sua afirmação, tanto que o oculista deitado no chão também subia e descia. — E vai aguentar para sempre — Heinrich disse —, pode confiar.

Frederik não caiu através do piso. Não chegou ao porão, nem ao Japão e muito menos ao nada. Ele ficou ali, equilibrando-se, sentindo-se agradavelmente pesado, como se as pessoas ficassem automaticamente mais pesadas em lugares que injustamente foram condenados havia anos por serem perigosos.

Ele olhou pela janela. Lá estavam Marlies, o oculista e eu. No caminho de volta pela cidade, tiramos o oculista de seu campímetro e estávamos subindo a encosta. O oculista e eu estávamos de braços dados com Marlies. Caminhávamos devagar, pois tentávamos ensinar "um chapéu, um cajado, um guarda-chuva", uma brincadeira de criança, para Marlies, e Marlies se recusava a aprender. Frederik assistiu como avançávamos sempre apenas três passos, depois ficávamos parados, para então dar um passo para a frente, um para trás e um para o lado. Ele nos escutou dizendo:

— Vamos, Marlies, faça com a gente uma vez.

E como Marlies retrucou:

— De jeito nenhum.

Acenei para Frederik, ele acenou de volta.

Agora é hora de erguer os pés do chão, pensou Frederik. *Mexer-se, abrir a porta. Deixá-los entrar.*

Mas, como Frederik era pesado, fomos mais rápidos. Entramos na cozinha enquanto Frederik ainda mantinha o pé no lugar com perigo de ceder. O oculista encarou-o. Frederik ergueu as sobrancelhas.

— O que foi? — ele perguntou, e depois olhou para os pés. — Oh! — ele exclamou, finalmente percebendo onde estava. Ele veio até mim e me esticou uma mão com a pérola falsa. — Achei uma coisa — ele disse.

EPÍLOGO

— Vamos logo — exclamou o oculista.

Ele se apoiou no seu carro velho, no pé da encosta diante da casa, e ficou esperando. Suspirou, olhou rapidamente para o céu, era antes do almoço e estava muito claro.

Marlies e o doutor Maschke vinham caminhando pela rua, pararam diante do oculista e olharam para ele, apreensivos.

— O que aconteceu com você? — Marlies perguntou.

— Ah — disse o oculista, limpando o rosto com as mangas de sua jaqueta. Lágrimas escorriam pelo seu rosto desde cedo, embora ele afirmasse não estar chorando. — Também não sei, fica brotando assim de dentro de mim. Acho que é um probleminha na glândula lacrimal, condicionado pela idade. Ou uma reação alérgica.

— Ou tristeza — palpitou o doutor Maschke.

— Ela já foi embora? — perguntou Marlies.

— Não, daqui a pouco vou lhe dar uma carona — disse o oculista. Ele olhou para o doutor Maschke. — Luise vai hoje à noite para a Austrália, ou seja, quase no meio do oceano Índico — ele explicou, como se o doutor Maschke não soubesse, como se o oculista não estivesse atolando as orelhas de todo mundo com o assunto há semanas.

— Estou ciente — disse o doutor Maschke, entregando um lenço para o oculista.

— Ela vai pegar o avião por causa da enorme distância — o oculista repetiu aquilo que eu tinha lhe dito —, e porque ela se decidiu assim. — Ele falou de um jeito peculiar, como se fosse a frase do sumiço que ninguém tinha conseguido lhe explicar o sentido.

O oculista assoou longamente o nariz.

— Mas vamos logo — ele chamou mais uma vez, com a voz um pouco irritada.

— Estou indo — exclamei da porta de casa descendo em direção à encosta. Frederik e eu erguemos de maneira desajeitada a mochila gigantesca sobre minhas costas.

— Então vamos — decidiu Frederik.

Ele estava cheio de tinta, tinha pintado as paredes da sala enquanto eu fiquei correndo de lá para cá a fim de arrumar as últimas coisas.

— Vou voltar sem falta — eu disse —, em exatas quatro semanas. Pode confiar.

— Eu vou confiar — disse Frederik.

— E você ainda estará aqui?

— Sim — ele respondeu. — Exatamente aqui. Ou talvez esteja na cozinha. Muito provavelmente lá.

Beijei Frederik.

— E daí a gente conversa — sussurrei no ouvido dele, ele sorriu.

— É. Daí a gente conversa.

— Se acontecer alguma coisa, você tem meu número — eu disse, e Frederik tirou tinta branca do meu queixo.

— Tenho muito do seu número, aliás — disse ele, pois eu tinha colado bilhetinhos com o meu celular por toda a casa.

Frederik olhou para mim, viu que eu estava tentando não formular pela centésima primeira vez› a pergunta que já tinha formulado cem vezes.

— Sim — ele respondeu —, vou me lembrar dos comprimidos do Alasca.

— E ninguém vai morrer — eu disse.

— Não. Ninguém vai morrer.

Soltei a mão de Frederik e desci a encosta. Virei-me várias vezes para acenar para Frederik. Era uma manhã de verão e eu estava bem iluminada.

Frederik me acompanhou com os olhos e depois fechou-os. Atrás das pálpebras, enxergou um reflexo imóvel, o movimento congelado de um aceno, o sorriso congelado, e atrás de suas pálpebras tudo que na realidade era claro se tornava escuro e tudo que na realidade era escuro estava bem claro.

AGRADECIMENTOS

Meu maior obrigada vai a Gisela Leky, Robert Leky, Jan Strathmann e Jan Valk. E a Tilman Rammstedt, que acompanhou este livro desde a primeira ideia até o epílogo.

Agradeço ainda as importantes orientações de Christian Dillo, René Michaelsen, Cornel Müller, Bernhardt Quast, Gernot Reich e o óptico Röseler, em Berlim.

Alguns temas do romance apareceram pela primeira vez na peça radiofônica "O budista e eu" (WDR 2012).

Prólogo 8

Primeira Parte

Pasto, pasto 13

O amor do oculista 27

Um mamífero silvestre até então desconhecido 39

Mon Chéri 49

Meus sinceros pêsames 63

O sexo com Renate me tira do sério 71

É bonito aqui 80

Funcionário do mês 86

A vigésima nona hora 96

Segunda Parte

Alguém de fora 103

Abrir a porta 111

É o seguinte 126

Eu só queria saber como vai o Alasca 144

Prazos de validade 154

Uma trepadeira, segundo Elsbeth 161

Felicità 173

Sessenta e cinco por cento **182**
Mil anos no mar **186**
O coração pesado da baleia-azul **197**
Bioluminescência **206**
Um animal sente essas coisas **212**
Veja no alto **220**
Nada mais específico **236**

Terceira Parte

Distâncias infinitas **247**
Espantar o cervo **263**
A intimidade com o mundo **275**
Foi você **277**
Heinrich, o carro vai quebrar **279**
Okapia johnstoni **282**
Já que você está deitado aqui **284**
O contrário é o certo **288**
Frederik **296**

Epílogo **312**
Agradecimentos **315**

**Acreditamos
nos livros**

Este livro foi composto em Literatae Book,
Circular XX e Flama Ultracondensed e
impresso pela Gráfica Santa Marta para a
Editora Planeta do Brasil em setembro de 2021.